MÖRDER IN DER GRUBE

Erwin Kohl wurde 1961 in Alpen am Niederrhein geboren und hat diese herrliche Tiefebene seither nicht verlassen. Als freier Journalist schreibt er für die Rheinische Post und die NRZ/WAZ. Grundlage seiner Geschichten sind zumeist reale Begebenheiten; die Soziologie der Niederrheiner und ihre vielschichtigen Charaktere bilden den Hintergrund.

ERWIN KOHL

MÖRDER IN DER GRUBE

Niederrhein Krimi

emons:

Bibliografische Information der Deutschen Nationalbibliothek
Die Deutsche Nationalbibliothek verzeichnet diese Publikation
in der Deutschen Nationalbibliografie; detaillierte bibliografische
Daten sind im Internet über http://dnb.d-nb.de abrufbar.

© Emons Verlag GmbH
Alle Rechte vorbehalten
Umschlagmotiv: stock.adobe.com/Stefan
Umschlaggestaltung: Nina Schäfer, nach einem Konzept
von Leonardo Magrelli und Nina Schäfer
Umsetzung: Tobias Doetsch
Gestaltung Innenteil: DÜDE Satz und Grafik, Odenthal
Lektorat: Christiane Geldmacher, Textsyndikat Bremberg
Druck und Bindung: CPI – Clausen & Bosse, Leck
Printed in Germany 2023
ISBN 978-3-7408-1763-3
Niederrhein Krimi
Originalausgabe

Unser Newsletter informiert Sie
regelmäßig über Neues von emons:
Kostenlos bestellen unter
www.emons-verlag.de

Dieser Roman wurde vermittelt durch die
Autoren- und Verlagsagentur Peter Molden, Köln.

Das Steigerlied

Glück auf, Glück auf! Der Steiger kommt,
und er hat sein helles Licht bei der Nacht,
und er hat sein helles Licht bei der Nacht
schon angezündt, schon angezündt.

Hat's angezündt, 's wirft seinen Schein,
und damit so fahren wir bei der Nacht,
und damit so fahren wir bei der Nacht
ins Bergwerk ein, ins Bergwerk ein.

Ins Bergwerk ein, wo die Bergleut sein,
die da graben das Silber und das Gold bei der Nacht,
die da graben das Silber und das Gold bei der Nacht
aus Felsgestein, aus Felsgestein.

Der eine gräbt das Silber, der andere gräbt das Gold.
Und dem schwarzbraunen Mägdelein bei der Nacht,
und dem schwarzbraunen Mägdelein bei der Nacht,
dem sein sie hold, dem sein sie hold.

Ade, ade! Herzliebste mein!
Und da drunten in dem tiefen, finstren Schacht bei der Nacht,
und da drunten in dem tiefen, finstren Schacht bei der Nacht,
da denk ich dein, da denk ich dein.

Und kehr ich heim zur Liebsten mein,
dann erschallet des Bergmanns Gruß bei der Nacht,
dann erschallet des Bergmanns Gruß bei der Nacht:
Glück auf, Glück auf! Glück auf, Glück auf!

Wir Bergleut sein kreuzbrave Leut,
denn wir tragen das Leder vor dem Arsch bei der Nacht,
denn wir tragen das Leder vor dem Arsch bei der Nacht
und saufen Schnaps und saufen Schnaps!

1

Montag, 5. Juni, 11.15 Uhr

Mit einem kräftigen Zug schmeiße ich den Viertaktmotor an. Eine dicke Rauchwolke verdunkelt kurz darauf Happy Eiland.

Der Mäher gammelte zehn Jahre lang in Kuschels Schuppen vor sich hin, weil der Motor festsaß. Wollte ihn immer mal fertig machen, unser Platzwart. Beim letzten Sommerfest habe ich ihm das Teil für ein großes Pils abgeschwatzt und direkt zur Parzelle von Katja durchgeschoben. Die Motorradmechanikerin aus meiner Happy-Eiland-SoKo hatte nur einen knappen Sonntagnachmittag benötigt, um den Rasenmäher wieder zum Leben zu erwecken.

»Qualmt ein bisschen. Der Ventilsitz ist ausgeleiert, musst du öfter mal Öl nachkippen«, gab Katja mir mit auf den Weg.

»Macht nichts«, antwortete ich. Seitdem kippe ich bei jeder zweiten Tankfüllung einen Liter Motoröl nach. Die Hälfte davon steht jetzt in Form einer schwarzen Wolke auf der Nachbarparzelle und hat den Kopf von Hermann-Josef verschluckt, der daraufhin einen theatralischen Hustenanfall einleitet.

»Lukas! So geht das nicht weiter. Leg dir endlich einen Elektromäher zu! Ist außerdem verboten.« Er deutet mit verächtlicher Miene auf mein Arbeitsgerät. »Ich sag nur Landesimmissionsschutzgesetz. Mir ist es ja egal, aber das kann richtig teuer werden.«

Boah, gehst du mir auf die Nüsse, denke ich und wimmele den pensionierten Sachbearbeiter des Finanzamtes Düsseldorf-Nord mit einem beiläufigen »Ich denke drüber nach« ab. Nachbarn kann man sich nicht aussuchen. Aber muss es ausgerechnet ein Hermann-Josef sein? Ein Mensch, der Vorschriften aller Art und insbesondere deren korrekte Einhaltung zum Inhalt seines von Langeweile geprägten Daseins auserkoren hat?

Habe ich eigentlich mal erwähnt, dass mir Leute, die eine

Buchsbaumhecke rund um ihre Parzelle pflanzen, weil die Platzordnung eine Einfriedung derselben vorsieht, suspekt sind? Und dass Buchsbaumhecken, insbesondere frisch gepflanzte, zwar jeden Tag gegossen werden müssen, dass diese Bewässerung aber keinesfalls durch einen Rüden wie Manolo geschehen darf?

Habe ich nicht, weil ist mir noch nie untergekommen, so was.

»Schon … hast … Freitag«, dringt es abgehackt durch den Motorenlärm. Ich drücke den Gaszug nach vorne, der Motor stirbt ab, und Linda gerät in mein Blickfeld.

»Ich sagte, du hast doch erst letzten Freitag den Rasen gemäht? Was ist mit dir los? Ich meine, letztes Jahr wuchsen hier Disteln und Gänseblümchen, und es war dir egal.« Mit einer ausladenden Geste über das satte Grün verleiht sie ihrer Frage Nachdruck, ohne eine Antwort abzuwarten. »Hilfst du mir bitte, den Einkauf reinzutragen, ich muss gleich zur Schicht.«

Während der sieben Märsche vom Kofferraum zum Abstellraum wird mir schmerzhaft bewusst, wie recht meine Linda hat. Ich bin auf dem besten Weg, mich zu dem zu entwickeln, der ich nie sein wollte. Den Begriff »Rasenmähen« hätte ich vor einem halben Jahr noch googeln müssen. Vor einer Woche habe ich mich über den kleinen Teich hergemacht, den unsere Vorbesitzer uns überlassen haben und dessen Inhalt nur aus einer mattschwarzen, jeglichen Durchblick verhindernden Pampe bestand. Nachdem ich drei Kubikmeter Schlamm und abgestorbene Pflanzenreste rausgeholt habe, weiß ich, dass wir stolze Besitzer von einem Dutzend Goldfischen sind. Und es sollte noch schlimmer kommen: Am Samstag erwischte ich mich dabei, wie ich Emma wusch. Zum ersten Mal in neun Jahren. Ich meine, sie hätte mich verwundert angesehen.

Würde ein Seelenklempner in mich hineinsehen, ihm würde sich nichts weiter als eine abgrundtiefe, völlig sinnfreie Leere offenbaren. So viel ist mal klar: Ich brauche dringend einen Job, bevor ich anfange, mit dem Rasenmäher auf der Suche nach Beschäftigung über Happy Eiland zu tingeln. Der Weg zu meinem Briefkasten auf der Rückseite von Lissys Bistro ist bereits knöcheltief ausgelatscht. Dabei bestand die Ausbeute der letzten drei Monate aus ein paar Hundert Werbeprospekten, viel zu vielen Rechnungen und der Erkenntnis, dass der Postbote nur einmal am Tag kommt, egal wie oft ich nachsehe.

Dabei habe ich meiner Tätigkeit endlich einen professionellen Anstrich gegeben. An Lissys Bistro deutet ein Messingschild auf meinen Aufgabenbereich hin. Einen Eintrag im Branchenverzeichnis habe ich ebenso veranlasst. Und die Krönung des Ganzen: Bastian hat mir eine Internetseite gebaut. Nicht nur das, mein Sohn bewirbt sie auch pausenlos in den sozialen Netzwerken.

»Anrufe und Mails werden sofort auf dein Handy weitergeleitet, du verpasst nichts«, versprach mein Filius. Seitdem habe ich Tag und Nacht eine Hand am Handy. Und weil man ja nie weiß, suche ich noch hin und wieder auf meinem Laptop nach einer eingegangenen Mail. Zu jeder vollen Stunde etwa. Wenn ich nicht gerade den Rasen mähe.

Oder Emma mit dem Schwamm verwöhne.

»Ich muss dann mal, wir essen, wenn ich wiederkomme.« Linda haucht mir einen flüchtigen Kuss auf die Wange und streift an mir vorbei zum Auto.

Zwölf Uhr, Zeit für einen Blick in mein elektronisches Postfach.

Und siehe da, man muss nur ordentlich jammern, dann passiert auch was. Ich will den Rechner gerade hochfahren, da summt es in der Hose. Ich klappe den Rechner zu, ziehe das Smartphone aus der Gesäßtasche und erkenne eine kleine »1« über dem Symbol für mein Mailprogramm. Von der Hoffnung getrieben, es möge nicht wieder eine dieser nervtötenden Spamnachrichten sein, öffne ich den Posteingang.

»Nachforschungen erbeten!« Die Betreffzeile sorgt augenblicklich dafür, dass mein Körper schaufelweise Dopamin produziert und es bis in die letzte Zelle verteilt.

»Nachforschungen erbeten!« Es klingt wie ein Sommer auf Jamaika, all-inclusive. Wie ein 5:0-Sieg der Borussia gegen die

Bayern oder ein Erstattungsbescheid vom Finanzamt. Ich öffne die Mail einer gewissen Andrea Buschmann und möchte einen Jubelschrei ausstoßen, der dazu in der Lage ist, die Wände der Wohnwagen und Mobilheime auf Happy Eiland erzittern zu lassen.

»Sehr geehrter Herr Born! Ich würde Sie gerne mit Nachforschungen zum Tod meines Vaters beauftragen.«

Die letzten Worte torkeln noch irgendwo durch meinen Verstand, da habe ich die angegebene Rufnummer schon gewählt. Andrea Buschmann meldet sich nach dem dritten Freizeichen.

»Mein Vater ist vorgestern tödlich verunglückt. Er ist die Kellertreppe hinuntergestürzt. Hat sich das Genick gebrochen. Aber das kann nicht sein.« Sie schießt die Sätze nach einer knappen Begrüßung wie eine Salve in mein Ohr. »Können Sie mir helfen? Bitte, Herr Born, die Polizei glaubt uns nicht.«

Oha. Hatte ich vor wenigen Sekunden noch die leichte Befürchtung, mit den Ermittlungen zu einem Handtaschendiebstahl beauftragt zu werden, schießen mir die Glückshormone inzwischen förmlich aus den Ohren. Aber – oberstes Privatdetektiv-Gebot – immer professionell bleiben.

»Puh, das kommt jetzt etwas plötzlich. Da müsste ich erst mal nachsehen, ob ich auf die Schnelle einen Termin für Sie freischaufeln kann.«

Ich klappe den Laptop wieder auf, klimpere vernehmlich auf der Tastatur herum und nehme das Gespräch wieder auf.

»Morgen früh um zehn wäre tatsächlich noch was frei, Frau …«

»Buschmann. Wo treffen wir uns?«

In Ermangelung eines Büros, ganz so weit ist die Professionalität dann doch noch nicht, schlage ich ihr ein Treffen bei Lissy vor. Morgens um zehn haben auch die letzten Camper ihre Brötchen abgeholt, und man ist relativ ungestört. Meine neue Klientin sagt spontan zu. Ich gebe ihr die Adresse durch und lege, von einem gewissen Tatendrang begleitet, auf.

Mit dem Lied über die Elf vom Niederrhein auf den Lippen mähe ich den Rasen weiter.

2

Dienstag, 6. Juni, 8.15 Uhr

»Warst du heute Morgen schon bei Jo?« Linda sieht mich misstrauisch an, während sie die Kaffeetasse abstellt. Meinen Ex-
Nachbarn trifft man nur sehr selten ohne einen kapitalen Joint
zwischen den Lippen. Ich gebe zu, in der Vergangenheit schon
einmal seine Gastfreundschaft diesbezüglich genossen zu haben.
Ein Mal, ich schwöre.

»Wie kommst du denn darauf?«

»Normalerweise singst du den Eiern kein Liedchen vor,
während sie kochen. Außerdem grinst du die ganze Zeit wie
ein Honigkuchenpferd.«

Ich erzähle ihr von dem bevorstehenden Treffen mit meiner
neuen Klientin. Aus dem Todesfall mache ich erst mal einen
Unfall mit Versicherungsanspruch. Meine Linda ist in Sachen
Mord etwas … sensibel. Wobei, steht ja auch noch nicht fest.

»Na, dann dürfen die Gänseblümchen sich ja freuen.«

Nach dem Frühstück will Linda ihre Mutter besuchen. Vor
einem halben Jahr war der Punkt erreicht, an dem sie und ihr
Vater die demenzkranke Frau nicht mehr pflegen konnten. Seitdem lebt sie in einem Seniorenstift in Xanten. Ihre Tochter und
ihren Mann erkennt sie inzwischen nur noch an guten Tagen.

Bis zum vereinbarten Termin ist es noch über eine Stunde. Ich
stecke einen kleinen Block und einen Bleistift ein, pfeife einmal
kurz und mache mich mit Manolo auf eine mittelgroße Runde
durch den Uedemer Hochwald. Oben an der Reichswaldstraße
angekommen, beschließe ich, auf die übliche Runde über den
Wanderparkplatz an der Labbecker Straße zu verzichten und
umzukehren. Hätte ich wohl locker geschafft, wenn da nicht
diese Unruhe an meinen Nerven knabbern würde.

Gegen halb zehn erreiche ich Lissys Bistro und nehme in

einem der bequemen Sessel an der rechten Seite des Außenbereichs Platz. Die Sonne kriecht über dem Happy-Eiland-Teich in den Himmel, um den Menschen schon bald die Schweißperlen auf die Stirn zu treiben. Zweiunddreißig Grad hat sie sich dafür vorgenommen. Bis es so weit ist, legt sie einen langen Schatten über den leeren Biergarten.

Als Lissy auf mich zukommt, fällt mir auf, keinen Gedanken an die Bewirtung meiner Klientin verschwendet zu haben, denn das Bistro ist nach der Brötchenausgabe um zehn geschlossen.

»Kein Problem, ich muss noch das Schaschlik für heute Abend zubereiten. Ich komme zwischendurch mal zu euch.«

Sie ist ein Engel, die Lissy. Und macht das beste Schaschlik am Niederrhein. Leider nur auf Vorbestellung, was ich meistens verpenne.

Um zehn Minuten vor dem vereinbarten Termin erscheint eine Frau um die vierzig und sieht sich auffällig um. Ihr kastanienrotes Haar legt sich in langen Locken über die Schultern. Ich winke sie zu mir an den Tisch. Andrea Buschmann trägt eine schwarze Bluse zu einer anthrazitfarbenen Hose und einen leicht verunsicherten Gesichtsausdruck.

»Herr Born?« Ich nicke und deute auf den Sessel gegenüber.

Sie hängt ein kleines Handtäschchen über die Stuhllehne und räuspert sich dezent.

»Ich habe keine Erfahrung mit einem Privatdetektiv …«, beginnt sie zögerlich. Ich nenne ihr vorsorglich meinen Tagessatz, sie nickt.

»Ich habe mit meinem Bruder besprochen, dass wir diese Kosten von unserem Erbe abziehen. Wir müssen wissen, wie mein Vater … ich meine …« Sie wischt sich eine Träne aus dem linken Augenwinkel.

»Hat Ihr Vater allein gelebt?«

»Ja, in einem kleinen Zechenhäuschen in der Georgstraße in Kamp-Lintfort. Meine Mutter ist vor vier Jahren gestorben.«

»Frau Buschmann, Sie sagten mir am Telefon, Ihr Vater sei die Treppe hinabgestürzt. Das hört sich für mich nach einem Unfall an.«

»Das hat die Kommissarin auch gesagt«, ihre Stimme gewinnt plötzlich an Kraft, »die heißt übrigens auch Born.«

»Ich kenne die Dame.« Wenn ich jetzt sage, dass es sich um meine getrennt lebende Gattin handelt, laufe ich Gefahr, für befangen gehalten zu werden. Und von da an ist es nur ein kleiner Schritt zum Rasenmäher.

»Wer hat Ihren Vater gefunden?«

Sie will zur Antwort ansetzen, da kommt Lissy an unseren Tisch. Wir bestellen Kaffee.

»Ich besuche ihn jeden Tag, um nach dem Rechten zu sehen. So auch am letzten Samstag. Es war kurz nach Mittag, gegen ein Uhr, glaube ich. Wir haben am Morgen noch miteinander telefoniert.«

Hört man immer wieder. Wenn Menschen mit dem plötzlichen Tod eines Angehörigen oder Freundes konfrontiert werden, suchen sie nach einer Erklärung, nach einem Anker, an dem sie ihre Trauer festmachen können, der das Unfassbare unvermeidlich erscheinen lässt.

»Warum zweifeln Sie daran, dass es ein Unfall war?«

Ihre Augen sind glasig, ihr Blick ist leer. Manolo geht zu ihr und junkert. Geistesabwesend streift ihre Hand über seinen Kopf.

»Da ist so einiges. Mir war schon an der Haustür klar, dass irgendetwas nicht stimmt. Ich habe meinem Vater hundertmal gesagt, dass er abschließen soll, weil schon so viel passiert ist in der Siedlung. Er hat immer nur gelacht und gesagt: ›Einen alten Mann klaut keiner.‹ Er hat die Haustür immer nur ins Schloss geworfen. Am Samstag war sie abgeschlossen, und das gleich zweifach.«

»Wie alt war Ihr Vater?«

Auf der Stirn meines Gegenübers bilden sich kleine Falten.

»Sechsundsechzig, aber geistig noch voll auf der Höhe, falls Sie darauf anspielen«, antwortet sie empört.

Ich hebe abwehrend die Hände.

»Das will ich nicht, ich trage erst mal nur Fakten zusammen. Können Sie ausschließen, dass Ihr Vater sich Ihren Rat doch noch zu Herzen genommen hatte? Vielleicht hat Ihr Bruder ihm das Gleiche gesagt und er …«

»Hat er, aber das hat meinen Vater nicht interessiert. Er konnte sehr stur sein. Bis in den Tod«, fügt sie leise, fast geheimnisvoll an.

Ich verstehe nicht, was sie damit sagen will. Bis sie fortfährt.

»Mein Vater hatte Lungenkrebs. Anfangs hatte er den Kampf gegen die Krankheit noch aufgenommen. Aber als die Ärzte ihm eine Chemotherapie empfahlen, hat er aufgegeben. Meine Mutter ist an Krebs gestorben. Die Chemo war eine einzige Quälerei für sie, gebracht hat sie nichts mehr. Wir haben auf ihn eingeredet, ihn angefleht, es trotzdem zu versuchen. Alles vergebens. Hat doch eh keinen Zweck, hat er gesagt. Dadurch wurde es natürlich immer schlimmer. Vor vier Wochen habe ich ihn zumindest noch mal überreden können, mit mir zum Lungenarzt zu fahren. Aber da war es schon zu spät. Drei bis sechs Monate gab er ihm noch. Wer bringt denn einen Todgeweihten um, verdammt noch mal?« Tränen fließen über ihre Wangen. Sie tupft sie mit einem Papiertaschentuch ab.

Diese Frage müsste in der Tat gestellt werden. Ob ich das machen werde, erscheint mir zunehmend ungewisser. Denn die Tatsache, dass die Haustür an diesem Tag verrammelt war, kann allenfalls in einem größeren Kontext relevant werden. Ich hoffe inständig, dass ihre weiteren Hinweise von mehr Gewicht sind. Sie nimmt einen Schluck Kaffee, die Tasse wackelt leicht.

»Sie sagten, da wäre so einiges, das Sie zweifeln lässt.« Ich sehe sie auffordernd an. Sie schnäuzt in ihr Taschentuch, richtet sich auf und starrt mich verschwörerisch an.

»Mein Vater ist seit Jahren nicht mehr im Keller gewesen. Er litt an Polyneuropathie, einer Nervenkrankheit. Es kam vor, dass er plötzlich kein Gefühl mehr im rechten Unterschenkel hatte. Treppensteigen war kaum noch möglich, schon gar nicht diese steile Stiege mit ihren alten Holzstufen. Mein Bruder und ich haben die Vorräte, die dort gelagert waren, und den Gefrierschrank schon vor Jahren im Erdgeschoss untergebracht. Es gab für ihn also keinen Grund mehr, in den Keller zu gehen.«

Nach allem, was meine neue Klientin mir bisher erzählt hat, muss es sehr wohl einen Grund gegeben haben. Manche Leute lagern ihre Erinnerungen im Keller. Fotoalben, alte Briefe, Dinge, die man gedanklich aus dem Alltag verbannt hat. Den Tod vor Augen, wollte ihr Vater in einem sentimentalen Augenblick vielleicht noch einmal auf sein Leben zurückblicken.

»Möglicherweise befand sich etwas im Keller, dem Sie und Ihr Bruder keine Aufmerksamkeit geschenkt haben. Vielleicht etwas, das dort schon viele Jahre liegt?«

Die innere Unruhe ist ihr anzumerken. Mit Daumen und Zeigefinger massiert sie ihr linkes Ohrläppchen. Ihr Gesicht wirkt farblos, die Augen schwer. Langsam dreht sie den Kopf hin und her.

»Da liegen nur alte Aktenordner mit Lohnabrechnungen und Dokumenten aus seiner Zeit bei der Zeche. Er wollte nicht, dass wir sie wegwerfen. ›Fressen doch kein Brot da unten‹, sagte er. Ansonsten jede Menge Zinnkrüge, die hat er mal gesammelt. Zinnkrüge.« Sie lächelt gequält.

»Hm … fehlt irgendwas davon?«, frage ich ohne jeden Hintergedanken, einfach nur so. Und um das Gespräch in Gang zu halten. Oft ist es so, dass Klienten im Vorfeld abwägen, was wichtig sein könnte und was nicht. Im Gegensatz zu ihnen reicht es mir jedoch nicht, an der Oberfläche zu schwimmen, ich muss abtauchen, Hinweise finden, die im Verborgenen liegen und auf den ersten Blick völlig nebensächlich erscheinen. Wenn ein Gespräch im Fluss bleibt, findet diese Abwägung nicht mehr statt, und es kommt vor, dass ein solcher Hinweis unbewusst fällt. Aktenordner beispielsweise, die jahrzehntelang im Keller Staub ansammeln, sind völlig uninteressant. Fehlt aber mittendrin einer, muss das einen Grund haben.

»Das weiß ich nicht.«

»Sie haben nicht nachgesehen?«

Andrea Buschmann schnaubt. Dann senkt sie den Blick und schüttelt verständnislos den Kopf.

»Mein Gott, mein Vater lag dort unten. Ich … ich kann da nicht vorbeigehen, wo er gelegen hat. An der Wand ist noch sein Blut …« Sie bricht in Tränen aus. Ich gebe ihr Zeit. Nach einer halben Minute trocknet sie ihre Tränen ab und schaut mich ungläubig an.

»Was reden Sie da überhaupt? Mein Vater war tot. Wie hätte er noch etwas mitnehmen sollen?«

Menschen neigen dazu, das Offensichtliche als einzig mögliche Wahrheit anzunehmen. Ihr Vater ist bei dem Versuch ums Leben gekommen, etwas in den Keller zu bringen oder von dort zu holen. So scheint es. Dabei ist es durchaus möglich, dass der Mann erst beim zweiten oder dritten Gang in den Keller gestürzt ist. Ich verkneife es mir, meine Klientin dahin gehend zu belehren. Bringt nichts, weil: Sie hat ja nicht nachgesehen.

»Entschuldigen Sie, Frau Buschmann. Ich bin darum bemüht, eine Erklärung für den Tod Ihres Vaters zu finden, und dabei möchte ich nichts außer Acht lassen. Eine Frage habe ich noch: Wer hatte außer Ihnen und Ihrem Bruder einen Schlüssel zum Haus Ihres Vaters?«

Ihre Nerven haben sich inzwischen wieder halbwegs beruhigt. Sie nimmt einen Schluck Kaffee, bevor sie antwortet.

»Nur mein Vater. Zwei sogar. Eigentlich …«

Herrje, lass dir doch nicht alles aus der Nase ziehen.

»Er hat laufend einen verbummelt. Ich habe ihm bestimmt schon fünfmal einen Schlüssel nachmachen lassen. Vor drei Wochen gerade erst. Der hing am Schlüsselbord neben der Haustür. Aber den hat er auch schon wieder verschludert.«

Oder auch nicht.

»Ich würde mich gerne im Haus Ihres Vaters umsehen.«

Sie zieht wortlos einen Schlüsselbund aus der Handtasche, friemelt einen Schlüssel aus dem Ring und reicht ihn mir. Ich verspreche ihr zum Abschied tägliche Berichterstattung.

3

Dienstag, 6. Juni, 11.10 Uhr

Manolo ist zu seiner üblichen Inspektionsrunde über den Platz aufgebrochen. Hermann-Josef ist damit beschäftigt, mit der Gartenschere einen Rosenstrauch in Form zu schneiden, den er letzten Samstag erst eingepflanzt hat. Ich hole den Autoschlüssel aus dem Haus und mache mich auf den Weg. Kurz hinter Kuschels frisch gestrichenem Holzhaus kommt Uwe mir entgegen. Als der Journalist mich sieht, setzt er ein süffisantes Grinsen auf.

»Erzähl!«, fordert er mich auf.

Ich sehe ihn nur fragend an.

»Na, von deinem neuen Auftrag.«

»Was hat Lissy denn sonst noch gesagt?«

»Nix Lissy, ich kam vorhin von einem Termin, da habe ich dich dort mit 'ner rothaarigen Lady sitzen sehen. Hab noch gegrüßt, aber du hingst der so an den Lippen.«

»Ihr Vater ist die Treppe runtergefallen, tot.«

»Und das Töchterchen meint, er ist gefallen worden?«

»So ist es.«

»Soll ich die SoKo zusammentrommeln?«

»Ich sehe mir das erst mal an.«

Die Happy-Eiland-SoKo war mir in der Vergangenheit bei einigen Fällen behilflich. Das Problem ist nur: Katja, Rosi, Leni, Bernd, Eddy und Uwe schießen schnell mal übers Ziel hinaus. Ich habe manchmal fast den Eindruck, sie gieren dem nächsten Mordfall entgegen. Ehrlich gesagt wäre es mir am liebsten, auf ihre Dienste verzichten zu können. Wenn es sich aber tatsächlich um einen Mordfall handelt, bin ich auf sie angewiesen. Im Polizeidienst stand uns ein großes Team zur Seite. Als Privatdetektiv muss ich mich allein um die Umfeldermittlung, um Zeugenbefragungen und Hintergrundinformationen kümmern, und das ist nicht zu schaffen.

Der Schattenplatz, auf den ich Emma gestern Nachmittag abgestellt hatte, ist um diese Tageszeit ein Platz an der Sonne und die Fahrgastzelle eine mobile Sauna. Ich reiße alle Türen auf und kurbele die Fenster runter. Der verblasste Zeiger des kleinen Plastikthermometers am Armaturenbrett hängt schlaff in der rechten Ecke, knapp hinter der Fünfzig-Grad-Markierung. Ich lasse einige Minuten den spärlichen Wind durch den Wagen kriechen und steige ein.

Damit Emma sich mal wieder den Ruß von den Kolben blasen kann, nehme ich die Autobahn. Kaum runter, gelange ich über die Franzstraße vorbei an den örtlichen Fußballvereinen Fichte und DJK an die Kreuzung Georgstraße. Ich wollte auf das Navi verzichten und biege prompt falsch ab. Drehen, zurück, und schon stehe ich vor dem alten Zechenhaus mit den vier Eingängen. Matthias Buschmann hat sich damals für das Haus mit dem größeren Eckgrundstück entschieden. Ich setze Emma auf die schmale Garagenauffahrt, lasse die Seitenscheiben, wo sie sind, und gehe zur Haustür.

Aus dem Briefkasten hängt traurig der Prospekt eines Getränkehandels. Den Schlüssel im Schloss frage ich mich, weshalb meine Klientin immer noch zweimal abschließt. Wenige Zentimeter neben der geöffneten Tür fällt mein Blick auf ein Schlüsselbrett in Sichthöhe mit dem eingebrannten Schriftzug »Glück auf«. Damit Einbrecher sofort wissen, wohin sie greifen müssen, sind die Schlüssel mit verschiedenfarbigen Anhängern versehen, auf denen »Garage«, »Schuppen« und »Briefkasten« steht, nur »Haustür« fehlt. Ich sehe mich um. An der Wand zum Obergeschoss verläuft die Schiene eines Treppenliftes, dessen Sitz sich seltsamerweise oben befindet. Macht nichts, stelle ich beim Betreten des ersten Zimmers fest. Auf maximal zehn Quadratmetern sind ein Kleiderschrank, ein Bett und ein kleiner Nachttisch untergebracht. Schräg gegenüber geht es in die kaum größere Küche. Ich wundere mich über die Ordnung: Nichts steht oder liegt herum, alles ist picobello blank. Dasselbe in dem kleinen Wohnzimmer. Meine Klientin scheint erst mal Hausputz gemacht zu haben, bevor sie mich besuchte. Eines steht mal fest: Egal wie sich die Sachlage entwickelt, die Kriminaltechnik braucht hier nicht mehr anzutanzen.

Okay, dann mal ab in den Keller. Auf der zweiten Stufe kann ich mich im letzten Augenblick am Handlauf festhalten, bevor ich dasselbe Schicksal erleide. Im schummerigen Licht der verstaubten Lampe offenbaren sich Stufen, die diese Bezeichnung längst nicht mehr verdienen. Nur wenig tiefer als die Hälfte meiner Schuhsohlen sind sie in der Mitte nach vorne hin so weit abgewetzt, dass man den Kellerboden leicht in einem Rutsch erreichen könnte. Mir kommen erste zarte Zweifel an meiner Mission. Der Keller ist in der damals üblichen Gewölbebauweise angelegt mit einer Deckenhöhe von circa einem Meter sechzig an den tiefen Stellen. Alles, wirklich alles hier unten ist von einer gleichmäßigen Staubschicht bedeckt. Unterbrochen nur von Fußabdrücken ohne Profil, wie sie Kriminaltechniker mit Überziehern an den Schuhen hinterlassen. Es reicht ein kurzer Blick auf die Regale mit den Akten und die auf einem Sideboard in mehreren Reihen postierten Zinnkrüge, um zu wissen, dass hier jahrelang niemand mehr gewesen ist. Ich lasse meine Stablampe, die ich einer Eingebung folgend mitgenommen habe, über den Boden hinter mir wandern. Auf dem staubigen, irgendwann mal dunkelgrau gestrichenen Beton sind meine Spuren sichtbar wie auf Neuschnee. Erst in einem kleinen Bereich eineinhalb Meter neben der Treppe tauchen weitere Fußspuren auf. Matthias Buschmann ist tatsächlich länger nicht mehr im Keller gewesen.

Ich gehe zurück in den kleinen Flur, in den die Kellertreppe mündet. An die Stelle, wo man Buschmanns Leiche gefunden hat. Mein Bauchgefühl meldet sich. Irgendetwas stimmt hier nicht, ich kann es förmlich riechen. Nur was? Langsam drehe ich mich um die eigene Achse, taste dabei mit der Lampe Fußboden und Wände ab, finde getrocknetes Blut vor meinen Füßen und einen untertassengroßen Fleck davon an den unteren beiden Ziegelreihen gegenüber der Treppe. Finde den Fehler, Born!, schreit mich meine innere Stimme an.

Ich gehe vorsichtig zwei Schritte zurück, sehe mir den Fundort genauer an. Plötzlich dämmert es. Da, wo der Tote gelegen haben muss, sind keine Fußabdrücke erkennbar. Die feine Staubschicht, die den Rest des Kellerbodens bedeckt, fehlt hier. Sieht aus, als hätte jemand feucht durchgewischt. Ich lasse den Lichtkegel die Treppe hinaufgleiten. Und wieder runter, ganz langsam. Die Stufen sind allesamt blitzeblank. Ich bücke mich, sehe mir das genauer an. Der Staub, der dort vor wenigen Tagen mit Sicherheit noch gelegen hat, befindet sich in schmalen Streifen an den seitlichen Rändern der Stufen. Dazwischen winzige Schlieren, Kalkspuren von getrocknetem Wasser. Mit einer Hand am Geländer gehe ich nach oben und wähle die Nummer meiner Klientin. Wieder meldet sie sich nach dem dritten Klingelton.

»Frau Buschmann, haben Sie die Kellertreppe geputzt?«

»Wie bitte? Nein, ich habe Ihnen doch gesagt, dass ich nicht im Keller gewesen bin.«

Bleibt Möglichkeit zwei, die KTU. Ich habe zwar nie erlebt, dass Kriminaltechniker einen Tatort auch nur annähernd aufgeräumt, geschweige denn besenrein verlassen hätten, aber vielleicht gibt es ja eine neue Verordnung, die ich noch nicht kenne. Ich werde Wim bei Gelegenheit fragen.

Im schmalen Flur erschrecke ich. In der Milchglasscheibe der Haustür zeichnet sich ein mannshoher, dunkler Schatten ab. Eine Hand legt sich auf die Scheibe. Jemand versucht hineinzusehen. Ich reiße mit einem Ruck die Tür auf. Vor mir steht ein Baum mit Armen und Beinen. Die Krone besteht aus fünf Millimeter langen Haarstoppeln. Tief in einem Gesicht, auf dem sich vermutlich noch nie eine Lachfalte abgezeichnet hat, liegen eiskalte Augen, die mich argwöhnisch mustern.

»Kann ich Ihnen helfen?«

»KHK Lehmann, Kripo Lintfort. Was machen Sie hier?«

»Lukas Born, Privatdetektiv. Ich bin von Frau Buschmann …«

»Ein Schnüffler, aha.« Lehmann schiebt mich zur Seite und geht an mir vorbei. Ohne weitere Worte zu verlieren, öffnet er die Schlafzimmertür, wirft einen kurzen Blick hinein, lässt sie offen und geht weiter in die Küche. Ich folge ihm wie ein Dackel seinem Herrchen.

Wir sind inzwischen im Wohnzimmer, Lehmann steht vor der monströsen Schrankwand, zieht eine Schublade auf und stöbert darin. Wird mir langsam zu bunt, das Ganze.

»Ich kann mich täuschen, aber braucht es dafür nicht eigentlich eine Durchsuchungsanordnung?«

Ups, falsche Frage. Lehmann dreht sich langsam um, baut seine ein Meter sechsundneunzig raumgreifend vor mir auf und sieht mir verächtlich in die Augen.

»Ich habe angeklopft, ich wurde reingebeten und darf mich umschauen. Sehen Sie das etwa anders?« Eine Augenbraue hebt sich bedrohlich. Ich habe keinen Bock auf Stress und stimme ihm zu. Allein schon deshalb, weil unsere Arbeitsweisen sich in gewisser Weise ähneln. Vor allem jedoch, weil ich wissen möchte, warum die Kripo hier auftaucht.

»Die Krefelder haben die Ermittlungen eingestellt, hörte ich.«

Kurzes Schnaufen der Sorte »diese Stümper«, dann öffnet Lehmann die nächste Schublade. Der Hinweis auf die Krefelder oder wahlweise Duisburger Kollegen kommt nicht gut an in der Provinz. Kleinere Delikte dürfen die örtlichen Kripo-Dienststellen bearbeiten, sobald es aber um Mord geht, übernehmen die »Großen«, und erfahrene Kollegen wie Lehmann dürfen ihnen zuarbeiten. Die Tatsache, dass Lehmann sich hier so ins Zeug legt, zeigt, dass er Zweifel hegt.

Ich hake vorsichtig nach: »Sind denn inzwischen Anhaltspunkte aufgetaucht, die auf eine Straftat hinweisen?«

»Laufende Ermittlung«, brummelt er in einen Bart, der die gleiche Länge hat wie sein Haupthaar. Er schiebt mich sanft zur Seite und öffnet die Kellertür. Lehmann ist nicht zum ersten Mal hier. Erkennt man daran, dass er sich mit der linken Hand am Geländer festhält. Unten angekommen, knipst er eine Taschenlampe an und verschwindet damit um die Ecke.

»Sind Sie hier durchgetrampelt?«, schallt es kurz darauf nach oben.

»Ja. Wie gesagt, bin ich mit …«

»Na prima«, fällt er mir ins Wort.

Oben schiebt mich Lehmann Richtung Küche. Er zieht einen Stuhl heran, bedeutet mir, mich zu setzen, und nimmt über Eck Platz. Ich frage mich, was das werden soll, da hat Lehmann bereits Block und Kuli in den Händen und sieht mich fragend an.

»Na los, was haben Sie herausgefunden?«

Jetzt reicht es mir endgültig.

»Laufende Ermittlung, sorry.«

Auf seiner Stirn schwillt eine Ader bedrohlich an.

»Einen Clown gefrühstückt, oder was?«, brüllt er mich an.

»Sie dürfen mich gerne vorladen, Lehmann. Dann müssen Sie eine Ermittlungsakte aufmachen. In einem Fall, den die Krefelder als Unfall abgelegt haben. Dürfte schwer werden, das zu erklären. Kommen Sie schon, wenn wir zusammenarbeiten, kann da was draus werden.«

Für einen kurzen Augenblick gerät mein Gegenüber ins Grübeln. Dann packt er Block und Kuli ein und steht schnaufend auf.

»Ich arbeite garantiert nicht mit einem Schnüffler zusammen. Sie werden von mir hören, Born.«

Sagt es und verlässt strammen Schrittes das Haus. Einen ratlosen Schnüffler zurücklassend.

Ein todkranker Rentner liegt leblos am Fuße einer Kellertreppe, die ich um ein Haar selber runtergesegelt wäre. Es gibt nicht den geringsten Hinweis auf Gewalteinwirkung. Ein häuslicher Unfall, wie er im Buche steht. Dass Lehmann hier auftaucht und Ermittlungen anstellt, kann bedeuten, dass er einen Hinweis hat, den weder ich noch Julia und ihre Leute kennen.

Apropos Julia. Ich habe meine Noch-Gattin schon lange nicht mehr besucht.

4

Dienstag, 6. Juni, 12.40 Uhr

Die Tankanzeige macht mir schmerzhaft bewusst, dass ich es versäumt habe, Wim zu besuchen. Der Kriminaltechniker, den ich aus meiner Zeit bei der Krefelder Kripo kenne, ist nicht nur mein Freund, sondern auch mein Tankwart. Emma stammt noch aus einer Zeit, in der Dieselmotoren problemlos Heizöl schluckten, ohne dass gleich sämtliche Düsen und Pumpen verstopften. An der Zapfsäule stelle ich fest, dass mein Versäumnis ziemlich kostspielig wird. Dafür bekommt Emma mal wieder den guten Diesel, kennt sie sonst nur von Weihnachten.

Als ich kurz hinter dem Autobahnkreuz Moers zu einem Überholvorgang ansetze, bilde ich mir ein, dass Emma irgendwie zufriedener vor sich hin nagelt. Agiler ist sie allerdings nicht. Knapp vor der Abfahrt Gartenstadt fädele ich ein und stehe zehn Minuten später auf dem Parkplatz der Industrie- und Handelskammer, der an das Präsidium angrenzt und immer ein freies Plätzchen bereithält.

Ich klopfe zweimal an und trete ein. Dabei stoße ich fast mit Julia zusammen, die mit einer Tasse Kaffee in der linken und einem Krückstock in der rechten Hand zum Schreibtisch humpelt.

»Knöchel verstaucht«, bemerkt sie knapp.

»Wie hast du das denn hinbekommen?«

»Ich bin eine alte Holztreppe runtergeflogen.«

Ich muss unweigerlich schmunzeln.

»Was gibt es denn da zu lachen?«

Ich hebe entschuldigend die Hände.

»Vor einer Stunde wäre ich beinahe dieselbe Treppe runtergesegelt wie du letzten Samstag.«

Tom nimmt die Hände von der Tastatur, Julia stellt die Kaffeetasse ab. Beide scheinen von einem unguten Gefühl befangen.

»Was hattest du in Buschmanns Haus zu suchen?«, will Julia wissen. Ihre Mimik verrät mir, dass sie die Antwort ahnt.

»Die Tochter hat mich mit dem Fall beauftragt«, gebe ich lapidar zurück.

»Mit dem Fall?« Meine Gattin wirkt leicht gereizt.

»Okay, ob das ein Fall wird, weiß ich noch nicht. Bislang habe ich nur ein paar … Ungereimtheiten, um es mal vorsichtig auszudrücken.«

»Und mit diesen Ungereimtheiten ziehst du der Frau jetzt das Geld aus der Tasche?«

»Umgekehrt.«

»Was meinst du damit?«

»Die Frau kam zu mir, hat mir von den Ungereimtheiten erzählt, mich gebeten, denen nachzugehen, und schiebt mir dafür das Geld in die Tasche. Wie ich hörte, wart ihr damit schnell durch.«

Julia und Tom wechseln einen kurzen Blick und üben sich im Anschluss im Synchronkopfnicken. Dann schiebt meine Noch-Gattin einen mitleidigen Blick in meine Richtung, untermalt von einem passend dazu klingenden »Ach, Lukas«.

Ihr könnt mich doch mal.

»Nee, alles gut. Ihr dürft die Nummer ruhig als Unfall in den Akten lassen. Stört mich überhaupt nicht, ehrlich. Mich würde nur interessieren, ob die KTU inzwischen feucht durchwischt, bevor sie Feierabend macht. Oder wart ihr das?«

»Ich weiß nicht, worauf du hinauswillst, gewischt hat da jedenfalls meines Wissens niemand. Und nicht dass ich dich desillusionieren wollte, aber«, sie fischt einen Obduktionsbericht aus einem der Ablagefächer, »laut Kristina Wegmann wäre der Mann auch bei einem Sturz von der Bordsteinkante gestorben. Im Übrigen hatte er gemäß dem Bericht noch maximal vier Wochen. Buschmann saß voller Krebs, praktisch alle Organe waren befallen. Er wog nur noch achtundfünfzig Kilogramm. Und die Treppe hast du ja selber kennengelernt.« Ihre Augen wandern automatisch zum bandagierten Knöchel.

»Ihr habt ihn obduzieren lassen?«

Julia verdreht die Augen. »Du kennst doch die Regeln.«

Klar. Wenn nicht hundertprozentig sicher ist, dass niemand nachgeholfen hat, muss sie eine Obduktion veranlassen. Ihrer Reaktion entnehme ich, dass sie das für pure Geldverschwendung hält.

»Es gibt also keine Hinweise auf Gewalteinwirkung«, konstatiere ich.

Julia schüttelt den Kopf und deutet auf den Obduktionsbericht. »Keine Kampfspuren, keine Hämatome am Rücken. Einbruchsspuren konnten unsere Leute auch keine finden. Die Lintforter Kollegen haben im Umfeld ermittelt. Ergebnis: Buschmann war überaus beliebt, keine Feinde, keine Leichen im Keller, nichts.«

Das haben die in zweieinhalb Tagen herausgefunden?, will ich nachhaken, lasse es aber. Ich verkneife mir den Hinweis auf Lehmann, der allem Anschein nach ganz und gar nicht von einem Unfall überzeugt ist. Wenn Julia davon erfährt, dass Lehmann weiter Ermittlungen anstellt, würde sie ihn umgehend anrufen und fragen, ob er noch alle Latten stramm hat. Eines dürfte sicher sein: Egal was Lehmann dazu treibt, er hat es nicht nach Krefeld durchgegeben.

»Okay, dann würde ich mal sagen: Das ist jetzt mein Fall.«

»Es gibt keinen Fall«, keift Julia mich an, wohl wissend, dass sie mich damit nicht stoppen kann. »Und solltest du, wider Erwarten, irgendetwas …«

»Erfährst du das natürlich als Erste.«

Eine zweifelnde Hauptkommissarin zurücklassend, verziehe ich mich.

Während Emma, eingepfercht zwischen zwei Sattelschleppern, über die Autobahn kriecht, geistert dieser Lehmann durch meinen Kopf. Unser Treffen war nicht gerade von gegenseitiger Wertschätzung, geschweige denn Sympathie geprägt. Nicht die beste Voraussetzung für eine fruchtbare Zusammenarbeit. Nach Lage der Dinge bin ich aber darauf angewiesen. Sind wir beide.

5

Dienstag, 6. Juni, 14.55 Uhr

Jede einzelne Nervenzelle in meinem Körper rebelliert, während ich die Polizeiwache an der Wilhelmstraße betrete. Hast du das nötig?, grummelt mein innerer Schweinehund und würde am liebsten auf dem Absatz kehrtmachen. Ich beruhige mich damit, dass ich ihn nur ein wenig … anfüttern will. Die Informationen aus Krefeld helfen ihm in dem Fall nicht wirklich weiter, könnten aber für etwas mehr Respekt und, im Idealfall, für Kooperationsbereitschaft sorgen.

»Ja«, bellt es hinter der Tür als Reaktion auf mein Anklopfen. Lehmann sitzt am Schreibtisch und starrt auf den Monitor.

»Guten Tag, Herr Lehmann.« Der Angesprochene hebt den Kopf, ist für eine Sekunde irritiert, lässt sich dann entspannt in seinen klobigen Bürostuhl gleiten, dessen Armlehnen bis aufs Metall abgewetzt sind.

»Sieh an, der Schnüffler. Haben Sie es sich anders überlegt? Ist auch besser so.« Lehmann kramt in einer Schublade und zieht einen Block hervor. Er klickt dreimal auf seinem Kugelschreiber herum, als müsste dieser erst anspringen. Ich ziehe ebenfalls einen Block hervor, dazu einen Bleistift. Lehmann sieht mich verwundert an.

»Ich denke, wir tauschen unsere Ergebnisse aus, oder?«

Lehmann sieht mich an, als hätte ich ihn gefragt, ob er mir mal kurz seine Dienstpistole leihen kann.

»Sind Sie jetzt total bescheuert geworden? Ich werde mit Sicherheit keine Ermittlungsergebnisse an einen Privatschnüffler weitergeben!«

»In diesem Fall bekommen Sie auch keine Informationen von mir. Wir kochen beide weiter unser Süppchen, ohne dass es heiß wird.«

Auf Lehmanns Stirn schwillt eine Ader an.

»Wenn ich rausfinde, dass Sie Ermittlungen in«, er zögert einen winzigen Augenblick, schluckt das »M-Wort« gerade noch runter, »einem Kriminalfall behindern, nagele ich Sie fest, Born!«

»Dazu müsste es diesen Fall erst mal geben. Buschmann steckte voller Metastasen, hatte noch knappe vier Wochen zu leben, maximal. Es gab keine Kampfspuren und keine äußeren Verletzungen, die auf eine Gewalttat schließen lassen. Glauben Sie im Ernst, dass die Krefelder daraus einen Fall machen?«

Wenn Misstrauen ein Gesicht wäre, würde es so aussehen wie das von Lehmann.

»Woher wollen Sie das wissen?«

Perfekter Zeitpunkt, um ihm den Köder hinzuwerfen.

»Steht alles im Obduktionsbericht. Haben Sie den etwa nicht gelesen? Okay, Ihre Sache, ich muss dann mal. Falls Sie es sich anders überlegen.« Ich werfe ihm eine Visitenkarte rüber. Die Klinke schon in der Hand, drehe ich mich kurz um. »Für den Fall, dass Sie den Bericht der KTU ebenfalls noch nicht gelesen haben: Es ließen sich keinerlei Einbruchsspuren finden. Schönen Tag, Herr Lehmann.«

Und schnell die Tür zu, bevor er aus seiner Trance erwacht.

Ich bin dringend auf weitere Informationen angewiesen. Andrea Buschmann hat mir im Grunde genommen nur erzählt, dass sie ihren Vater gefunden hat und es einige Ungereimtheiten gibt. Das sind Anhaltspunkte, maximal, mehr nicht. Ich muss herausfinden, ob etwas ihren Vater dazu veranlasst haben könnte, die Kellertreppe hinunterzugehen.

Meine Klientin wohnt im Rheurdter Ortsteil Schaephuysen, knappe zwölf Kilometer von hier.

»Ja, ich bin zu Hause.« Sie nennt mir die Adresse. »Fahren Sie am Nachtleben von Schaephuysen vorbei, dann am Ende links in die Ahornstraße.«

Ich bin vor einigen Jahren mal durch den Dreitausend-Einwohner-Ort gefahren. Dass dieses Dorf über ein nennenswertes Nachtleben verfügt, kann ich mir nicht vorstellen. Okay, ich war am Nachmittag dort. Da ich beim besten Willen nicht weiß, wo sich dort das Szeneviertel mit seinen Bars, Clubs und Diskotheken befindet, gebe ich die Adresse in mein Navi ein.

Am Ortseingangsschild vorbei, gehen meine Gedanken zu Lehmann. Der Herr Hauptkommissar wird vermutlich in diesem Augenblick mit Julia sprechen. Wenn er es nicht längst getan hat. Er wird sie in einem bemüht nebensächlichen Tonfall fragen, ob das Obduktionsergebnis schon da sei. Weil er einen Bericht schreiben möchte oder aus dienstlicher Neugierde oder welche Ausrede ihm auch immer einfallen mag. Nachdem ihm meine Noch-Gattin dies bestätigt und vielleicht sogar einige Details aus dem Bericht ausgeplaudert hat, wird er sie fragen, ob die KTU Hinweise gefunden habe. Nur so, man sei ja dabei gewesen und möchte gerne wissen, wie es ausgegangen sei. Spätestens mit diesem Wissen wird er sich mit meiner Person beschäftigen. Meine Suspendierung aus dem Polizeidienst und vor allem der Grund dafür hielten sich wochenlang in den Medien. Das Internet vergisst bekanntlich nichts, und so wird er vielleicht in diesem Moment den Bericht einer großen Boulevardzeitung bildschirmfüllend vor sich haben:

»Polizist verprügelt Kindesentführer! Kann Cedric jetzt noch gefunden werden?«

Lehmann wird das Gefühl haben, dass irgendjemand irgendwo in seinem Hirn ein Licht einschaltet, denn es dürfte kaum einen Polizisten in diesem Land geben, der davon nichts mitbekommen hat. Ob sein Respekt mir gegenüber dadurch nennenswert über die Nulllinie hinauswächst, lässt sich nicht sagen. Aber er wird mich zumindest ernst nehmen, das ist so sicher wie die Tatsache, dass ich in Gedanken entgegen der Empfehlung des Navis an der Birkenstraße vorbeigefahren bin. Mein Scout verzeiht mir den Fehler und leitet mich in die nächste Querstraße, an einer Verkehrsinsel vorbei, auf der sich zahlreiche Beete in unterschiedlichen Höhen befinden, mal aus Holz gefertigt, mal gemauert. Kurz darauf biege ich links in die Ahornstraße ein. Andrea Buschmann entsorgt einen Müllbeutel. Als sie mich sieht, zeigt sie auf die Garageneinfahrt. Sie trägt einen schwarzen Hosenanzug. Die Haare hat sie hochgesteckt.

»Na, wie gefällt Ihnen Schaephuysens Nachtleben?«, fragt sie mich auf dem Weg zur Haustür. Ich sehe sie verwundert an.

»Sind Sie gerade dran vorbeigefahren. Die Beete auf der Verkehrsinsel.«

»Aha.« Zum ersten Mal huscht so was wie ein Grinsen über ihr Gesicht. Sie führt mich ins Wohnzimmer, das von einer ausladenden Couchlandschaft in schwarzem Leder dominiert wird.

»Die haben wir vom Verein für Gartenkultur und Heimatpflege angelegt, sie ziehen nachtaktive Insekten wie Motten an, die wiederum Fledermäuse anlocken.« Meine Klientin scheint die Trauer um ihren Vater gut zu bewältigen. Vielleicht ist es auch nur ihre Art, sich abzulenken. »Dadurch spielt sich das Leben auf dieser Insel in der Nacht ab. Deshalb haben wir es Nachtleben von Schaephuysen genannt.«

Ich bemühe mich, einen möglichst erstaunten Ausdruck auf mein Gesicht zu legen. Nicht leicht, wenn einem ganz andere Dinge durch den Kopf gehen. Nachdem meine Gastgeberin eine Flasche Mineralwasser und zwei Gläser auf den Esstisch gestellt hat, komme ich zur Sache.

»Frau Buschmann, ich will ehrlich sein: Es gibt einige Fakten, die Raum für Zweifel lassen. Die verschlossene Haustür etwa oder der fehlende Zweitschlüssel. Oder dass er im Keller war, obwohl es dafür keinen ersichtlichen Grund gibt. Aber das alles sind keine Beweise dafür, dass zu diesem Zeitpunkt jemand im Haus war. Wenn ich Ihnen helfen soll, brauche ich weitere Informationen über Ihren Vater. Versuchen Sie doch einfach mal, die letzten vier Wochen in seinem Leben nachzuzeichnen. Hatte er Freunde, die er besucht hat? Hatte er Pläne? Gab es eine außergewöhnliche Situation?«

Andrea Buschmann legt den Kopf in den Nacken und betrachtet nachdenklich die schneeweiße Decke. Dann senkt sie den Blick auf das Wasserglas, atmet lange aus und bewegt dabei langsam den Kopf hin und her. Ich stelle mich gedanklich auf eine relativ erfolglos verlaufende Infoveranstaltung ein.

»Früher hat er mit dem Jupp von der Michaelstraße und

alten Kumpeln Doppelkopf gespielt. Das haben die aber schon ewig nicht mehr gemacht. Ab und zu hat er sich noch mit denen getroffen. Mit seiner Krankheit ist das dann vor einem halben Jahr oder so endgültig eingeschlafen.«

Ich schreibe mir Name und Adresse von diesem Jupp auf.

»Er hat vor ein paar Wochen mal davon gesprochen, noch einen Schlussstrich ziehen zu müssen, bevor er dem lieben Gott die Hand gibt. Dabei war Papa gar nicht so gläubig. Er ging zwar dreimal im Jahr in die Kirche, aber dass er jeden Tag beten würde … nee, so war er nicht. Deshalb hat mich das auch gewundert. Er sagte, ich werde das schon noch erfahren.«

»Sie haben keine Ahnung, was er damit gemeint haben könnte?«

Sie schüttelt den Kopf, steht auf, holt ihr Smartphone von der Anrichte und wischt konzentriert über das Display.

»Da war jemand« nuschelt sie dabei.

»Wo war jemand?«

»In der Wohnung meines Vaters. Also … ich glaube das jedenfalls. Warten Sie, ich müsste es gleich haben. Da ist es.« Sie tippt mit dem Zeigefinger auf ein Bild, um es zu vergrößern, und hält mir das Smartphone hin. Ich erkenne ihren Vater, im Hintergrund die Küche und einen Teil des Flures. Das Foto ist etwas unscharf, das Motiv leicht schräg.

»Das war am letzten Samstag, wenige Stunden bevor …« Sie schluckt.

Ich sehe genauer hin, ohne dass mich die leiseste Erkenntnis tangiert.

»Ich habe jeden Morgen mit ihm per Video telefoniert, das war ein festes Ritual zwischen uns. Dafür habe ich ihm Weihnachten dieses Smartphone geschenkt. Bis ich ihm das erklärt hatte … na ja, inzwischen kennt er sich im Internet besser aus als ich, der hat da richtig Spaß dran« fügt sie an und lächelt dabei verkrampft.

Ich tauche in das Foto ein, ohne dass sich mir erschließt, was sie meint. Dann klärt sie mich endlich auf.

»Da war jemand im Haus. Irgendwas … hat sich dort bewegt.« Andrea Buschmann rückt mit dem Stuhl neben mich. Halb über der Collage einer Zeche erkenne ich bei genauem Hinsehen einen blassen Schatten.

»Der tauchte zweimal auf, nur ganz kurz. Beim zweiten Mal konnte ich diesen Screenshot machen«, sie wirkt jetzt verunsichert, »na ja, man muss schon ganz genau hinsehen.«

»Haben Sie der Polizei das Foto gezeigt?«

Meine Mandantin verzieht das Gesicht. »Manchmal ist auch die Linse verschmutzt. ›Das kommt vor, wenn man keine Schutzhülle benutzt‹, hat der Mann von der Kripo gesagt. Ich glaube, der hat gar nicht genau hingesehen.«

»Was sagte Ihr Vater dazu?«

Sie stößt einen kurzen Lacher aus.

»Was wohl? Er hat mich ausgelacht, mich gefragt, ob ich gestern wieder einen Krimi geguckt hätte. Ich habe ihn angeschrien: ›Papa, da ist jemand in deinem Haus. Bleib, wo du bist, ich rufe die Polizei.‹ Das hat er natürlich nicht gemacht. Warum auch? Er sprang sofort hoch, ging in den Flur und kam kurz darauf mit seiner Sommerjacke zurück. Sie sei von der Garderobe gefallen, er habe alle Fenster zum Lüften aufgemacht, sagte mein Vater. Wenn ich doch bloß sofort die Polizei gerufen hätte.« Von einem Augenblick zum anderen verliert ihr Gesicht an Farbe. Ihre Atmung wird kürzer, die Augen glasig. »Dann würde er jetzt noch leben. Aber ich blöde Kuh wollte selber nachsehen. Hab dann aber erst noch unseren Sohn zum Fußballplatz gebracht«, ihre Stimme wird zunehmend brüchiger, »bin gemütlich einkaufen gegangen, und als ich endlich dort eintraf, lag er …«

Sie bricht in Tränen aus, ihr ganzer Körper bebt.

»Sie konnten das nicht ahnen«, versuche ich sie zu beruhigen.

Sie hebt den Kopf, blickt mich aus einem tränennassen Gesicht an.

»Doch, das konnte ich.«

Ich lasse mir das Handy ihres Vaters geben und verabschiede mich. Den Screenshot hat sie ihm noch geschickt. Er war das Letzte, was er von ihr bekommen sollte.

6

Dienstag, 6. Juni, 17.40 Uhr

Das Gespräch mit Andrea Buschmann lässt mir keine Ruhe. Anstatt Antworten zu bekommen, habe ich neue Fragen. Für den ominösen Schatten an der Wand dürfte sich eine Erklärung finden lassen. Meine Klientin sagt, sie habe ihn angeschrien – da dürfte kein Eindringling seelenruhig im Flur stehen bleiben und auf das Eintreffen der Polizei warten. Was mich viel mehr beschäftigt, ist die Frage, was er mit dem Schlussstrich gemeint haben könnte.

An der Einmündung zur B 510 setze ich den Blinker. Eine Viertelstunde später erreiche ich das alte Zechenhaus in der Georgstraße. Auf dem Bürgersteig vor der Haustür stehen zwei Frauen um die vierzig und unterhalten sich. Als ich mit dem Schlüssel in der Hand an ihnen vorbeigehe, verstummt das Gespräch.

»Entschuldigung«, spricht mich eine der beiden an, »sind Sie ein Angehöriger?«

Ich drehe mich um. Die Frau trägt eine Bluse, die allem Anschein nach nicht in ihrer Größe vorrätig war. Zumindest liegt sie so eng an, dass sie Bereiche betont, die frau gewöhnlich lieber dezent verhüllt.

»Nein, ich bin Privatdetektiv.« Für eine Sekunde habe ich überlegt, diese Information erst mal nicht rauszuhauen. Andererseits dürfte sich der Umstand, dass ein Privatdetektiv in den Todesfall Buschmann involviert ist, wie ein Lauffeuer in der Nachbarschaft herumsprechen. Das könnte einen gewissen Kommunikationsfluss in Gang setzen.

»Ein Privatdetektiv«, wiederholt die andere und mustert mich, »das ist ja interessant.«

Auf ihrem Oberarm lese ich, dass ihre Kinder Chantal und Kevin heißen. Aus ihrem Dekolleté rankt eine Rose, die mir in diesem Augenblick näher kommt.

»Stimmt da etwa was nicht?«, flüstert sie und deutet mit dem Kinn zum Haus hinter mir.

Ich zucke die Schultern.

»Die Polizei war ja jedenfalls schnell wieder weg«, hakt sie schnippisch nach.

»Ist Ihnen in den letzten Tagen denn irgendwas aufgefallen?«, frage ich und komme mir dabei vor wie die Kollegen aus dem Fernsehen. Die beiden tauschen einen Blick.

»Das wollten die Polizisten auch wissen. Wir wohnen ja gegenüber. Ich jedenfalls. Die Conny, also die Frau Biesemann, wohnt da drüben.« Sie streckt ihren Arm aus.

»Nummer siebzehn«, ergänzt die Rose. So langsam nerven mich die beiden, ich mache eine Andeutung, ins Haus zu gehen.

»Vor einer Stunde waren zwei Männer mit einem Wäschekorb hier«, platzt es aus der engen Bluse.

»Kennen Sie die Männer?«

»Nee, die gehörten nicht hierher. Sonst hätten sie ja auch nicht geklingelt. Ich meine, wer soll da aufmachen?«

Ich reiche der Kollegin eine Visitenkarte. »Wenn Ihnen noch was einfällt …«

Bei meinem Gang durch das Erdgeschoss fällt mir ein blinkendes Lämpchen im Wohnzimmer auf.

Ich betätige die Wiedergabetaste des klobigen Anrufbeantworters aus den Achtzigern. Eine tiefe Bassstimme meldet sich. »Hallo, Herr Buschmann, Bernd Nickel hier, von der Fördergemeinschaft für Bergmannstradition, wir hatten einen Termin wegen der Zinnkrüge. Rufen Sie mich doch bitte zurück.«

Ich drücke die Rückruftaste, Nickel meldet sich nach dem fünften Freizeichen. Ich erkläre ihm, wer ich bin und was ich hier mache.

»Jaja, ich weiß Bescheid. Ich war einige Tage nicht im Verein, und wenn man in Geldern wohnt, kriegt man das nicht so schnell mit. Dabei war Mattes Mitglied bei uns, wenn auch nur noch zahlendes. Trotzdem, da hätte mir doch mal einer Bescheid sagen können. Okay, nutzt jetzt nix mehr. Wir werden mit seiner Tochter einen neuen Termin ausmachen, wenn alles vorbei ist.«

Falls sie nichts dagegen hat, dass die Zinnkrüge einen Platz in unseren Vitrinen finden.«

»Hat Herr Buschmann Ihnen gesagt, weshalb er sich davon trennen wollte?«

Für einige Sekunden dringt nur sein Atem an mein Ohr. »Ist eine traurige Geschichte. Er sagte, dass er nicht mehr lange leben würde und alles geregelt sein soll, wenn es so weit sei.«

Das also meinte Buschmann, als er sagte, er müsse einen Schlussstrich ziehen. Deshalb wollte er in den Keller. Ich fühle eine leichte Missstimmung in mir aufsteigen. Vor meinem geistigen Auge taucht mein Rasenmäher auf. Einen Versuch wage ich noch.

»Welchen Wert hat die Sammlung eigentlich?«

Ein Lachen am anderen Ende der Leitung erstickt die vage Hoffnung auf einen Raubmord und damit verbundene Vollbeschäftigung.

»Im Internet könnte man dafür vielleicht ein paar Euros bekommen, aber sonst ... Der Wert ist mehr ideell. Bei uns machen die sich gut, ansonsten wüsste ich niemanden, der etwas damit anfangen könnte.«

Ich bedanke mich artig und lege auf. Mal abgesehen davon, dass die Haustür zweifach verriegelt war und meine Klientin einen Schatten gesehen haben will, der selbst auf dem Foto kaum als solcher zu erkennen ist, haben sich alle anderen Ansätze in Luft aufgelöst. Eine Sekunde denke ich daran, Lehmann anzurufen. Soll sich selber die Hörner abstoßen.

Ich schlendere ziellos durch die Wohnung, spüre, wie sich Frustration in mir ausbreitet. Mein Bauchgefühl kann sich nicht damit abfinden, dass es vorbei ist. Es stimmt was nicht, meldet es mir unentwegt. Aber was? Ich sehe mich um. Alles wirkt ordentlich aufgeräumt, nirgendwo liegt was herum.

Hm ...

Nirgendwo liegt was herum? Genau! Über fünfzig Zinnkrüge lassen sich nicht in die Hosentasche stecken.

Vor einer Stunde waren zwei Männer mit einem Wäschekorb hier.

Nickel meldet sich dieses Mal nach dem zweiten Klingelton.
»Sie hatten einen Wäschekorb dabei, sagte eine Nachbarin.
Hatte Herr Buschmann Sie darum gebeten?« Nickel benötigt
einen Moment, bis er versteht, was ich meine.

»Ja, er hat mich am Freitagvormittag angerufen und gesagt,
dass wir die Krüge selber aus dem Keller holen müssten, weil er
die Treppe nicht mehr heruntergehen kann, und dass wir einen
großen Karton mitbringen sollen. Es war ihm total peinlich.«

Draußen ist der Bürgersteig leer. Nickels Aussage hat den Unfall wie ein Schwamm von der Tafel gewischt. Er bestätigt die
Ahnung meiner Klientin und lässt ihre Hinweise in einem neuen
Licht erscheinen. Oder sagen wir mal, sie lässt mich ernsthaf-
ter darüber nachdenken. Über die Aussage Buschmanns zum
Beispiel, der Schatten an der Wand sei vermutlich von der her-
abfallenden Sommerjacke verursacht worden. Die Garderobe
ist eineinhalb Meter von der Wand entfernt, die Richtung der
einfallenden Sonnenstrahlen könnte ebenfalls stimmen. Aber
Andrea Buschmann gab zu Protokoll, dass der Schatten zweimal aufgetaucht sei. Unwahrscheinlich, dass eine Jacke zweimal
von der Garderobe fällt.

Weil ich Zeit habe, wähle ich für die Rückfahrt die Land-
straße. Das ist Emmas Welt. Da fällt sie nicht auf, wenn sie
mit siebzig durch die Landschaft zockelt. Oder mit fünfzig
durch die endlos lange Bönninghardt. Kurz nachdem ich an
der Gaststätte Thiesen auf die Winnenthaler Straße abgebogen
bin, rubbelt mein Handy nervös über den Beifahrersitz. Es ist
Lehmann.

»Ich würde mich gerne mit Ihnen unterhalten«, begrüßt er
mich ohne irgendwelche Floskeln.

»Schießen Sie los.«

»Nicht am Telefon.«

»Okay, wo sind Sie?«

»Die Leute hier nennen es Lissys Bistro.«

7

Dienstag, 6. Juni, 19.05 Uhr

Lehmann sitzt an der gleichen Stelle, an der ich am Morgen meine Klientin empfangen habe.

»Hätte nicht gedacht, dass der Berg zum Propheten kommt«, begrüße ich ihn.

»Noch so ein Spruch, und der Berg geht wieder.« Lehmann sieht mich mit dem gewohnt mürrischen Ausdruck an, nur dass es dieses Mal aufgesetzt wirkt. Ich setze mich zu ihm.

»Lukas Born.«

Ich nicke.

»Ich glaube, ich bin der Einzige in unserem Laden, der Sie nicht kennt. Dabei bin ich schon vor eineinhalb Jahren aus Essen nach Kamp-Lintfort gekommen. Hatten Sie Urlaub?«

Es gelingt mir nur schwer, meine Verwunderung über den lockeren Plauderton zu verbergen.

»Wir haben hier nicht so häufig einen Mordfall«, gebe ich zurück.

»Dabei war mir die Geschichte von damals bekannt. Der Fall hat auch bei uns für reichlich Gesprächsstoff gesorgt. Einem Kindesentführer Prügel androhen, damit er den Aufenthalt seines Opfers verrät. Respekt. Ich hätte direkt zugeschlagen. Dann wäre ich jetzt der Schnüffler …« Er streckt mir seine Hand entgegen. »Siggi.«

»Lukas.« Ich schlage ein.

Lissy kommt an unseren Tisch. Ich habe praktisch Feierabend, bestelle ein Pils. Lehmann bleibt beim Wasser.

»Was hat dich in die Provinz verschlagen?«

»Hab einem Kollegen das Nasenbein gebrochen, weil er meine Frau vögelt. Hätte das vielleicht nicht an einem Tatort tun sollen. Zumindest nicht, wenn der Staatsanwalt danebensteht.«

»Ja … die können kleinlich sein.«

Zum ersten Mal sehe ich Lehmann lachen.

Lissy bringt die Getränke.

»Haste noch dran zu knabbern?«

Lehmann stülpt die Lippen vor und bewegt dabei den Kopf leicht hin und her.

»Hab mich ein paar Wochen abgefüllt, dann ging es. Ich brauche diesen Morast nicht mehr, muss nicht ständig in Abgründe sehen und nachts davon träumen. In Lintfort ist es auch ganz nett.«

»Und was ist mit deiner Frau?«

»Ex-Frau. Glaub mir, der Typ hat sie verdient.« Lehmann lacht diabolisch und hält mir sein Glas hin. Wir stoßen an. Damit hatte ich nach unseren ersten beiden Begegnungen im Traum nicht gerechnet. Wir schweigen eine Minute, dann komme ich zur Sache. »Wie weit seid ihr im Fall Buschmann?«

Lehmann verschluckt sich, hustet kurz, stellt das Glas ab und schaut mich an. »Wir? Die Krefelder haben eingestellt, und meine Kollegen machen wieder Dienst nach Vorschrift.«

»Wir sind also auf uns gestellt.«

»Deshalb bin ich hier.« Lehmann beugt sich vor. »Ich kann nicht sagen, ob da jemand nachgeholfen hat oder nicht. Aber da ist eine Sache, die macht mich stutzig, also bin ich heute Morgen noch mal dort hingefahren.« Lehmann räuspert sich, nimmt einen Schluck Wasser, bevor er weiterspricht. »Matthias Buschmann hätte gestern einen Termin bei mir gehabt.«

Ein älteres Paar fragt, ob die beiden Plätze uns gegenüber frei sind. Ich sage, dass wir jemanden erwarten.

»Er hat mich am Donnerstagnachmittag angerufen und gesagt, dass er ein Geständnis ablegen möchte. Ich habe ihn gefragt, um was es gehe, und ihm gesagt, dass er bei der Kripo gelandet sei. Darauf hat er geantwortet, dass das schon richtig sei und ob er am Montag um zehn Uhr kommen könne. Ich habe ihm angeboten, sofort zu kommen, hätte ihn sogar abholen lassen. Er blieb bei Montag.«

»Du hast nicht weiter nachgehakt?«

Lehmann lässt sich in die Lehne der Bank fallen. Ich winke ab. Blöde Frage, okay.

»Donnerstag nimmt er sich vor, ein Geständnis abzulegen, Samstag liegt er tot an der Kellertreppe. Haben wir einen Mordfall?«

»Schon möglich.« In Lehmanns Stimme klingen Restzweifel durch. Die verfliegen zusehends, während ich ihn auf meinen Kenntnisstand bringe.

»Sieht so aus, als ob der Mörder bereits im Haus war, als deine Klientin mit ihrem Vater telefonierte.«

»Schon möglich«, wiederhole ich Lehmann. »Ich frage mich, warum Buschmann nicht sofort zu euch kommen wollte. Warum erst vier Tage später? Und warum weiß seine Tochter nichts davon? Ihr gegenüber hat er nur angedeutet, einen Schlussstrich ziehen zu wollen.«

Einige Minuten lang sitzen wir nur da und lassen unsere Gedanken ziehen. Bei dem einzigen Fall, der mir dazu einfällt, handelte es sich um einen bewaffneten Raubüberfall.

»Wir haben damals in alle Richtungen ermittelt, ohne wirklich weiterzukommen. Eines Tages meldete sich der Täter und wollte ein Geständnis ablegen. Er hatte es satt, ständig in der Angst leben zu müssen, eingebuchtet zu werden. Lieber nahm er ein paar Jahre Knast in Kauf. Natürlich erst nachdem er die Beute in Sicherheit gebracht hatte.«

Lehmann nickt. »So was Ähnliches hatten wir auch mal. Ich glaube nicht, dass uns das weiterhilft.«

»Vielleicht gab es Mittäter, die er vorab warnen wollte?«

Lehmann runzelt die Stirn. So richtig kann ich mir selbst nicht vorstellen, dass der alte Buschmann ein Gewalttäter sein sollte. Ich meine, wer Zinnkrüge sammelt und in einem Zechenhäuschen lebt …

»Ich denke, wir sollten uns auf die ominöse Person konzentrieren, die den Schatten an die Wand geworfen hat. Das war zwischen … Wann hat Buschmann mit seiner Tochter telefoniert?«

»Bis circa zehn. Gegen zwölf hat sie ihn gefunden«, entgegne ich.

»In diesem Zeitraum muss jemand im Haus gewesen sein, wenn wir von einem Mord ausgehen.« Lehmann reibt sich nachdenklich das Kinn. »Verdammt, der muss doch Spuren hinterlassen haben. Wir bräuchten das Ergebnis der KTU …«

»Kein Problem.«

Ich schnappe mir unsere Deckel und drücke sie Lissy auf dem Weg zum Parkplatz in die Hand.

8

Dienstag, 6. Juni, 20.20 Uhr

Unterwegs erzähle ich Siggi Lehmann von meinem Tankwart, der hauptberuflich Kriminaltechniker ist. In dieser Funktion ist er ihm am vergangenen Samstag zum ersten Mal begegnet.

»Ich warte am besten im Auto. Wenn deine Frau davon erfährt, gibt es unnötigen Stress.«

»Wird sie nicht, Wim schweigt wie ein Grab. Glaub mir, ich habe da so meine Erfahrungen.«

Ich stelle Emma aus einer Gewohnheit heraus neben dem Heizöltank ab. Wim und Mareike sitzen im Garten. Der Grill neben ihnen qualmt. Kaum hat er uns erkannt, winkt Wim uns herüber.

»Da lege ich mal noch was drauf.« Wir lehnen freundlich ab. Ich stelle Siggi vor, Wim sieht ihn verdutzt an.

»Warst du nicht letzten Samstag am Tatort in Kamp-Lintfort?«

Siggi nickt. Ihm ist anzusehen, dass er sich nicht ganz wohl bei der Sache fühlt. Kann ich verstehen. Wim greift neben sich in eine Kühlbox und holt zwei Flens hervor. Bevor wir etwas sagen können, lässt er die Keramikverschlüsse aufploppen und reicht uns die Flaschen. Ich mache eine wehrlose Geste, Lehmann erwidert sie, und wir prosten uns zu.

»Du glaubst also, der Rentner ist ermordet worden?«, fragt Wim in meine Richtung.

»Es gibt Ungereimtheiten.«

»Ist ja mal was ganz Neues. Soviel mir bekannt ist, will Julia den Fall einstellen, was nach meinen Erfahrungen nichts bedeuten muss. Apropos, was sagt deine Ex denn dazu, dass du einen Kollegen eingespannt hast?«

Lehmann schluckt.

»Das weiß sie natürlich nicht. Wäre schön, wenn das so bleibt.«

Wim schüttelt lachend den Kopf.

»Von mir erfährt sie das nicht. Wird sie ohnehin merken, wenn du sie nicht mehr um Infos anbettelst.«

Anbetteln? Wir haben in der Vergangenheit in dem einen oder anderen Fall kooperiert. Ja gut, der Austausch von Informationen hatte eine gewisse Ähnlichkeit mit einem orientalischen Basar, profitiert haben wir davon aber meistens beide. Mehr oder weniger.

»Ich nehme mal an, ihr seid hier, weil ihr unseren Bericht nicht bekommen habt.«

Wir nicken.

»Steht eh nicht viel drin.«

»Es gibt Grund zu der Annahme, dass sich zum Zeitpunkt des Todes eine weitere Person in der Wohnung aufgehalten hat«, ergreift Lehmann zu meiner Überraschung das Wort.

»Diesen leisen Verdacht hatte ich auch.« Wim nimmt einen kräftigen Schluck aus der Pulle. »Es gibt jede Menge Fingerprints in der Hütte. Was uns fehlt, sind die Vergleichsspuren.«

Habe ich mir gedacht. Alleinstehende Rentner sind nicht unbedingt als Putzteufel bekannt.

Moment.

»Was genau kam dir komisch vor?« Ich kenne Wim gut genug, um zu wissen, dass er genau diese Frage hören will.

»Ich habe mich in der Wohnung umgesehen und im Badezimmer neben einem Schrank einen Wischmopp gefunden. Das Tuch war noch feucht. Hab mir den Stiel zur Brust genommen. Bis auf wenige Abdrücke von den Papillarlinien der Handinnenfläche im mittleren Bereich und einige stark verwischte Fingerprints war das Teil sauber.«

Lehmann und ich tauschen einen Blick.

»Jemand hat die Treppe gewischt. Und du willst uns damit sagen, dass er dabei Handschuhe getragen hat?«

»Möglich.«

Mareike hält uns einen Teller mit Würstchen und Koteletts hin. »Kommt, auf die Hand.« Sie reicht uns Servietten, und wir folgen der Anweisung.

»Gut möglich sogar«, ergänzt Wim, »das würde zumindest die Faserspuren erklären, die wir am Treppenabsatz gefunden haben.«

»Was sind das für Fasern?«, will Lehmann wissen.

Wim zieht sein Smartphone vom Tisch und wischt darauf herum. Nach wenigen Sekunden setzt er eine Lesebrille auf.

»Achtzig Prozent Biobaumwolle, achtzehn Prozent recyceltes Polyamid, zwei Prozent Elasthan«, liest er vor. Allem Anschein nach bekommt der Kriminaltechniker den Laborbericht aufs Handy. Während ich darüber nachdenke, was uns das sagen soll, hat Lehmann die Lösung.

»Socken.«

»Ist naheliegend«, antwortet Wim. »Da kannst du jedenfalls wischen, so viel du willst, auf dem Estrich bleibt immer was zurück.«

Damit dürfte endgültig feststehen, dass jemand nachgeholfen hat. Ich wickele den Kotelettknochen in die Serviette und stecke sie ein. Wir verabschieden uns von Mareike und Wim, der uns zum Auto begleitet.

»Übrigens: Der Laborbericht kam vor einer halben Stunde. Julia dürfte den noch nicht gelesen haben.«

Ich frage mich, ob meiner Gattin das reicht, die Ermittlungen aufrechtzuerhalten. Die Spuren deuten zwar auf eine zweite Person am Tatort hin, als Beleg für einen Mord dienen sie allerdings – noch – nicht. Zumal ein Motiv weit und breit nicht in Sicht ist. Ich will gerade die Fahrertür öffnen, da fällt mir was ein.

»Meine Klientin sagt, ihr Vater sei seit Jahren nicht mehr im Keller gewesen. Gibt es dafür Anhaltspunkte?«

»Ja.«

Boah, Wim. Ich stoße hart den Atem aus. Wim wirkt amüsiert.

»Von drei, vier Ausnahmen irgendwo in der Mitte abgesehen befinden sich keinerlei Fingerabdrücke des Toten am Geländer. Du kennst die Treppe. Ich kann mir beim besten Willen nicht vorstellen, dass ein sechsundsechzigjähriger todkranker Mann die freihändig runtergeht.«

Womit auch diese Aussage meiner Klientin bestätigt wäre.

Auf der Fahrt durch die Freie Republik Mörmter-Ursel-Willich, deren Ortsnamen die Bewohner gerne liebevoll als MUW zusammenfassen, wirkt mein Beifahrer seltsam nachdenklich.

»Denkst du darüber nach, unsere Ergebnisse Krefeld zu melden?«

»Was?« Mit einem Ruck ist er wieder in der Realität. »Quatsch! Ich denke darüber nach, dass wir möglicherweise mitten in einem Mordfall stecken.«

»So sieht es aus«, bemerke ich lapidar. Lehmann schüttelt den Kopf. Was er bloß hat?

»Lukas, ich weiß nicht, wie ihr das in Krefeld gemacht habt. Aber in Essen haben wir bei so einer Lage ein dreißigköpfiges Team zusammengestellt. Mindestens. Wir sind zu zweit! Auf meine Kollegen kann ich jedenfalls nicht zählen, solange Julia das Ding nicht wieder aufmacht. Wie soll das funktionieren? Uns fehlt es an allem, nicht nur an Personal. Es reicht nicht, wenn dein Wim mal aus dem Nähkästchen plaudert.«

In der scharfen Linkskurve vor dem Reit- und Fahrverein Xanten kommt mir ein Traktorgespann entgegen. Ich lenke Emma auf den Grünstreifen.

»Ich werde meine SoKo zusammentrommeln«, will ich Siggi entspannen, ohne zu bedenken, dass das in einem Polizistenhirn das Gegenteil bewirken kann. Bin wohl schon zu lange raus.

»Deine was?« Siggi klingt ein wenig … aufgeregt.

Ich biege auf die Urseler Straße ab. »Meine Happy-Eiland-SoKo. Das ist eine inzwischen erfahrene Truppe Camper, die mir schon in vier Mordfällen zur Seite stand. Sind ab und an etwas übermotiviert, aber sonst sehr hilfreich«, erläutere ich.

Siggis Mund steht weit offen. Eine Sekunde denke ich, das liegt an den Motorradfahrern, die uns auf Höhe des Campingplatzes Bremer trotz Gegenverkehr überholen. Liegt es aber nicht.

»Du lässt Camper in einem Mordfall ermitteln? Bist du wahnsinnig?«

»Siggi, das sind keine Typen, die mit 'ner Knarre durch die

Gegend laufen. Sie erledigen einfache Dinge wie eine Umfeldermittlung, Beschattungen, Halterfeststellungen und so was.«

»Halterfeststellungen …«, wiederholt er tonlos.

»Ja, die haben alle ihre individuellen Fähigkeiten. Ist eine nette Truppe, du wirst sehen.«

»Garantiert nicht!«

»Auch gut, dann sorge bitte dafür, dass dein Chef uns eine Handvoll Leute abstellt.«

Lehmann sackt in den Sitz und sieht wortlos aus dem Seitenfenster. Wobei es hier außer Bäumen eigentlich nicht sonderlich viel zu sehen gibt.

»Wie geht es weiter?«, frage ich Siggi. Wir stehen neben seinem Auto auf dem Parkplatz von Happy Eiland. Die Zweifel stehen ihm noch immer im Gesicht.

»Falls nichts Besonderes anliegt, will ich mich morgen noch mal in dem Haus umsehen. Ohne deine SoKo«, schiebt er mahnend hinterher.

»In Ordnung, melde dich.«

Auf dem Weg zu unserer Parzelle sehe ich Linda in Lissys Biergarten sitzen. Verdammt, das hatte ich völlig vergessen.

»War lecker, dein Essen«, begrüßt sie mich sarkastisch und schiebt ihren leeren Teller zur Seite.

»Entschuldige bitte. Ich war so in meine Arbeit vertieft …«

»Schon gut. Ich bin ja froh, dass der Rasen mal wieder zur Ruhe kommt.«

Sani kommt zu uns an den Tisch gefahren und nimmt die Getränkebestellung auf. Bei der Flucht aus dem Iran vor vier Jahren haben Schleuser den damals Vierundzwanzigjährigen vor der ungarisch-österreichischen Grenze aus einem fahrenden Kleinlaster geworfen. Dabei hat er sich einen Rückenwirbel gebrochen und ist seitdem auf einen Rollstuhl angewiesen. Über eine Mitarbeiterin der Flüchtlingshilfe kam »Sunny«, wie ihn hier alle nennen, in Kontakt mit dem Ehepaar Reintjes. Die beiden fühlten sich zu alt für das Leben auf einem Campingplatz und vermieten ihr Mobilheim nun für kleines Geld an Sunny.

Mit Übersetzungsarbeiten und dem Job bei Lissy kommt er prima über die Runden. Inzwischen hat er seinen metallicroten elektrischen Rollstuhl mit einer kleinen Theke und seitlichen Glashaltern ausgestattet. Wenn er an den Tischen vorbeirollt, stellen die Gäste ihm ihr Geschirr auf die Ablage.

Manolos Nase kriecht in meine Hosentasche. Ich muss mich strecken, um die Serviette mit dem Knochen rauszuziehen.

»Was macht eigentlich dein Versicherungsfall?« Linda sieht mich zweideutig an. Hat keinen Zweck, ihr was vorzumachen. In groben Zügen kläre ich sie auf. Dabei betone ich vor allem, den Fall gemeinsam mit der Kamp-Lintforter Kriminalpolizei zu lösen.

»Na ja, mit einem davon jedenfalls.«

»Mit einem? Was meinst du damit?« Linda wird misstrauisch. Was sich nicht gerade dadurch ändert, dass Uwe an unseren Tisch kommt und die falsche Frage stellt.

»Was macht der Mordfall Buschmann?«

»Bis jetzt geht die Polizei von einem Unfall aus.«

»Das sieht deine Klientin ganz anders.« Uwe grinst über das ganze Gesicht. »Sie war vor einer Stunde hier, wollte dir was zeigen.« Reflexartig ziehe ich mein Handy aus der Tasche. Vorhin bei Wim hatte ich es im Auto liegen lassen. Ein verpasster Anruf. Ich rufe zurück, Andrea Buschmann ist sofort am Apparat.

»Er hat WAS gemacht?« Einigermaßen überrascht verspreche ich ihr, sie gleich morgen früh zu besuchen.

9

Mittwoch, 7. Juni, 8.00 Uhr

»Wir waren uns einig, dass du dich nicht wieder in einen Mordfall einmischst.« Linda sieht mich vorwurfsvoll an, während sie den Geschirrspüler zumacht.

Du warst dir einig, möchte ich antworten, verkneife es mir besser.

»Es sah alles nach einem Unfall aus …«

»Ach ja? Woher kommt mir das nur bekannt vor?«, fällt sie mir ins Wort.

»Linda, du brauchst dir wirklich keine Sorgen machen. Mit Siggi Lehmann von der Lintforter Kripo habe ich einen erfahrenen Polizisten an meiner Seite. Sollte es wirklich gefährlich werden, genieße ich Polizeischutz. Sonst hätte ich den Fall doch sofort abgegeben.« Ich sehe sie mit einem unschuldsvollen Blick an, für den andere erst mal Schauspielunterricht nehmen müssten.

»So ist das also.« Sie atmet durch. »Die Polizei kommt in dem Fall nicht weiter, da hilfst du halt mit, selbstlos, wie du bist.«

»Der letzte Fall hat uns immerhin diese schöne Unterkunft hier eingebracht«, kontere ich leicht verärgert. Linda sieht sich auffällig um.

»Ja, das ist schön hier. Bisschen zu groß für eine alleinstehende Frau, aber sonst ganz nett.«

»Ist es dir lieber, wenn ich jeden Tag den Rasen mähe und Emma wasche?«

Ich ärgere mich, die Stimme angehoben zu haben. Linda presst die Lippen aufeinander. Das Thema belastete unsere Beziehung von Anfang an. Nachdem der Entschluss feststand zusammenzuziehen, hat sie gesagt, dass sie versuchen wird, meinen Job zu akzeptieren. Ich sehe ihr an, dass sie das immer noch macht.

»Wenn du dich erschießen lässt, rede ich kein Wort mehr mit dir«, presst sie hervor.

»Es ist wirklich völlig ungefährlich.« Ich nehme sie in den Arm, küsse ihre Stirn.

»Wir brauchen ein Regal im Vorratsraum, ich habe keine Lust mehr, alles auf den Fußboden zu stellen«, lenkt sie ab.

»Ich kümmere mich drum.«

Ich laufe mit Manolo über die kleine Steinbrücke, die die Hohe Ley überquert. Das Flüsschen bildet die Grenze zwischen den Ortschaften Xanten und Sonsbeck. Am liebsten wäre ich sofort nach Schaephuysen gefahren. Geht leider nicht, meine Klientin muss erst ihren Sohn zur Schule bringen. Der ausufernde Personalmangel hat inzwischen auch das Schulbusunternehmen erreicht. In dem angrenzenden Wäldchen sauge ich die um diese Zeit noch klare und angenehm kühle Luft ein, um die Müdigkeit zu vertreiben. Irgendwann in der Nacht bin ich aufgewacht und konnte von da an nicht mehr einschlafen. Das Gespräch mit Andrea Buschmann ging mir nicht mehr aus dem Kopf. Meine Klientin hatte gestern Abend die Unterlagen ihres Vaters auf der Suche nach einer Sterbegeldversicherung durchstöbert und ist dabei auf einen Kontoauszug vom 26. Mai mit einer Einzahlung von sechzigtausend Euro gestoßen. Am 1. Juni wurde exakt dieser Betrag abgehoben. In bar. Das eröffnete die beiden Fragen, die mich beschäftigt haben, bis der Wecker klingelte: Woher hat Buschmann dieses Geld, und was wollte er damit?

Lautes Stimmengewirr und vereinzelte Schreie reißen mich aus den Gedanken. Manolo ist mal wieder in das hundefreie Territorium des angrenzenden Campingplatzes eingedrungen. Ich lasse einen lautstarken Pfiff ertönen. Zehn Sekunden später steht mein Freund neben mir. Das Stimmengewirr verstummt allmählich. Scheint noch mal gut gegangen zu sein.

Im Mai hatte mein Freund sein Jagdrevier mal kurzfristig erweitert und kam mit einem kapitalen Schinken im Maul nach Hause. Da ein Anwohner des nahe gelegenen Donkweges wenige Tage vorher einen Wolf gesichtet haben wollte, war für die

Camper des Nachbarplatzes schnell klar, wer der Übeltäter war. Immerhin hat Manolo es damit, wenn auch ohne Foto, auf die Titelseite des Boten geschafft.

Vorbei am »Holzhotel Lebensart«, wie die vor vier Jahren eröffnete Herberge unter den Campern genannt wird, erreiche ich Happy Eiland. Nachdem ich Manolo ein Mettbrötchen in den Rachen geworfen habe, mache ich mich auf den Weg zu meiner Klientin.

In Gedanken an das bevorstehende Gespräch mit ihr vertieft fahre ich erneut an der Birkenstraße vorbei. Ein Müllwagen vor mir verschafft mir wenig später die Gelegenheit, in aller Ruhe das Nachtleben von Schaephuysen zu betrachten. Zwölf gelbe Tonnen später setze ich Emma auf die Garagenauffahrt.

Andrea Buschmann empfängt mich mit einem angespannten Gesichtsausdruck. Sie zieht die Augenbrauen hoch, atmet einmal tief durch und bittet mich ins Haus.

Der Esstisch im Wohnzimmer ist fast komplett mit Aktenordnern, Kontoauszügen und Verträgen belegt. Die Gastgeberin schiebt einen Ordner zur Seite, stellt eine Tasse hin und schüttet Kaffee ein.

»Ich habe die ganze Nacht darüber nachgedacht, was das zu bedeuten hat.« Sie zeigt auf zwei Kontoauszüge. »Wofür brauchte mein Vater sechzigtausend Euro?«

»Ehrlich gesagt habe ich mir erhofft, von Ihnen eine Antwort darauf zu bekommen, Frau Buschmann. Mich beschäftigt eine weitere Frage: Woher hatte Ihr Vater das Geld?«

Mit einem gezielten Griff, als hätte sie diese Frage erwartet, zieht sie einen mehrseitigen Vertrag von einem Stapel und reicht ihn mir.

»Er hat eine Hypothek auf das Haus aufgenommen, das ist der Vertrag. Ich habe ihn heute Morgen im Hausordner gefunden.«

Das Dokument ist datiert auf den 22. Mai. Die Tatsache, dass seine Tochter und vermutlich auch sein Sohn nichts davon gewusst haben, deutet an, dass die Bank keinen Bürgen verlangt hat.

»Das Haus ist schon lange schuldenfrei. Da hat mein Vater

damals Überstunden für gekloppt ohne Ende, obwohl meine Eltern mit der Belastung sehr gut klargekommen sind. Papa hatte eine regelrechte Allergie gegen Schulden. Nichts wurde auf Kredit gekauft oder abgestottert. Mama hat damals immer gesagt, dass ich schon laufen konnte, bis sie das Geld für den Kinderwagen zusammengespart hatten. Stimmt zwar nicht, aber zuzutrauen wäre es ihm gewesen.«

Ich mache mir Notizen, auch wenn das im Moment unnötig erscheint. Ich nehme einen Schluck Kaffee.

»Ihr Vater hat das Geld tatsächlich in bar abgehoben?«

»Sechzigtausend Euro, ja. Stellen Sie sich das mal vor, der ist mit sechzigtausend Euro in der Tasche durch Lintfort gelaufen. Wenn das der Falsche gewusst hätte.« Sie legt die Hände an die Schläfen.

Ein Mann nimmt ohne ersichtlichen Grund einen Kredit auf und lässt sich das Geld anschließend bar auszahlen. Polizisten ist dieses Muster durchaus bekannt.

»Kann es sein, dass Ihr Vater erpresst wurde?«

Ein Ruck durchfährt meine Klientin. Auf ihrer Stirn zeichnen sich kleine Falten ab. Sie scheint diese Möglichkeit bislang nicht in Betracht gezogen zu haben.

»Wer sollte meinen Vater erpressen? Und womit denn?«

»Ihr Vater wollte einen Schlussstrich ziehen, haben Sie mir gesagt.«

»Ja … ich verstehe nicht, worauf Sie hinauswollen.«

Ich berichte ihr von dem Geständnis, das ihr Vater zwei Tage nach seinem Tod hatte ablegen wollen. Andrea Buschmann reißt die Augen weit auf. Plötzlich springt sie hoch, läuft hin und her und schlägt sich dabei unentwegt mit der flachen Hand vor die Stirn.

»Verdammt noch mal, was kommt denn noch? Das kann doch alles nicht wahr sein. Wir haben jeden Tag miteinander telefoniert, mindestens jeden zweiten Tag habe ich ihn besucht. Warum hat er nicht mit mir darüber gesprochen? Mein Gott, warum hat er nicht gesagt, dass er in Schwierigkeiten ist? Ich bin immerhin seine Tochter. Warum hat er mir nicht vertraut?«

Mit Tränen in den Augen setzt sie sich wieder an den Tisch und sieht mich hilfesuchend an.

»Ich denke, es gibt da etwas, mit dem er Sie nicht belasten wollte. Ich glaube nicht, dass Ihr Vater Ihnen gegenüber in böser Absicht gehandelt hat.«

Sie senkt den Kopf, bläst ihren Atem durch die Lippen, sieht mich niedergeschlagen an, ohne ein Wort zu sagen. Eine Frage bleibt offen. Sie kommt mir sinnlos vor.

»Frau Buschmann, Ihr Vater hat das Geld zwei Tage vor seinem Tod abgehoben. Wir wissen nicht, wofür er dieses Geld brauchte. Deshalb können wir nicht ausschließen, dass er nicht mehr dazu gekommen ist, es einzusetzen.«

Erpressung ist eine naheliegende Theorie. Sich allein darauf zu beschränken, könnte die Ermittlung allerdings leicht in eine Sackgasse führen.

»Sie meinen, die sechzigtausend Euro liegen da noch irgendwo im Haus rum?«

»Ich möchte das zum jetzigen Zeitpunkt nicht ausschließen.«

Andrea Buschmann wirkt nachdenklich. Es kommt mir vor, als hadere sie damit, mir etwas mitzuteilen. Schließlich gibt sie sich einen Ruck.

»Mein Bruder hatte die Idee, dass unser Vater das Geld für uns aufgenommen hat, um die Beerdigung zu bezahlen. Obwohl das natürlich viel zu viel wäre. Also sind wir gestern dahin und haben alles durchsucht.« Sie hebt resigniert die Arme, um sie gleich darauf fallen zu lassen. »Nichts. Und wir haben wirklich alles auf den Kopf gestellt, mein Bruder hat sogar im Spülkasten der Toilette nachgesehen.«

Ich wundere mich über seinen Eifer. Immerhin zeigte er bislang kein Interesse an den Umständen, die zum Tod seines Vaters führten.

In der Birkenstraße fahre ich rechts ran und rufe Lehmann an.

»Das ist ein Hammer! Buschmann wurde offensichtlich erpresst. Im letzten Moment hat er es sich anders überlegt und wollte dem Erpresser mit dem Geständnis den Wind aus den Segeln nehmen.«

»Und wo ist dann das Geld? Im Haus jedenfalls nicht«, hake ich nach.

»Woher willst du das wissen?«

Ich berichte ihm von dem Gespräch mit meiner Klientin. »Außerdem ist die KTU da durch ...«

»Komm schon, das muss nichts bedeuten. Wir treffen uns dort in einer Viertelstunde. Ich habe da so eine Idee.«

10

Mittwoch, 7. Juni, 11.20 Uhr

Siggi Lehmann wartet schon länger vor Buschmanns Haus. Mit der Hacke tritt er eine Zigarette aus.

»Schmeckt mir nicht«, begrüßt er mich.

»Was?«

»Warum sollte sich jemand erpressen lassen, der nur noch ein paar Wochen zu leben hat?«

»Vielleicht wollte er die paar Wochen nicht in U-Haft verbringen«, folgere ich und erinnere Lehmann damit an das beabsichtigte Geständnis, während ich die Haustür öffne. Aus dem Flur schlägt uns der typisch muffige Geruch eines Altbaus entgegen. Ich bin versucht, die Fenster aufzureißen. Lehmann bleibt draußen stehen und gibt mir ein Zeichen, ihm zu folgen.

»Die KTU hat sich nur das Haus vorgenommen«, klärt er mich auf, während wir über einen schmalen Gang zwischen Haus und Garage in den Garten gehen. Schnurstracks läuft er auf einen Bretterverhau zu. Der Maschendraht vor den wackeligen Holztüren deutet darauf hin, dass die Buschmanns mal Kaninchen hatten. Fünf der sechs Behausungen sind leer, in einer befinden sich alte Futtersäcke. Leere Futtersäcke, wie Lehmann wenig später mit einem leisen Fluch feststellt. Unterhalb der Stallungen befindet sich ein Unterbau, dessen Türen mit einem Riegel und einem Vorhängeschloss gesichert sind. Lehmann zieht ein Taschenmesser hervor und porkelt damit an dem Riegel herum. Ich schnappe mir einen verrosteten Schraubendreher vom Dach des Karnickelstalls, schiebe ihn hinter den Riegel, reiße einmal kurz, und der Verschluss fällt zu Boden.

Wenige Minuten später liegen alte Farbeimer, Tüten und Dosen voller Dünger, zwei Gießkannen und einige Gartenscheren um unsere Füße. Aus dem Schrank gafft uns gähnende Leere an. Lehmann biegt sein Kreuz durch und macht ein mürrisches Gesicht.

»War einen Versuch wert«, konstatiert er.

Auf dem Weg zurück geraten drei Mülltonnen in mein Blickfeld, die sauber aufgereiht an der Hauswand stehen. Ich ziehe die Papiertonne eineinhalb Meter nach vorne.

»Fass mal mit an.« Lehmann sieht mich verdutzt an. »Würdest du Geld in der Mülltonne suchen?«

»Quatsch.«

»Eben.«

Wir kippen den Inhalt der halb vollen Tonne auf die Terrasse. Alte Zeitungen, die üblichen Werbeprospekte und Mitteilungsblätter, Verpackungsmaterial.

»War einen Versuch wert.«

Lehmann schmunzelt.

»Nicht so voreilig«, entgegne ich und deute auf einige Reisekataloge. Die Tatsache, dass sie beim Auskippen bis an den Rand des Rasens gerutscht sind, heißt, dass Buschmann sie zuletzt in die Tonne geworfen hat. Auf dem Boden kniend breite ich die Broschüren nebeneinander aus, richte mich auf und schieße ein Foto davon.

»Die Malediven, Philippinen, Borneo, Kuba«, liest Lehmann vor, »scheint, als ob unser Buschmann sich einen exklusiven Urlaub gönnen wollte.«

»Für sechzigtausend Euro?« Mir kommen Zweifel. Lehmann stülpt die Lippen vor. Warum nicht, soll das wohl heißen.

»Dann sollten wir die Reisebüros in der Stadt abklappern«, schlage ich vor.

»Sollten wir. Beziehungsweise du, ich habe Dienst. Wird mir sowieso langsam heikel, die Sache. Dir ist schon klar, dass ich das eigentlich Krefeld melden müsste?«

»Und dann?«

Lehmann stößt schnaubend seinen Atem aus. Mir wird immer öfter klar, dass wir beide aus demselben Holz geschnitzt sind.

Im Auto greife ich von leichtem Widerwillen begleitet zum Telefon. Nutzt ja alles nichts. Lehmann sitzt wieder in seinem

Büro und zählt die Fliegen, während es gilt, das Reisebüro ausfindig zu machen, in dem Buschmann möglicherweise sein Geld gelassen hat, die Bank zu kontaktieren, Freunde, Nachbarn und ehemalige Kollegen zu befragen und technische Unterstützung zu bekommen.

Ich habe mein Anliegen nicht ganz ausgesprochen, da verspricht Uwe mir schon, die SoKo zusammenzutrommeln. Ein Anruf bei der Sparkasse sorgt hingegen für die erwartete Ernüchterung. Bankgeheimnis, sorry.

Moment.

»Ja, ich habe eine Vollmacht für das Konto meines Vaters«, erklärt mir meine Klientin.

Eine halbe Stunde später sitzen wir im Büro von Berthold Sendscheidt, der meiner Klientin zunächst höflich kondoliert, um nach einer halben Schweigeminute und einem dezenten Räuspern das Wort zu ergreifen.

»Ich nehme an, Sie sind hier, weil Sie Fragen zu dem Darlehen haben, das Ihr Vater aufgenommen hat.« Sendscheidt klappert auf der Tastatur herum. »Da haben wir es, sechzigtausend Euro, genau«, frohlockt er.

»Mich würde vor allem interessieren, warum Sie mich nicht davon in Kenntnis gesetzt haben. Immerhin habe ich eine Vollmacht für dieses Konto«, grätscht meine Klientin dem freundlich dreinblickenden Sparkassenangestellten in die Parade. Sendscheidt schluckt.

»Nun, ähm, das darf ich gar nicht. Ihr Vater ist der Kontoinhaber und hat die alleinige Verfügungsgewalt darüber. Ihre Vollmacht bemächtigt Sie lediglich zur Einsicht. Anders sieht das aus bei Gemeinschaftskonten …«

»Aber das muss Ihnen doch merkwürdig vorgekommen sein«, fällt ihm Andrea Buschmann ins Wort.

Sendscheidt druckst herum, mir wird das zu blöd. Deshalb sind wir nicht hier. »Herr Sendscheidt, hat Ihnen Herr Buschmann gesagt, wofür er das Geld benötigt, hat er irgendwelche Andeutungen gemacht?«

Er wirkt irritiert, sucht den Blickkontakt zu meiner Klientin. Erst als diese nickt, setzt er zur Antwort an.

»Nicht direkt. Er hatte es allerdings sehr eilig, an das Geld zu kommen. Üblicherweise vergeben wir in so einem Fall kein Darlehen in dieser Größenordnung. Ich meine ... also bei allem Respekt, Ihr Vater war ja nicht mehr der Jüngste. Aber auch ein sehr treuer Kunde unserer Bank. Wir haben uns unter diesen Umständen dazu entschlossen, eine Grundschuld zu revalutieren. Außerdem sagte Ihr Vater, dass er jemanden überraschen wolle.«

»Das ist ihm ja prima gelungen«, zischt Andrea Buschmann.

»Zwei Tage vor seinem Tod hat er den Betrag in bar abgehoben. Hat er dazu etwas gesagt?«

Sendscheidt wiegt den Kopf. Er unternimmt gar nicht erst den Versuch zu verbergen, wie unangenehm ihm die Angelegenheit ist.

»Ich war nicht am Schalter. Ich weiß nur, dass er zweimal nachgefragt hat, wann das Geld da sei. Eine solche Summe müssen wir natürlich vorbestellen.«

Meiner Klientin platzt die Hutschnur.

»Und da hielten Sie es immer noch nicht für nötig, mir Bescheid zu geben? Stattdessen lassen Sie einen todkranken Mann mit sechzigtausend Euro in der Tasche durch Lintfort spazieren?«

»Frau Buschmann, bitte. Sosehr ich Ihren Ärger verstehe, uns sind in einem solchen Fall leider die Hände gebunden.«

Auf dem Gesicht meiner Klientin zeichnen sich rötliche Flecken ab. Am liebsten würde ich sie darum bitten, vor die Tür zu gehen. Doch dann dürfte ich aus Sendscheidt kein Sterbenswörtchen mehr rausbekommen. Dabei interessiert mich gerade brennend, wonach wir überhaupt suchen.

Wir haben Glück, nach einem kurzen Telefonat teilt Sendscheidt uns mit, dass der Kassierer Dienst am Schalter hat.

»Was meinen Sie damit, wie er das Geld mitgenommen hat?« Viktor Lessing sieht mich verwundert über den Rand seiner

Lesebrille an. Ich will gerade anmerken, dass eine solche Summe nur sehr schlecht in handelsübliche Portemonnaies passen dürfte, als er zum Zeichen einer inneren Eingebung den Zeigefinger emporschießen lässt.

»Das habe ich so noch nicht erlebt. Herr Buschmann saß mir in meinem Büro gegenüber. Nachdem ich ihm das Geld vorgezählt habe, holt er eine Tupperdose aus einer Tragetasche, packt die Scheine da rein und verschwindet damit.«

Klingt jetzt vielleicht blöd.

Aber ich frage mich, ob jemand im Gefrierschrank nachgesehen hat.

11

Mittwoch, 7. Juni, 14.10 Uhr

Der einzige freie Parkplatz ist der vor der Ladesäule für Elektroautos. Braucht hier eh keiner, denke ich und stelle Emma dort ab. Kaum ausgestiegen, hält ein Motorrad neben mir. Katja und Rosi öffnen zeitgleich die Visiere ihrer Helme.

»SoKo-Treffen heute um neunzehn Uhr«, begrüßt mich Rosi. Der süffisante Gesichtsausdruck, den sie dabei aufsetzt, löst in mir ein vertrautes Gefühl aus. Es ist dieses Kribbeln im Bauch, das ich schon als Kind hatte, wenn ich mich mit den Nachbarjungen verabredete, bei Einbruch der Dämmerung über den Zaun zu steigen, um den Kirschbaum der Mildensteins abzuernten.

»Hast du bis dahin vielleicht schon was für uns?« Katja wirkt tatendurstig.

Was soll's, der Geist ist eh aus der Flasche. Ich berichte den beiden in knappen Sätzen von dem toten Rentner, gewissen Verdachtsmomenten und den Reiseprospekten, die wir bei der Suche nach dem Geld in der Papiertonne gefunden haben.

»Sechzigtausend Euro und eine Leiche im Keller?«, wiederholt Katja die für sie wohl interessantesten Passagen in einer Lautstärke, die dafür sorgt, dass sich zwei vorbeischlendernde Besucher nach uns umdrehen.

»Ja«, antworte ich genervt. »Wir müssen herausfinden, ob Buschmann vorhatte, mit dem Geld zu verschwinden.«

»Okay, dann werden wir mal die Reisebüros in Kamp-Lintfort und Umgebung abklappern. Hast du ein Foto des Verblichenen?«

»Kamp-Lintfort reicht.« Ich markiere ein Bild und setze es in die WhatsApp-Gruppe der SoKo.

Nach einem kurzen Schluck gieße ich den Kaffee in den Ausguss und schalte den Wasserkocher ein. Drei Minuten später setze ich mich mit einem aufgebrühten Cappuccino aus der Tüte an den Küchentisch. Auf der Rückseite eines Briefumschlages mache ich mir grobe Notizen für die SoKo-Sitzung am Abend. Ich fasse zunächst die Ausgangslage zusammen, notiere die bekannten Fakten und zeichne darunter ein großes Fragezeichen. Wie konnte es zu dieser Situation kommen? Die Antwort darauf dürfte in der jüngeren Vergangenheit liegen. Wenn ich seine Tochter richtig verstanden habe, waren der Besuch beim Lungenarzt und die niederschmetternde Diagnose ein Auslöser. Das ist vier Wochen her. Was hat Buschmann in dieser Zeit unternommen? Mit welchen Menschen hatte er Kontakt? Was hat es mit dem Geständnis auf sich, und wozu brauchte er das Geld?

An Aufgaben für meine SoKo mangelt es schon mal nicht. Auch nicht an ganz speziellen Aufgaben. Ich wollte sowieso eine Runde mit Manolo drehen. Kaum sind wir auf der Buntspechtgasse, kommt Hermann-Josef mir entgegen. Den Zeigefinger mahnend angehoben, bleibt er vor mir stehen.

»Du hast vor der Ladesäule geparkt, das ist nicht erlaubt. Mir ist das ja egal, aber dort dürfen nur Fahrzeuge …«

»Schon gut, ich setze den Wagen nachher weg«, falle ich der Nervensäge ins Wort. Ich frage mich allmählich, ob mein Nachbar Kontrollgänge unternimmt, nur um Verstöße gegen die Platzordnung festzustellen.

Nach einem Spaziergang um die angrenzenden Felder erreichen wir Eddys Parzelle. Der App-Entwickler und Technikfreak kann mich nicht mehr überraschen. Ich bin es längst gewohnt, dass er Smartphones in den Himmel schleudert oder mit wachsender Begeisterung virtuelle Klorollen abrollt. Unser Eddy tickt halt anders, um es mal vorsichtig zu formulieren. Aber kaum einen Fuß auf der Parzelle, bleibe ich fassungslos stehen. Für einen kurzen Augenblick spiele ich mit dem Gedanken, den psychiatrischen Notdienst zu verständigen. Eddy steht mitten auf dem Rasen, Kopf im Nacken, in der Hand ein Smartphone, das er wie ein Glas zum Mund geführt hat und an dem er nuckelt. Als er das Handy absetzt, ertönt ein leises Gluckern.

»Geht es dir gut?«

Eddy zuckt zusammen, Manolo schüttelt den Kopf.

»Ja, prima. Guck mal hier.« Er hält mir das Display unter die Augen. Ich blicke auf ein halb volles Glas Bier, dessen Schaumkrone mit jeder Bewegung mitgeht. Kleine Perlen sprudeln an die Oberfläche.

»Meine Bier-App wird der Knaller. Ab jetzt dürfen Autofahrer getrost mittrinken. Virtuell zumindest«, schiebt er hinterher, schockelt kurz, und schon füllt sich das Glas wieder. »Und kein Wirt macht dir dafür einen Strich auf den Deckel. Klasse, oder?«

»Wahnsinn! Die größte Entwicklung, seit es das Smartphone gibt. Das Nobelpreiskomitee wird nicht umhin…«

»Schon gut, was willst du?«, unterbricht er mich beleidigt.

»Wir haben einen neuen Fall.«

»Hab schon gehört. SoKo-Treffen heute Abend.«

Ich nicke. Eddy steckt das Smartphone ein und verschwindet in sein Rechenzentrum. Er nimmt hinter zwei fetten Monitoren Platz und betätigt eine Taste, woraufhin Rechner, Drucker und Geräte, deren Sinn mir bislang verborgen blieb, zum Leben erwachen. Mit den Händen über der Tastatur kreisend wie ein Falke sieht er mich an.

»Na komm, schieß los.«

Ich reiche ihm Buschmanns Smartphone.

»Das ist das Handy des Opfers. Kannst du herausbekommen, mit wem er in den letzten vier Wochen telefoniert hat?«

Eddy verkabelt das Gerät, öffnet ein Programm, und vier Mausklicks später ist die Bildschirmsperre Geschichte. Ich nehme einen Kugelschreiber von einem kleinen blinkenden Kästchen und schreibe Andrea Buschmanns Nummer auf eine meiner Visitenkarten.

»Die kannst du ausklammern. Wäre es vielleicht möglich, an Mitschnitte von Videotelefonaten zu kommen?«

Eddy krault seinen Spitzbart, was in der Vergangenheit häufiger zu beachtlichen Erfolgen geführt hat. Dieses Mal leider nicht, wie mir seine Mimik andeutet. »Wenn die Anrufer keine Software einsetzen, um die Videos mitzuschneiden, nicht. Moment.« Eddy scrollt in einem Irrsinnstempo durch die Dateistruktur des angeschlossenen Apparates. »Nö, nichts zu machen. Ich werde sehen, was ich so alles über den Typen rausbekommen kann. Bringe ich heute Abend mit, muss erst noch ein paar Codes für die Bier-App modifizieren.«

Klar, ist natürlich wichtiger als ein Mordfall. Verstehe ich. Weil Proteste erfahrungsgemäß wirkungslos an Eddy abprallen, zockele ich mit Manolo weiter.

»Merkwürdig.« Eddy scheint extra laut zu sprechen. Ich kehre also wieder zurück.

»Die Anrufliste ist überschaubar. Drei, vier unterschiedliche Nummern seit Weihnachten, die immer wiederkehren. Aber hier«, er zeigt auf eine Handvoll Einträge mit dem Vermerk »Private Nummer«. Ich sehe ihn fragend an.

»Rufnummer unterdrückt. Diese Anrufe kamen erst seit dem 20. Mai.«

»Kannst du die Nummern rausbekommen?«

Eddy schaut mich mitleidig an.

»Wo ich einmal hier bin.« Ich zücke mein Smartphone und zeige ihm die Aufnahme von Andrea Buschmann.

»Meine Klientin behauptet, während ihres letzten Videotelefonats mit ihrem Vater sei jemand in der Wohnung gewesen. Sie hat diesen Screenshot gemacht.«

Eddy schnappt sich mein Handy und führt es dicht vor seine Augen. Ich deute auf den blassen Schatten, der sich über das Bild an der Wand legt.

»Hm … da scheint tatsächlich was zu sein. Schick mir das Foto, ich sehe es mir nachher mal genauer an.«

12

Mittwoch, 7. Juni, 18.50 Uhr

»Wenn das rauskommt, verteile ich Knöllchen!« Siggi Lehmann schnaubt. Auf dem Weg vom Parkplatz zu Lissy habe ich ihn darum gebeten, meiner SoKo gegenüber offen zu sein.
Wir sind fünf Minuten zu früh und die Letzten.

»Achtzehn Uhr fünfundfünfzig, die SoKo Happy Eiland ist vollständig zu ihrer ersten Sitzung im Mordfall Buschmann versammelt«, bemerkt Leni und trägt diesen Fakt sogleich ins Protokoll ein. Lehmann wirft mir einen mehr als misstrauischen Blick entgegen. Sunny kommt zu uns an den Tisch gefahren und nimmt die Getränkebestellung entgegen. Mir fällt auf, dass er eine Stange an die Rückseite seines Rollstuhls geschraubt hat, an deren Spitze sich ein Blaulicht befindet.

»Haben wir einen Gast?« Leni räuspert sich, während alle Augen auf Lehmann gerichtet sind. Dabei habe ich sie vor einer Stunde davon unterrichtet.

»KHK Lehmann, Kripo Lintfort.«

»Ich habe ihn gebeten, uns in diesem Fall zu unterstützen«, ergänze ich.

»KHK Lehmann«, wiederholt Uwe leicht affektiert. »Pass mal auf, Junge.« Er beugt sich vor und schickt ein breites Grinsen an Lehmann. »Das da ist die Leni, daneben das ist der Bernd. Der mit dem komischen Spitzbart heißt Eddy, die Ladys daneben nennen sich Katja und Rosi, und ich heiße Uwe. Und jetzt noch mal bitte.« Uwe erteilt Lehmann mit der flachen Hand das Wort.

Lehmann beißt die Lippen aufeinander, während Uwes Forderung in Form eines kollektiven Schweigens weiter in der Luft hängt.

»Meinetwegen. Siggi.«
Zu Beginn berichte ich über den aktuellen Stand, ohne eine

persönliche Stellungnahme abzugeben. Immer wieder bremst mich Leni aus, damit sie die bislang bekannten Fakten ins Protokoll übernehmen kann. Als ich fertig bin, meldet Uwe sich als Erster zu Wort.

»Wenn ich das richtig verstanden habe, ging Buschmann nicht mehr in den Keller.«

Ich nicke.

»Er lag aber nun mal da unten. Also muss er vorher oben an der Treppe gestanden haben. Vermutlich hat er mit sich gerungen. Das muss einen Grund gehabt haben.«

»Er könnte jemanden gebeten haben, für ihn in den Keller zu gehen, und oben an der Treppe gewartet haben«, bemerkt Bernd und korrigiert sich direkt. »Nee, dann gäbe es ja einen Zeugen.«

»Das sind Spekulationen, die uns im Moment nicht weiterbringen« erkläre ich und gebe zu Protokoll, dass sowohl die KTU als auch Siggi und ich die Kellerräume ebenso gründlich wie erfolglos durchsucht haben. »Dort befinden sich keinerlei halbwegs frische Spuren außer denen der KTU und unseren.«

»Trotzdem ist es nach Lage der Dinge möglich, dass ihn jemand die Treppe runtergestoßen hat. Möglicherweise hat seine Tochter recht, und es war jemand im Haus«, gibt Katja zu bedenken und liefert Eddy damit ein Stichwort. Er legt ein DIN-A4-Blatt mittig auf den Tisch. Auf den ersten Blick wirkt das Motiv wie eine Kreidezeichnung.

»Ich habe das Foto mit dem Schatten bearbeitet. Wenn man den Kontrast deutlich erhöht, zeichnen sich die Umrisse ab. Ich habe die mal mit einem Stift verstärkt. Hier«, er zeigt auf eine Kante im letzten Drittel des Schattens, »ist deutlich der Übergang von einem Ärmel zu einem Handgelenk erkennbar.«

Ich sehe mir das genauer an und staune. Siggi beugt sich über das Blatt und wackelt zaudernd mit dem Kopf. »Ein wenig Phantasie braucht man dafür aber schon.«

Eddy will zum Protest ansetzen, als Sunny mit einem vollen Tablett neben ihm auftaucht. Nachdem alle versorgt sind, legt er ein kleines graues Kästchen mit einem Knopf in die Tischmitte.

»Wenn ihr was braucht, einfach drücken. Wenn das Blaulicht angeht, ist der Notruf eingegangen. Ich brauche noch fünf davon, das Geld bekommst du nächste Woche«, schiebt Sunny an Eddy gerichtet hinterher. In diesem Augenblick springt das Blaulicht an, und im Display einer kleinen Box oberhalb des Lenkers blinkt eine grüne Vier. »Muss dann mal.« Und weg ist Sunny.

Während wir ihm noch hinterhersehen, meldet sich Rosi zu Wort.

»Okay, ob das tatsächlich ein Arm ist, lässt sich vielleicht nicht genau sagen. Dass jemand im Haus war, beweisen aber schon die Faserspuren am Treppenabsatz und die Tatsache, dass dort jemand versucht hat, Spuren zu verwischen.«

»So weit waren wir auch schon«, flüstert Siggi mir zu, dem anzumerken ist, dass er sich nicht sehr viel von der Zusammenarbeit mit meiner SoKo verspricht.

Eddy schiebt sein Glas zur Seite und breitet einige Blätter vor sich aus. »Ich bin die Anrufliste von Buschmanns Handy durchgegangen. Er hat das Teil erst seit Weihnachten. In dieser Zeit sind dort einhundertsechsundsechzig Anrufe von Andrea Buschmann eingegangen, vier von seiner Krankenkasse, zwei von seinem Lungenarzt und zwei von der Sparkasse. Interessanter sind fünf Telefonate mit unterdrückter Rufnummer aus den letzten drei Wochen.«

Eddy nimmt einen kräftigen Schluck Apfelschorle. Ein untrügliches Zeichen, dass die Pointe noch kommt.

»Es handelt sich um ein Prepaidtelefon«, fährt Eddy fort. Siggi hebt resigniert die Arme, um sie sogleich wieder fallen zu lassen. Er kennt ihn halt noch nicht, unseren Eddy. »Das Telefon ist angemeldet auf einen gewissen Frank Buschmann.«

»Das ist der Sohn des Toten«, ergänze ich.

»Boah, Eddy«, fasst Katja die Enttäuschung der anderen zusammen.

Eddys verräterischer Blick sagt mir, dass das noch nicht die Pointe war. Er breitet einen Stadtplan von Kamp-Lintfort aus, auf dem sich ein roter Kreis befindet, etwa einhundert Meter um Buschmanns Haus in der Georgstraße. Ich ahne, was jetzt kommt, und bin versucht, vorsorglich meine Hand auf Siggis Arm zu legen.

»Ich habe für Samstag, den 3. Juni, eine Funkzellenanfrage gestartet und dabei eine interessante Feststellung …«

»Du hast was?«, ruft Siggi so laut, dass sich die Familie am Nachbartisch zu uns herumdreht.

»Ich habe eine interessante Feststellung gemacht.« Siggis Mund steht weit offen. »Das Handy war an diesem Tag zwischen zehn Uhr elf und dreizehn Uhr vierzehn dort eingeloggt.«

Eddy deutet auf den roten Kreis. Siggi schluckt. Ich kann ihn gut verstehen. Zwar nutzt die Polizei diese Art der Rasterfahndung häufiger, als sie es zugibt, doch ist es nahezu unmöglich, einen Staatsanwalt zu überreden, sie in einer laufenden Mordermittlung einzusetzen. Geheiligt sei der Datenschutz. Da Eddy nicht nur Apps entwickelt, sondern auch Software für Behörden wie etwa die Bundespolizei, hat er natürlich mehr als einen Fuß in der Tür.

Leni grübelt. »Warum sollte Frank Buschmann seinen Vater umbringen? Zumal der ohnehin nur noch wenige Wochen hatte? Was wissen wir eigentlich über den Sohn?«

Ich ziehe die Schultern hoch. Im Normalfall sucht man den Täter zunächst im direkten Umfeld des Opfers. Ich frage mich, ob ich mich habe blenden lassen. Siggi Lehmann war da offensichtlich professioneller.

»Die Kollegen von der Wirtschaft beschäftigen sich seit einiger Zeit mit ihm. Geht um Insolvenzverschleppung und Steuerhinterziehung. Er hat mit seinem Bauunternehmen eine erstklassige Pleite hingelegt und vorher wohl noch so einiges beiseitegeschafft.«

»Glaubst du, die sechzig Mille waren für ihn bestimmt?«, will Bernd wissen.

Lehmann pustet vernehmbar durch. »Du meinst, er wollte die Steuern nachzahlen, um sich einer Verurteilung zu entziehen? Nach dem, was mir die Nachbarn erzählt haben, war das

Verhältnis zwischen den beiden sehr angespannt. Vor drei Wochen soll es zu einem heftigen Streit an der Haustür gekommen sein. Kann mir nicht vorstellen, dass der Alte dem sechzig Mille in die Hand drücken wollte.«

»Ja, gut, aber für irgendwas muss der die Kohle ja gebraucht haben. Und wenn er dafür eine Hypothek aufnimmt, muss es verdammt wichtig gewesen sein«, erklärt Uwe, trinkt sein Glas leer und schaltet das Blaulicht an.

»Vielleicht wollte er auswandern«, wirft Rosi ein und erntet dafür irritierte Blicke. »Zumindest hatte die nette Dame von Kalli-Reisen diesen Eindruck. Buschmann hatte kein gesteigertes Interesse an einem Rückflug, sagte sie. Er hatte sich für einen möglichst langen und kostengünstigen Aufenthalt interessiert. Deshalb hat er sich nach Ferienwohnungen erkundigt, die zum Verkauf stehen. Die Kollegin, die ihn beraten hat, ist allerdings bei einer Messe und kommt erst Freitag zurück.«

»Wie bei Mutti«, flüstert Leni in Richtung Bernd. Als es daraufhin still wird, klärt Bernd uns auf.

»Ihre Mutter hat früher den halben Winter auf den Kanaren verbracht. Sie sagte, wenn sie die eingesparten Heizkosten abzieht, wäre das ein günstiger Urlaub. Ich habe da so meine Zweifel.«

Rosi winkt sofort ab. »Wir reden hier nicht von den Kanaren. Buschmann wollte auf die Malediven, die Philippinen, Borneo oder Kuba. Und zwar nur dorthin. Die Dame hatte ihm eine Ferienanlage in Thailand vorgeschlagen, dort hätte er sich sogar relativ günstig einkaufen können. Das hat er kategorisch abgelehnt.«

Sunny rollt an, Uwe bestellt ein Bier. Siggi reibt sich nachdenklich das Kinn. »Warum diese Länder? Warum nicht Brasilien, Mexiko oder meinetwegen Thailand?«

Eddy, der bis dahin unablässig sein Smartphone bearbeitet hat, hebt den Arm.

»Könnte daran liegen, dass die Malediven, die Philippinen, Kuba und das Sultanat Brunei auf Borneo zu den wenigen Staaten der Erde gehören, die mit der Bundesrepublik Deutschland kein Auslieferungsabkommen abgeschlossen haben. Gut, das gilt auch für den Iran oder Nordkorea, aber wer will dahin?«

Ich drehe mich zu Siggi. Unsere Gedanken treffen sich in der Mitte.

»Der hat sich das mit dem Geständnis anders überlegt und wollte lieber verschwinden«, folgere ich, ohne wirklich daran zu glauben.

»Geständnis?«, ruft Uwe mir ins Bewusstsein, diesen wichtigen Aspekt in meiner Einleitung außer Acht gelassen zu haben. Ich gebe an Siggi weiter.

»Buschmann hat mich am letzten Donnerstag angerufen und gesagt, dass er ein Geständnis ablegen will. Ich habe ihm gesagt, dass er bei der Kripo gelandet sei, und er meinte, das sei schon richtig. Ich habe ihm daraufhin angeboten, ihn sofort abholen zu lassen, aber er wollte unbedingt erst am Montagmorgen kommen.«

»Und zwei Tage später liegt der tot an der Kellertreppe? Leute, das stinkt doch zum Himmel«, fasst Uwe die neue Information in seiner ganz persönlichen Art zusammen.

»Das ist der Grund, weshalb ich Siggi gebeten habe, dabei zu sein«, erkläre ich. Für einen Moment breitet sich Stille aus, dann meldet sich Bernd zu Wort.

»Was kann das gewesen sein, was er gestehen wollte?«

Siggi macht ein ratloses Gesicht.

»Eine Ordnungswidrigkeit jedenfalls nicht. Buschmann wusste genau, mit wem er spricht.«

Ein blauer Lichtstreifen huscht über unsere Gesichter. Sunny steht am Nachbartisch. Ich nutze die Gelegenheit und bestelle ein Bier.

»Nehmen wir mal an«, meldet sich Rosi, »das Geständnis war tatsächlich der Auslöser für einen Mord. Dann kann das doch nur bedeuten, dass er damit jemanden mit hineingerissen hätte.«

Ich muss zugeben, diesen Aspekt bislang nicht auf dem Schirm gehabt zu haben.

»Und dass es einen Mitwisser gibt«, ergänzt Eddy. Wir sehen

ihn fragend an. »Sechzigtausend Euro könnten sein Preis gewesen sein.«

Uwe winkt mit dem Glas am Mund ab. »Leute, das geht mir zu weit. Wir reden hier von einem Bergmann im Ruhestand und nicht von dem Paten von Palermo. Mit den sechzig Mille wollte er es die letzten Wochen noch mal so richtig krachen lassen. Hätte ich auch so gemacht.«

»Und das Geständnis?«, wirft Leni ein.

»Meine Güte, der wird das Finanzamt beschissen haben oder was weiß ich.«

Siggi schüttelt langsam den Kopf, die einsetzenden Gespräche verstummen allmählich.

»Um Geld ging es dabei nicht. Es gab in den letzten Jahren keine nennenswerten Einnahmen und Ausgaben. Bis er das Darlehen aufgenommen hat. Er bekam eine ordentliche Rente und kam damit prima über die Runden.«

Dass Buschmann an einem Banküberfall beteiligt gewesen wäre, dürfte eh abwegig sein. Vor uns dürfte eine enorm aufwendige Ermittlungsarbeit liegen.

»Wir müssen zum einen die letzten vier bis sechs Wochen analysieren und zum anderen sein Leben auf links drehen. Was hat er in den letzten Jahren gemacht, mit wem hat er sich getroffen, wo ist er gewesen, wer waren seine Arbeitskollegen, wie war das Verhältnis und so weiter. Es muss einen Punkt geben, an dem dieser Mann aus der Bahn geworfen wurde.«

Uwe will sich bei den Kollegen und im Zeitungsarchiv umsehen, Eddy im Internet und in den sozialen Netzwerken. Katja und Rosi klappern die Nachbarschaft ab, und Leni und Bernd suchen nach ehemaligen Arbeitskollegen.

Nachdem die Aufgaben verteilt sind, zieht Rosi Briefumschläge hervor und verteilt sie.

»Wir heiraten übernächsten Sonntag nebenan im Landgut am Hochwald. Eigentlich wollten wir das im kleinen Kreis machen, aber wir haben uns spontan dazu entschlossen, euch einzuladen.«

»Eine Doppelhochzeit. Ja, wen denn, ich meine …« Uwe

wirkt irritiert. Plötzlich fangen alle an zu lachen. Schließlich war er es, der schon vor Jahren das Gerücht verbreitet hat, die beiden seien ein Paar.

»Ist ja schon gut. Ich würde sagen: Da simmer dabei, oder?«

13

Mittwoch, 7. Juni, 21.15 Uhr

Ich habe den lauen Frühsommerabend genutzt, um mit meinem Freund eine kleine Abendrunde um den Platz zu drehen. Kaum in die Buntspechtgasse abgebogen, rennt Manolo wie verrückt wedelnd vor, springt mit einem Satz über den Rhododendron, den Linda vor zwei Monaten in den Vorgarten gesetzt hat, und verschwindet aus meinem Sichtfeld. Zwei Minuten später erkenne ich den Grund. Auf der kleinen Terrasse am Teich sitzen Linda und Julia, die meine Verwunderung anscheinend amüsant finden.

»Du hast einen Einsatz«, begrüßt meine Freundin mich und deutet dabei auf Julia.

Ich setze mich dazu.

»Lass mich raten: Ihr habt einen komplizierten Fall, in dem ihr ohne meine Hilfe keinen Millimeter weiterkommt.«

Julia verzieht das Gesicht. Was ist der denn über die Leber gelaufen?

»Du musst ein ernstes Wort mit Bastian reden. Mir gegenüber blockt er sofort ab.«

Linda stellt mir ein Glas Maracujasaft hin, den sie mit braunem Zucker, Minze und einem Schuss Rum verfeinert hat.

»Was hat er angestellt?«

»Er hat eine Freundin.«

Ihre Worte klingen, als handelte es sich dabei um eine mehrfach vorbestrafte, heroinabhängige Prostituierte aus zerrütteten Verhältnissen. Linda beißt sich auf die Lippen.

»Er kam früher von der Schule, wollte mit mir nach Hause fahren. Da hat er dieses Mädchen auf unserem Flur kennengelernt.«

»Okay, das ist vielleicht nicht der romantischste Ort für ein erstes Date, aber ...«

Julia schießt unvermittelt vor. Dabei fällt eine ihrer Krücken zu Boden, die sie an den Tisch gelehnt hat.

»Lukas, während Bastian mit dieser Maria rumturtelte, saß ihr Vater mir im Vernehmungszimmer gegenüber. Victor Romanov, ein Bulgare. Er wird verdächtigt, an einem bewaffneten Raubüberfall auf eine Tankstelle beteiligt gewesen zu sein!«

Da ist jetzt erst mal tief durchatmen angesagt. Ein falsches Wort kann die zarten Bande der Harmonie, die immer dann zwischen uns entsteht, wenn es um Erziehungsprobleme geht, niederreißen.

»Der Junge ist fünfzehn. Ich würde den Flirt jetzt nicht so hochhängen. Das wird sich von allein regeln, wirst sehen.«

Julia schüttelt verständnislos den Kopf.

»Ja, klar. Mama, du brauchst heute nicht mit dem Essen warten, Svetlana kocht für uns«, imitiert sie Bastians Stimme.

»Wer ist Svetlana?«

»Svetlana ist Marias Mutter. Bastian kennt sie drei Tage und gehört schon zur Familie, während gegen ihren Vater Ermittlungen laufen. Lukas, du musst was unternehmen, und zwar schnell!«

»Ich werde morgen mit ihm reden«, verspreche ich, ohne die geringste Vorstellung davon zu haben, wie sich das Gespräch gestalten soll. Ich kann meinem Sohn nicht vorwerfen, dass er sich in ein Mädchen verliebt, dessen Vater möglicherweise ein Straftäter ist. Mir ist natürlich bewusst, dass Julia keinen leichten Stand in der Behörde hat, wenn das die Runde macht. Aber ganz ehrlich: Da muss sie durch.

»Ich werde uns mal was zum Knabbern machen.« Linda nimmt eine leere Flasche vom Tisch und verschwindet ins Haus. Julia sieht kurz auf die Uhr, der erwartete Protest bleibt aus. Sie lässt ihren Blick durch den Garten gleiten, betrachtet einen Augenblick den Teich und nippt dann an ihrer Saftschorle.

»Schön habt ihr es hier.«

»Wir sind zufrieden.«

Ich kenne sie lange genug, um zu merken, dass ihr noch was auf der Leber liegt. Und ich kann mir denken, was das ist.

»Linda sagt, eure«, sie zögert, »SoKo trifft sich wieder.«
Dachte ich mir.

»Ja. Ich bin beauftragt, den Tod von Matthias Buschmann aufzuklären. Das weißt du doch.«

Die Nervosität ist ihr anzusehen. Der bloße Gedanke daran, ich könnte mal wieder einen Mordfall ins Rollen bringen, den sie vorschnell als Unfall zu den Akten gelegt hat, nagt an ihr.

»Gibt es denn schon erste Erkenntnisse?«

»Ja.«

Das tut jetzt mal so richtig gut. Viel zu oft hat mich meine Gattin derart einsilbig abgewimmelt.

»Lukas, bitte.«

»Ich verstehe nicht, was an einem Unfall so interessant für dich ist.«

Sie stößt ihren Atem aus, schließt dabei für eine Sekunde die Augen.

»Na schön. Die KTU hat Faserspuren am Treppenabsatz gefunden. Treppe und Tatort wurden gründlich gereinigt.«

»Koch reicht das nicht für eine Mordkommission. Lukas, bitte, ich brauche mehr.«

Meine Gattin bettelt mich um Infos in einem Mordfall an. Dass ich das noch mal erleben darf. Ich verkneife mir die Bitte, das zu wiederholen. Stattdessen erzähle ich ihr von dem Eindruck meiner Klientin, dass Buschmann an diesem Samstag nicht allein im Haus war, und präsentiere ihr den Screenshot mit dem Schatten. Sie nimmt mir das Handy aus der Hand.

»Ich erkenne keinen Schatten.«

»Kann ich verstehen. Es gibt ihn aber. Eddy hat den rausgearbeitet. Es handelt sich um einen ausgestreckten Arm. Auf dem Ausdruck ist ein Ärmel zu erkennen. Also vermutlich«, relativiere ich, denn so ganz sicher bin ich mir da nicht.

»Vermutlich«, wiederholt Julia und reicht mir das Handy.

»Buschmann hat ein Darlehen in Höhe von sechzigtausend Euro aufgenommen. Das Geld hat er zwei Tage vor seinem Tod in bar abgehoben.«

Linda stellt ein Tablett mit Käse und Oliven in die Tischmitte.

»Störe ich die Mordermittlung?«, fragt sie mit leicht bissigem Unterton.

»Was? Nein ...«, Julia zuckt zusammen, »es ist nur ...«

»Kein Problem, ich bin das gewohnt«, winkt Linda ab und deutet auf das Tablett. Wir knabbern ein wenig herum und plaudern über belanglose Dinge. Eine halbe Stunde später begleite ich Julia zum Auto.

»Wofür brauchte er das Geld?«, fragt sie leise.

»Er wollte offensichtlich auswandern.«

»Auswandern?«

»Ja. Er hat sich in einem Reisebüro nach einem längerfristigen Aufenthalt auf den Malediven, den Philippinen, Kuba oder Borneo erkundigt. An einem Rückflug war er nicht interessiert.«

Mit dem Autoschlüssel in der Hand und offenem Mund fixiert sie mich. Ich hebe ahnungslos die Schultern.

»Was soll das? Der hatte noch maximal vier Wochen zu leben ...«

»Ich weiß«, antworte ich. Von der Sache mit dem geplanten Geständnis kann ich ihr leider nicht berichten, ohne Siggi in Schwierigkeiten zu bringen.

Das muss auch so reichen.

14

Donnerstag, 8. Juni, 9.10 Uhr

Kaum habe ich das Frühstücksgeschirr weggeräumt, springt Manolo auf und rennt wedelnd zur Tür. Mein Freund war zwar heute Morgen schon einkaufen, aber mit der Brötchentüte um den Hals kackt er nicht so gerne. Ich reiße alle Fenster weit auf, stecke den Schlüssel ein, gehe durch die Seitentür und werde dort von Hermann-Josef begrüßt. Mein Nachbar hält einen Rasensprenger in der Hand und deutet mit der anderen auf unseren »Rasen«, der inzwischen so verdorrt ist, dass er wie ein Mahnmal gegen den Klimawandel wirkt.

»Der Sprenger schafft zweihundert Quadratmeter, das reicht locker für uns beide. Soll ich den mal mittig aufstellen?«

Von mir aus, denke ich und bedanke mich freundlich für die nachbarschaftliche Unterstützung.

Manolo jagt einen Hasen quer übers Feld. Nach einer knappen Minute gibt er auf und trottet mit hängender Zunge in meine Richtung. Mir geht das Gespräch mit Julia nicht mehr aus dem Kopf. Mein Sohn hat eine Freundin. Vor Kurzem ist er doch noch mit dem Kettcar über den Hof gefahren. Ich fühle mich plötzlich alt. Dann breitet sich eine große Zufriedenheit in mir aus. Ich freue mich für Bastian. Das kann ich ihm nicht kaputt machen. Ich muss eine Lösung finden, mit der Mutti halbwegs leben kann. Einen Pudding an die Wand zu nageln scheint da leichter zu sein.

Der Rückweg führt mich an der Parzelle von Claudia vorbei. Inzwischen haben sich die Menschen auf Happy Eiland daran gewöhnt, dass die Heilpraktikerin aus Oberhausen jeden Morgen barfuß bis zum Kopf auf dem Rasen ihrer Parzelle steht und ihre Yogaübungen macht. Kann daran liegen, dass die Hecke jetzt hoch und vor allem blickdicht genug ist. Sie soll sogar eine ganze Reihe Kunden auf dem Platz haben.

»Morgen, Lukas, was ist los?«

Ich sehe sie irritiert an.

»Du wirkst nachdenklich. Stimmt was nicht bei euch?«

»Hast du ein Kraut gegen verbotene Liebe?« Ich berichte ihr von meinem Dilemma. Claudia hat vor ein paar Jahren dafür gesorgt, dass Lindas Mutter trotz ihrer Demenz in einem Chor mitsingen konnte. Seitdem haben wir ein vertrauensvolles Verhältnis.

»Du darfst Bastian das auf keinen Fall ausreden, sonst verlierst du ihn. Rede mit dem Vater seiner Freundin. Hilf ihm, dann hilfst du deinem Sohn.«

Ich bedanke mich für den Rat.

Unterwegs versuche ich Frank Buschmann zu erreichen. Unter der Prepaidnummer, die Eddy mir gegeben hat, geht niemand dran. Der Internetauftritt der Firma »Hochbau Buschmann« ist völlig veraltet, am Firmentelefon erreiche ich einen Anrufbeantworter, der mir mitteilt, dass der Laden über Weihnachten geschlossen ist. Ich gebe Manolo einen der Kauknochen, die ich für alle Fälle im Handschuhfach liegen habe, vertröste ihn auf den späten Nachmittag und mache mich erneut auf den Weg nach Schaephuysen.

Andrea Buschmann sieht mich konsterniert an. Sichtlich um Fassung bemüht bittet sie mich ins Haus.

»Das kann nicht sein. Das hätte er mir gesagt. Wie kommen Sie auf so etwas? Mein Vater hat ihn vor vier Wochen rausgeworfen, warum sollte er …«

Wir stehen im Flur, sie schüttelt mit aufeinandergepressten Lippen den Kopf. Ich versuche, beruhigend auf sie einzuwirken.

»Dass sein Handy dort eingeloggt war, muss nicht bedeuten, dass Ihr Bruder am Samstag im Haus Ihres Vaters gewesen ist. Möglicherweise hat er einen Freund besucht …«

»Nein«, bricht sie meinen Ansatz ab. »Sein Freund wohnte in der Mozartstraße, aber der ist schon vor Jahren weggezogen.«

Mit gesenkten Schultern geht sie ins Wohnzimmer. Ich folge ihr.

»Frau Buschmann, ich muss mehr über Ihren Bruder erfahren. Nach meinem Kenntnisstand ist er in finanziellen Schwierigkeiten …«

»Sie glauben doch nicht im Ernst, dass die sechzigtausend Euro für ihn bestimmt waren?« Sie schiebt einen Staubsauger zur Seite und bietet mir mit einer flüchtigen Bewegung einen Platz am Esstisch an. Vor ihr steht ein Laptop, daneben liegen einige Unterlagen.

»Wäre das völlig abwegig?«

Sie legt die Stirn in Falten. Zum ersten Mal scheinen sich leise Zweifel zu bilden.

»Vor ein paar Wochen war er hier und hat mich gefragt, ob wir ihm Geld leihen könnten. Viel Geld«, erzählt sie leise und von einer Spur Unsicherheit begleitet. »Mein Mann hat sich die Bücher angesehen und gesagt, dass es keinen Zweck mehr habe. Frank hat richtig viel Pech gehabt. Vor acht Jahren hat er die Baufirma gegründet. Er musste sehr hohe Kredite aufnehmen. Mein Vater hat ihm damals vorgeworfen, dass er seine Familie ins Verderben führt. Das Gegenteil war der Fall, er konnte sich schon bald vor Aufträgen nicht mehr retten. Er hat wirklich sehr gut verdient, aber die Gewinne in die Firma gesteckt, statt die Kredite abzuzahlen. Dann kam Corona, und die öffentlichen Aufträge blieben aus. Anfangs konnte er die Firma ganz gut über Wasser halten, bis der Ukrainekrieg anfing. Das hat ihm das Genick gebrochen.«

Sie wischt sich eine Träne aus dem Augenwinkel.

»Kurz vor der Pandemie haben sie noch gebaut. Viel zu groß und zu teuer, sagt mein Mann. Aber hinterher ist man immer schlauer. Es stimmt übrigens nicht, dass mein Bruder damit einverstanden war, Sie zu engagieren. Möchten Sie etwas trinken?«

Leicht verwirrt von dem Gedankensprung lehne ich das Angebot ab.

»Frank fing an zu trinken, der Gerichtsvollzieher kam fast jede Woche. Vorigen Monat hat Heidi, meine Schwägerin, es nicht mehr ausgehalten und ist mit den beiden Kindern zu ihren Eltern gezogen.«

Andrea Buschmann steht auf und geht in die Küche. Kurz darauf kommt sie mit zwei Flaschen in der Hand zurück.

»Wasser oder Saft?« Sie holt zwei Gläser aus einer Anrichte und stellt sie vor uns ab. Ohne eine Antwort abzuwarten, füllt sie mein Glas mit Mineralwasser.

»Wie hat Ihr Vater darauf reagiert?«

Sie stößt einen Lacher der zynischen Sorte aus.

»Mein Vater war sein Berufsleben lang Bergmann. Schulden aufzunehmen, um sich selbstständig zu machen, wäre ihm nie in den Sinn gekommen. Dass Frank zwölf Stunden am Tag für seine Firma geackert hat, daran sei er selber schuld. Können Sie sich vorstellen, was das für meinen Bruder bedeutet haben muss, seinen Vater um Geld zu bitten?«

Ihm dürfte das Wasser bereits über die Unterlippe gesprudelt sein, denke ich. Banken, Polizei und Finanzamt im Nacken, die Familie ausgezogen. Er stand sprichwörtlich mit dem Rücken zur Wand. Ich frage mich, zu was ein Mensch wie er in einer solchen Situation fähig ist.

»Gestern hat er mich gefragt, wann der Erbschein kommt. Kein Wort über die Beerdigung, damit lässt er mich allein.« Ihre Lippen beben.

»Wissen Sie, ob Ihr Bruder zu Hause ist?«, frage ich nach einer kurzen Pause. Wieder dieses zynische Lachen.

»Der hockt den ganzen Tag zu Hause und bemitleidet sich.«

Andrea Buschmann steht auf und kramt eine Visitenkarte aus einer Schublade.

»Bitte, die braucht kein Mensch mehr.«

15

Donnerstag, 8. Juni, 11.15 Uhr

Frank Buschmann wohnt in der Dickschen Heide in Neukirchen-Vluyn. Das Neubaugebiet ist vor einigen Jahren auf dem Gelände der ehemaligen Zeche Niederberg entstanden. Der Carbonweg grenzt an ein schmales Wäldchen, das die Siedlung vom Julius-Stursberg-Gymnasium und seinen Sportanlagen abgrenzt.

Direkt vor der Tür ist ein Parkplatz frei. Buschmann wohnt in einem luxuriös anmutenden Haus, dessen Obergeschoss sich in Pultform in den hinteren Bereich erhebt.

Nachdem ich den Klingelknopf in dem Namensschild aus gebürstetem Messing zum dritten Mal betätigt habe, erkenne ich einen Schatten auf der anderen Seite der Milchglasscheibe.

»Verschwinden Sie, es gibt hier nichts zu holen!«

»Herr Buschmann, mein Name ist Lukas Born, ich komme im Auftrag Ihrer Schwester«, rufe ich zurück und drehe mich dabei instinktiv um. Die Straße wirkt wie ausgestorben. Ich will erneut klingeln, da dreht sich ein Schlüssel. Ich blicke in ein Gesicht, das so gut wie keine Ähnlichkeit mit dem auf dem Foto hat, das auf der Anrichte meiner Klientin steht. Es ist hager und von einer gräulichen Farbe überzogen. Die letzte Rasur dürfte Wochen her sein, schwarze Haare hängen fettig über die Stirn. Der Mann trägt ein hellgraues Shirt, auf dem sich im Bauchbereich zwei braune Flecken abzeichnen.

»Was wollen Sie von mir?« Seine Stimme klingt rau.

»Ich bin Privatdetektiv und …«

»Ich habe Sie nicht beauftragt.«

Okay, so komme ich nicht weiter.

»Sie können mich wieder wegschicken. Allerdings stellt das Amtsgericht den Erbschein erst aus, wenn die Todesursache geklärt ist«, lüge ich.

Seine Augen verengen sich zu kleinen Schlitzen, während er mich mustert. »Na schön.«

Frank Buschmann bittet mich mit einem kurzen Nicken hinein. Über weiße Marmorfliesen gelangen wir in einen Wohnraum, der größer sein dürfte als unser gesamtes Mobilheim. Über einen Fernsehschirm, nicht viel kleiner als eine Kinoleinwand, flimmern Werbespots. Der Glastisch gegenüber ist übersät mit leeren Flaschen und den Verpackungsresten diverser Fast-Food-Lieferanten. Über allem liegt eine diffuse Geruchsmischung aus abgestandenem Essen, Schweiß und Alkohol. Buschmann nimmt Prospekte und Kleidungsstücke von einem Sessel, lässt sie daneben auf den Fußboden fallen, deutet mir den frei gewordenen Platz an und setzt sich über Eck auf die Designercouch.

»Was soll die ganze Scheiße überhaupt?«

»Was meinen Sie?«

»Mein alter Herr ist die Treppe runtergesegelt und fertig. Was gibt es da noch rumzuschnüffeln?«

Ich lasse den Satz erst mal sacken. Buschmann nutzt die kurze Pause, um sich einen Whisky einzuschütten.

»Es gibt gewisse Zweifel daran.«

Buschmann stellt langsam sein Glas ab. Über seine Augen legt sich ein dunkler Schatten.

»Warum sind Sie wirklich hier?«, flüstert er mit tiefer Stimme.

»Ihr Vater war am letzten Samstag möglicherweise nicht allein im Haus.«

Er nimmt einen kräftigen Schluck, lässt sich zurückfallen und sieht mich nachdenklich an. Ich versuche, jede kleine Regung zu registrieren. Am ehesten wirkt er auf mich wie ein Pokerspieler, der sich mit zwei Luschen auf der Hand den Jackpot krallen will. Selbstbewusst und doch mit einer Spur Unsicherheit. Zeit, ihm ein Ass hinzulegen.

»Zum Todeszeitpunkt war ein Handy in diesem Bereich eingeloggt. Es handelt sich um ein Handy mit Prepaidkarte. Erworben wurde diese Karte auf den Namen Frank Buschmann.«

Ich rechne damit, dass er wütend aufspringt, mir den Rest des Whiskys ins Gesicht schüttet, mich rauswirft, alles Mögliche. Stattdessen fängt er lauthals an zu lachen.

»Es ist einfach nicht zu glauben, wofür meine Schwester ihr Geld rauswirft.« Und schon lacht er weiter.

Plötzlich springt er hoch und läuft in einen Nebenraum. Kaum zurück, legt er drei Smartphones vor mir ab.

»Das ist mein Firmenhandy, daneben das ist das Handy von meinem ehemaligen Vorarbeiter, und das dritte ist mein privates Telefon. Alle drei haben noch laufende Verträge. Lassen sich nicht so schnell kündigen. Könnten Sie mir sagen, wozu ich ein Prepaidhandy haben sollte?« Er sieht mich mitleidig von oben herab an.

Ich überlege, ob seine Naivität ihn in den Ruin getrieben haben könnte. Entweder ist Buschmann abgezockter, als er vorgibt, oder ihn trifft tatsächlich keine Schuld am Tod seines Vaters. Zeit, das rauszufinden.

»Wenn eines dieser Handys geortet worden wäre, hätten Sie längst die Polizei im Haus. Nach Lage der Dinge – Sie sind pleite, wollten sich vor wenigen Wochen Geld von Ihrem Vater leihen – würden Sie vermutlich in U-Haft genommen. Was durchaus noch möglich ist. Die Polizei stellt heute eine Mordkommission zusammen. Es ist nur eine Frage der Zeit, bis sie ebenfalls an die Daten des Prepaidhandys kommen. Und spätestens dann haben Sie ein Problem, Herr Buschmann.«

»Verdammt noch mal: Ich habe kein Prepaidhandy, wann geht das endlich in Ihren Schädel?«

Ich hebe beschwichtigend die Hände. Unter falschem Namen eine Prepaidkarte zu kaufen ist nicht die ganz große Kunst. Es soll Verkäufer geben, denen ein Büchereiausweis reicht.

»Okay, lassen wir dieses Handy mal außen vor. In dem Fall wäre ein Alibi nicht schlecht. Wo waren Sie letzten Samstag zwischen zehn und dreizehn Uhr?«

»Hier, wo sonst?«

»Kann das jemand bezeugen?«

Er lacht kurz auf. »Jim.«

»Wie heißt Jim mit Nachnamen?«

»Beam«, er zeigt auf die halb leere Whiskyflasche auf dem Tisch, »wir frühstücken immer zusammen.«

Ich stecke meinen Block wieder ein. Buschmann legt den Kopf in den Nacken und atmet tief durch. Eine seltsame Wandlung scheint in ihm vorzugehen. Das drückt sich nicht zuletzt darin aus, dass er mich auf einmal duzt.

»Kennst du das Gefühl, wenn plötzlich alles über dir zusammenbricht? Wenn du morgens aufstehst und denkst: Schlimmer kann es nicht mehr kommen? Und wenn du dann abends ins Bett gehst und weißt, dass du dich am Morgen gründlich getäuscht hast? Und alle, die dir vor Kurzem auf die Schulter geklopft haben, die deine besten Freunde sein wollten, die Straßenseite wechseln, wenn sie dich sehen?«

Er dreht eine Flasche Mineralwasser auf, setzt sie an und trinkt sie halb leer.

»Nein. Ihre Schwester sagt, Sie haben viel Pech gehabt ...«

»Klar sagt sie das. Nur helfen wollten sie mir nicht.«

»Wie viel Geld wollten Sie sich eigentlich von Ihrem Vater leihen?«

Sein Blick wandert durch die große Glasfront in den Garten.

»Fünfzigtausend Euro.«

»Sicher, dass es nicht sechzigtausend waren?«

»Ja. Meine Schwester hat mir davon erzählt. Das ist unglaublich. Ich habe keine Ahnung, wofür er das Geld gebraucht hat. Mir hat er jedenfalls nichts gegeben. Sechzigtausend«, er schüttelt den Kopf, »das wäre meine Rettung gewesen.«

»Ihr Schwager war der Ansicht, dass Ihre Firma nicht mehr zu retten ist.«

Frank Buschmann springt erneut hoch und geht ins Nebenzimmer. Dieses Mal kommt er mit zwei prall gefüllten Aktenordnern zurück.

»Weil der Herr Finanzbuchhalter nicht den leisesten Schimmer davon hat, wie es in der freien Wirtschaft läuft.« Mit dem Ellenbogen schiebt er Flaschen zur Seite, von denen einige klirrend auf den Boden fallen. »Hier drin«, er deutet auf einen prall gefüllten Ordner, »befinden sich offene Rechnungen in Höhe von einer Million vierhunderttausend Euro, in dem anderen befindet sich die Bilanz. Wenn Sie mit einem gewissen Fachverstand darin blättern, werden Sie feststellen, dass allein der Buchwert meiner Maschinen bei über einer halben Million Euro liegt, das gesamte Anlagevermögen bei knapp einer Million sechshunderttausend.«

»Wo liegt dann das Problem?«

Buschmann lässt sich in die Couch fallen und sieht mich mitleidig an.

»Das Problem ist, dass mit dem Ausbruch des Krieges die Material- und Energiepreise immer unberechenbarer wurden. Dazu die Lieferprobleme bei Holz und Stahl. Wenn dann noch die Facharbeiter fehlen und die Bankzinsen anziehen, geht nicht mehr viel. Unter diesen Umständen Festpreise für ein Großprojekt anzubieten, wäre wirtschaftlicher Selbstmord gewesen. Ohne Festpreise spielen aber die Banken der Investoren nicht mit, denen ist das Risiko ebenfalls zu hoch. Also blieben die Aufträge aus.«

»Während die Kosten weiterliefen«, folgere ich.

Buschmann nickt. »Das Finanzamt hat weiter auf die Gewerbesteuervorauszahlung bestanden, selbstverständlich berechnet nach den Gewinnen aus der guten alten Zeit. Bekommt man natürlich im Folgejahr erstattet, falls man dann noch lebt. Ich habe das Geld nicht, woher auch? Also kam vor vier Wochen der Gerichtsvollzieher. Ich hätte früh genug einen Schlussstrich ziehen sollen. Hinterher ist man immer schlauer.«

»Und mit den fünfzigtausend Euro hätten Sie das Finanzamt ruhiggestellt?«

Buschmann wiegt den Kopf relativierend hin und her.

»Es hätte mir Luft verschafft. Mein Plan war, einen großen Teil des Fuhrparks abzugeben, damit die Schuldner zu bezahlen und danach wieder klein anzufangen. Aber einen Radlader, auf dem der Kuckuck klebt, darf ich nicht verkaufen. Der ganze Krempel wird jetzt zwangsversteigert und bringt höchstens noch ein Drittel des Wertes. Die Konkurrenz freut sich schon.«

Dafür dürfte sein Anteil am Erbe seines Vaters reichen. Frank Buschmann scheint sich nicht darüber im Klaren zu sein, dass er über ein handfestes Motiv und kein Alibi verfügt.

16

Donnerstag, 8. Juni, 13.20 Uhr

Bastian kommt um Viertel nach drei aus der Schule. Weil sich eine Rückfahrt nicht lohnt, fahre ich erneut in die Zechensiedlung nach Lintfort. Das Navi führt mich in die Michaelstraße, zum Haus von Jupp Kutowski, mit dem Buschmann nach Aussage meiner Klientin »ab und an« Doppelkopf gespielt hat.

Eine schlanke Frau um die sechzig mit grau meliertem Kurzhaarschnitt öffnet mir mit skeptischem Gesichtsausdruck. Kaum habe ich mein Anliegen ausgesprochen, dreht sie sich um.

»Jupp, Besuch für dich.«

Im Obergeschoss fällt eine Tür ins Schloss, während die Frau des Hauses mich musternd draußen stehen lässt. Erst als ihr Mann die Treppe heruntergekommen ist, räumt sie das Feld.

»Lukas Born, Privatdetektiv. Frau Buschmann hat mich beauftragt.«

Augenblicklich weicht die neugierige Mimik einem dezenten Nicken. Kutowski bittet mich in ein kleines Wohnzimmer. Müsste ich seine Figur beschreiben, würde ich an einen überdimensionalen Würfel denken. Für Jupp Kutowski könnte der Begriff »untersetzt« erfunden worden sein.

»Ein Bier?«

Ich lehne dankend ab. Wir setzen uns an einen niedrigen Eichentisch. Der Geruch von Essen liegt in der Luft. An der Wand hinter ihm hängt ein gesticktes Bild. Es zeigt eine dunkelhaarige Frau, die einen Tonkrug in der Hand hält.

»Es ist so traurig. Sechsundsechzig Jahre. Das ist doch kein Alter.« Kutowski schüttelt ungläubig den Kopf.

»Kannten Sie sich von der Zeche?«

»Klar, wir waren hier alle aufm Pütt. Also damals, heute wohnen viele von den alten Kumpeln nicht mehr hier. Schade ist das. Der Mattes war zwar nachher auf 'ner anderen Schicht, aber Kumpel ist Kumpel.«

Seine Frau kommt mit einem Geschirrtuch in der Hand ins Zimmer.

»Hast du deinem Besucher gar nichts angeboten? Das ist wieder typisch. Möchten Sie eine Tasse Kaffee?«

Jupp Kutowski verzieht den Mund. Ich lehne das Angebot dankend ab. Wir warten, bis die Frau den Raum verlassen hat.

»Sie haben Doppelkopf gespielt, hörte ich.«

Er will gerade zu einer Antwort ansetzen, bricht abrupt ab. Seine Gesichtszüge verhärten sich.

»Früher mal, ja.«

Es kommt mir fast so vor, als hätte ich einen wunden Punkt angesprochen. Ich frage mich, was an einer fröhlichen Doppelkopfrunde anstößig sein soll. Kutowski scheint meine Skepsis zu bemerken.

»Der eine hatte keine Lust mehr, der andere ist weggezogen. Irgendwann waren Mattes und ich allein. Und jetzt … na ja.«

Frau Kutowski kommt mit einem kleinen Tablett ins Wohnzimmer. Ihr Mann schiebt eine Vase zur Seite.

»Ich hoffe, es stört Sie nicht, dass der Kaffee koffeinfrei ist. Mein Mann darf keinen anderen, wegen der Pumpe.«

Sie stellt zwei Tassen vor uns ab und schüttet ein. Das Tablett mit Milch und Zucker lässt sie zwischen uns stehen. Kaum hat sie das Zimmer verlassen, zeigt ihr Mann einen Vogel in ihre Richtung.

»Ich hatte einen leichten Herzkasper, das ist schon fünf Jahre her. Frauen.«

»Ihr Freund war da schlimmer dran«, greife ich den Faden auf und kippe dabei ein Schlückchen Milch in den Kaffee. »Seine Tochter sagte, er konnte keine Treppen mehr steigen.«

Kutowski beißt die Lippen aufeinander.

»Und trotzdem hat dieser alte Sturkopf es immer wieder getan. Vor ein paar Wochen habe ich noch gesagt: Lass mich das besser machen. So schnell konnte ich gar nicht da sein …«

Kutowski steht umständlich auf, geht zu einer Vitrine, die

überwiegend mit Porzellan und Nippes gefüllt ist, und kommt mit einem Zinnkrug zurück, auf dem ein Förderturm und die Worte »40 Jahre Bergwerk Friedrich Heinrich« eingraviert sind.

»Den hatte er doppelt, hat gefragt, ob ich ihn haben will. Klar wollte ich, ist doch unsere alte Zeche.«

Er stellt den Krug vorsichtig neben das Tablett.

»Den hat Matthias Buschmann für Sie aus dem Keller geholt?«

»Ja, wie gesagt, eigentlich wollte ich das machen. Mattes hat mich vor zwei Wochen noch gefragt, ob ich nicht mit ihm in den Keller will und mir noch mehr Krüge aussuchen. ›Mitnehmen kann ich die nicht‹, sagte er.« Kutowski schluckt. »Ich bin ja nicht so der Sammler. Der da«, er zeigt auf den Krug, »reicht mir als Erinnerung völlig.«

Ich nippe an dem Kaffee. Scheußlich.

»Hat Mattes«, der Einfachheit halber übernehme ich den Namen, »davon gesprochen, dass er verreisen wollte?«

Kutowski verdreht die Augen.

»Verreisen ist gut. Auswandern wollte der. Ich habe ihn gefragt, ob die Krankheit inzwischen sein Hirn befallen hat. Ich meine, wenn ich nur noch ein paar Monate zu leben habe«, Kutowskis Zeigefinger wandert wieder an die Stirn, »obwohl, sagt sich so leicht. Wenn ich in seiner Haut … Ich meine: Steckste nicht drin, oder?«

»Wohin wollte er denn auswandern? Hat er das gesagt?«

Kutowski lacht und verschluckt sich dabei. Nach einem kurzen Hustenanfall fährt er fort.

»Das ist der nächste Hammer. Philippinen, Malediven oder so. Ich meine, reichen da nicht auch Malle oder die Kanaren? Ich habe ihn gefragt, ob er wüsste, was das kostet. Und was sagt Mattes: ›Mach dir darüber mal keine Sorgen.‹ Ja, gut, die Knappschaft zahlt ordentliche Renten. Da wird er sich was auf die hohe Kante gelegt haben. Trotzdem: Malediven.« Wieder findet der Zeigefinger das vertraute Ziel.

Ich bedanke mich für das Gespräch. Kutowski begleitet mich zur Tür.

»Wissen Sie, wann die Beerdigung ist?«, fragt er hinter meinem Rücken. Die Haustür geöffnet, drehe ich mich herum.

»Ich denke, seine Tochter wird Ihnen Bescheid geben. Wissen Sie, ob Mattes Feinde hatte?«

Kutowski sieht mich erstaunt an. Er muss dabei den Kopf leicht nach hinten neigen. Mich wundert, dass er einige Sekunden verstreichen lässt, bis er zur Antwort ansetzt.

»Mattes konnte keiner Fliege was zuleide tun, wie man so sagt.«

»Gab es Streit mit jemandem?«

»Ja, mit seinem Sohn. Ziemlich heftig sogar. Mattes hat den nachher rausgeworfen. Abends kam er zu mir und sagte, dass er Angst hat, dass sein Sohn wiederkommt.«

»Hat er das so gesagt?«

Kutowski ringt mit sich. »Der Frank ist eigentlich in Ordnung. Ich kenne ihn ja schon seit der Geburt.«

»Bitte beantworten Sie meine Frage.«

Sein Kinn fällt auf das Brustbein, die Atmung ist deutlich vernehmbar.

»Mattes hat gesagt, Frank sei nicht mehr er selbst, er sei völlig verzweifelt. Er habe seine Hand an seinen Hals gelegt und geschrien: Ich brauche das Geld. Betrunken war er außerdem gewesen, sagt Mattes. Ich kann Ihnen nicht sagen, was in den Jungen gefahren ist, aber so was geht doch nicht, oder?«

Wenig später hat Buschmann sich sechzig Mille von der Bank geliehen. Seinem Freund hat er davon offenbar nichts erzählt. Ich hake nach.

»Was? Davon weiß ich gar nichts.« Kutowskis Mund steht weit offen. Er wirkt bestürzt. »Mattes hat eine Hypothek für seinen Sohn aufgenommen? Das hätte ich nicht gedacht, bei allem, was er mir erzählt hat. Das hat der nicht freiwillig gemacht.« Ein Schatten legt sich über seine Augen. Ich bemerke, dass die Summen nicht übereinstimmen.

»Fünfzig Mille für Frank und zehn für die Reise. Das gibt es nicht. Ich glaube es nicht, dieser verfluchte Bengel.«

Donnerstag, 8. Juni, 14.15 Uhr

Auf der Nordtangente in Höhe des Rossenrayer Sees erreicht mich der Anruf von Siggi Lehmann.

»Bist du zufällig in der Nähe?«

»Kurz vor der Autobahnauffahrt, warum?«

»Gibt ein Problem.«

Ich hätte wenden sollen, statt den Weg durch die City zu wählen. Dann hätte ich mich nicht zweimal verfahren und wäre zehn Minuten früher in der Wilhelmstraße angekommen.

Lehmann empfängt mich mit einem mürrischen »Tach«. Ich nehme ihm gegenüber Platz.

»Was ist los?«

»Deine Frau hat eine Mordermittlung eingeleitet. Jemand hat ihr ein paar Dinge zu unserem Fall gesteckt.« Lehmann beugt sich vor und fixiert mich.

»Die KTU hat Faserspuren am Treppenabsatz gefunden. Dass die Treppe und der Tatort gründlich gereinigt wurden, haben sie ebenfalls rausgefunden ...«

»Und dass Buschmann eine Hypothek aufgenommen hat, auch?«, fällt er mir grollend ins Wort.

»Mensch, Siggi. Ich bin Privatdetektiv und kein Polizist mehr. Muss ich dir erklären, wer für Mord zuständig ist?«

Lehmann lehnt sich zurück und betrachtet mich eine Weile stumm.

»Okay. Dass ich jetzt wieder in der anderen Mannschaft spiele, ist dir aber schon klar, oder?«

Ich nicke.

»Und dass ich unsere ...«, er zögert, »... Erkenntnisse nach Krefeld weiterreichen muss, auch?«

»Siggi. Es ist nicht in meinem Interesse, dass wir gegeneinander arbeiten. Mein Job ist es, die Umstände aufzuklären, die zu Buschmanns Tod führten, und nicht, einen Mörder einzulochen.«

Lehmann schüttelt fassungslos den Kopf.

»Sag mal, hast du ein Mal an mich gedacht? Die Kollegen haben inzwischen Buschmanns Handy ausgewertet. Sie wissen von dem Prepaidhandy und auf wen es angemeldet ist. Was sie nicht wissen, ist die Tatsache, dass es zum Tatzeitpunkt in unmittelbarer Tatortnähe eingeloggt war. Ich wohl. Was *ich* nicht weiß, ist, wie ich den Kollegen beibringen soll, dass ich dieses Wissen von dem Mitglied einer privaten Campingplatz-SoKo habe, das mal eben eine Funkzellenabfrage veranstaltet hat. Wenn die Staatsanwaltschaft Wind davon bekommt, jage ich Parksünder.«

Eine ungesund anmutende Röte legt sich auf das Gesicht meines Gegenübers. Höchste Zeit für beruhigende Worte.

»Sie wird es mitbekommen, keine Sorge.«

»Wie bitte?« Der Kaffeepott vor ihm vibriert aufgrund der Lautstärke. Hab mich wohl missverständlich ausgedrückt.

»Sie werden es von mir erfahren. Glaub mir, sie kennen Eddy.«

Siggi wirkt irgendwie … misstrauisch.

»Sehen wir uns heute Abend bei der SoKo-Sitzung?«

»Verschwinde!«

18

Donnerstag, 8. Juni, 14.50 Uhr

Auf dem Weg nach Krefeld rubbelt mein Handy über den Beifahrersitz. Ich erkenne Lindas fröhliches Lachen im Display.
»Was hast du gemacht?«, keift sie ohne Begrüßung los.
Ich bin mir keiner Schuld bewusst und probiere es mit einem zaghaften »Was meinst du?«.
»Hier ist alles unter Wasser. Die Küche, das Schlafzimmer … ich habe gar nicht genug Lappen.«
Ich kann mir keinen Reim darauf machen. »Haben wir einen Wasserrohrbruch oder so was?«
Linda zögert einen Moment. »Jetzt, wo du es sagst. Es läuft kein Wasser mehr nach. Es ist fast so, als wenn es durch die Fenster gekommen wäre. Dabei war es den ganzen Tag über trocken.«
Allmählich dämmert's. Die Worte meines Nachbarn dringen in mein Bewusstsein. »Der Sprenger schafft zweihundert Quadratmeter. Soll ich den mal mittig aufstellen?« Und ich Trottel habe alle Fenster zum Lüften aufgerissen, bevor ich gefahren bin.
»Wird sich bestimmt klären.«

»Was machst du denn hier?«
Bastian hat im Unterricht das Handy ausgeschaltet. Ich habe Emma auf gut Glück quer vor dem Ausgang postiert. Er ist praktisch direkt hineingelaufen.
»Ich möchte mit dir reden.«
Bastian wirft seine Schultasche auf die Rückbank. Ich starte Emma und steuere eine Parkbucht am Ende der Straße an. Als ich den Motor abstelle, sieht mich mein Sohn skeptisch an.
»Hat Mama dich geschickt?«
»Ja … nein, ich habe mich angeboten.«

»Boah, fuck.«

»Ruhig, Brauner. Ich will dir nur helfen.«

Bastian atmet tief aus und sieht dann teilnahmslos aus dem Seitenfenster. Ich versetze ihm einen leichten Stoß.

»Jetzt hör auf rumzuzicken, verdammt. Wenn du deine Freundin magst, dann magst du sie, Punkt. Unsere Aufgabe ist es, das deiner Mutter beizubringen und nichts anderes.«

Bastian dreht sich zu mir. Der Ansatz eines Lächelns belegt sein Gesicht.

»Da hast du dir aber ’n ganz schön dickes Brett vorgenommen.«

»Ist meine Spezialität. Was ist mit ihrem Vater?«

Bastian schüttelt mit offenem Mund den Kopf. Es scheint ihm nicht leichtzufallen, die richtigen Worte zu finden.

»Sie haben ihn wieder gehen lassen. Victor hat nichts getan. Er wollte tanken. Dann sah er den Mann mit der Pistole im Laden. In dem Moment, als er die Polizei rufen wollte, stürmte der Mann auf ihn zu. Victor hat Vollgas gegeben und ist verschwunden. Für den Mann in der Tanke sah das so aus, als hätte Marias Vater den Fluchtwagen gefahren. Hat er aber nicht. Trotzdem verhört Mama den wie einen Schwerverbrecher. Das ist doch Scheiße.«

Ich erzähle Bastian, dass ich in meiner aktiven Zeit viele solche Geschichten gehört habe, von denen nicht alle der Wahrheit entsprachen.

»Wenn ein Zeuge das aussagt, muss Mama so handeln. Sie ist Kommissarin. Außerdem hat sich das doch wohl inzwischen geklärt, oder?«

Bastian stößt einen zynischen Lacher aus.

»Das ja. Für Mama ist Victor trotzdem ein Verbrecher. Weil er vorbestraft ist und eine Bewährung laufen hat, sagt sie. Das ist genauso eine blöde Sache. Zigarettenschmuggel. Victor ist Lkw-Fahrer. Er hat in Bulgarien einen mit Elektrogeräten beladenen Auflieger übernommen. Dass da Tausende Stangen Zigaretten drin waren, wusste er nicht.«

Sagt Victor, denke ich. Vertrackte Situation, das Ganze.

»Ich werde mit deiner Mutter reden. Kommst du mit?«
»Nee, lass mal. Ich nehme lieber den Bus.«

Ich stelle den leeren Plastikbecher neben den Stuhl. Eine gute Viertelstunde warte ich bereits, dann kommen Julia und Tom in Begleitung einer Handvoll Kolleginnen und Kollegen den Flur runter. Als Tom mich entdeckt, ruft er eine Spur zu laut: »Unser Informant ist da.«

Wenig später nehme ich auf dem Besucherstuhl Platz. Julia sieht mich fragend an. Ich erwidere den Blick.

»Hast du was für uns?«

»Wieso sollte ich?«

Sie verzieht das Gesicht.

»Es gibt eine Mordkommission.«

»Aha.«

»Du warst bei Frank Buschmann.«

»Stimmt. Ich nehme an, ihr auch.«

»Er sitzt nebenan, die Kollegen haben ihn gerade gebracht. Wir warten darauf, dass er wieder halbwegs nüchtern ist. Wenn du uns inzwischen etwas über ihn sagen könntest ...«

Wollte ich sowieso.

»Auf ihn ist ein Prepaidhandy gemeldet.« Julia wirkt gelangweilt. Lässt sich ändern. »Dieses Handy war am Samstag zwischen zehn und dreizehn Uhr in einer Funkzelle in der Nähe von Buschmanns Haus eingeloggt.«

»Was?« Und schon ist sie wieder voll und ganz bei der Sache, meine Julia. »Woher ... hat Eddy etwa wieder ...«

»Hat er.«

Julia und Tom tauschen einen zufriedenen Blick. Ich finde, es ist an der Zeit, den Informationsfluss mal in die andere Richtung laufen zu lassen.

»Und ihr so? Was habt ihr rausbekommen?«

Tom grinst hämisch. Julia zaudert.

»Es gibt Hinweise zu Buschmanns Vergangenheit, denen wir im Moment nachgehen. Mehr kann ich nicht sagen.«

»Komm schon ...«

»Lukas, wir sind dir dankbar für deine Unterstützung, aber das ist ab jetzt unser Fall, ist das klar?«

Ich glaub es nicht. Gestern bettelt sie mich um Infos an, und heute sitzt sie auf dem hohen Ross. Leck mich doch.

»Okay, dann mal viel Spaß damit. Tschüss.«

Kaum auf dem Flur, vernehme ich ihre Stimme.

»Warte! Hast du mit Bastian gesprochen?«

»Vor einer halben Stunde.«

Ich erzähle ihr Bastians Sichtweise und lege damit ungewollt den Mantel der Unschuld über den Vater seiner Freundin. Julia verzieht erwartungsgemäß das Gesicht.

»Ich denke dasselbe. Nutzt aber alles nichts. Wie ich es sehe, hast du zwei Möglichkeiten: Hart bleiben und Bastian verlieren oder deinem Sohn vertrauen.«

»Ich soll zusehen, wie mein Sohn in das kriminelle Milieu abrutscht?« Sie stemmt wütend ihre Hände in die Hüften.

»Jetzt übertreib nicht. Die Sache mit der Tankstelle dürfte vom Tisch sein, und für Zigarettenschmuggel im großen Stil kommst du nicht mit 'ner Bewährung davon. Spricht also einiges dafür, dass er maximal ein Handlanger war und kein Schwerverbrecher.«

»Ach so, dann ist ja alles bestens. Ich würde vorschlagen, wir sehen uns das mal ein, zwei Jahre an und überlegen dann noch mal. Wäre das in deinem Sinne?«

Kann aber auch spießig sein, meine Gattin.

»Häng das doch nicht gleich so hoch. Es ist die erste Liebelei eines Fünfzehnjährigen. Und glaubst du im Ernst, er lässt sich das von uns verbieten?«

»Wenn er nach dir kommt, garantiert nicht. Auf Wiedersehen, ich muss weiterarbeiten.«

19

Donnerstag, 8. Juni, 16.50 Uhr

Ich nehme den Fuß vom Gaspedal und ziehe Emma zwischen zwei Sattelschlepper. In meinem Gehirn tobt ein Gewitter. Wütend schlage ich die Hand aufs Lenkrad. Ich hätte mir denken müssen, dass Julia mich hängen lässt, sobald sie genügend Indizien für eine erneute Aufnahme der Mordermittlung hat. Am meisten ärgert es mich, dass Siggi Lehmann annehmen muss, ich hätte ihn hintergangen. Für einen Augenblick spiele ich mit dem Gedanken, die Autobahn in Kamp-Lintfort zu verlassen und in sein Büro zu stürmen. Ich entscheide mich jedoch für ein Telefonat.

»Was willst du noch?«

Ganz schön nachtragend, der Siggi.

»Julia weiß Bescheid, mach dir keinen Kopf. Sie haben Frank Buschmann abgeholt.«

Für einige Sekunden dringt nur das sonore Brummen des Verkehrs an mein Ohr. Dann überrascht mich Siggi.

»Was ist dein Eindruck?«

»Ich war heute Vormittag bei ihm. Er hat immense finanzielle Probleme und kein Alibi.«

»Sein Vater hatte sechzigtausend Euro, und er war vermutlich zur Tatzeit im Haus«, ergänzt Siggi.

»Ein Prepaidhandy war dort. Und dass sein Vater eine Hypothek aufgenommen hat, wird er ihm nicht erzählt haben.«

Ein Sattelschlepper zieht gemächlich vorbei und kesselt mich ein. Aus dem Telefon dringt nachdenkliche Stille.

»Du meinst, jemand hat eine falsche Spur gelegt?«

»Möglich …«

»Okay, unter falschem Namen eine Prepaidkarte kaufen ist keine Kunst. Aber dass Frank Buschmann ein Motiv und die Gelegenheit hatte, ist nicht von der Hand zu weisen.«

Genau das ist der Punkt, an dem meine Zweifel ansetzen. Frank Buschmann konnte nicht wissen, dass sein Vater an diesem Tag so viel Geld im Haus hatte.

»Nehmen wir mal an, er hat tatsächlich Wind davon bekommen, seinen Vater die Treppe runtergestoßen und die Kohle kassiert. Und nehmen wir an, er überweist das Geld an das Finanzamt …«

»Dann würden wir ihn fragen, woher er das hat«, bringt Siggi meinen Gedanken zu Ende. Einmal durchs Großhirn gewandert, zieht der Gedanke einen zweiten Aspekt nach sich: Was bleibt Julia, wenn sie Buschmann junior laufen lassen müssen? Sie müsste sich auf einen anderen Ansatz konzentrieren, und da kommt Siggi ins Spiel.

»Wie passt der zeitliche Zusammenhang zwischen dem geplanten Geständnis und dem Tod da rein? Zufall?«

»Ich habe mir abgewöhnt, an Zufälle zu glauben«, pflichtet er mir bei. »Die Frage ist, wie wir an den Grund für dieses Geständnis kommen sollen. Offensichtlich hat Buschmann mit niemandem darüber gesprochen.«

Vor mir taucht die Abfahrt Sonsbeck auf, ich setze den Blinker. Ich muss dafür sorgen, dass Siggi weiterhin in unserem Boot bleibt. »Ich habe übrigens noch etwas herausbekommen.«

»Mach's nicht so spannend.«

»Erzähle ich nachher bei der SoKo-Sitzung. Muss vorher noch was erledigen.«

Schnaufen dringt an mein Ohr. Dürfte ihm überhaupt nicht passen.

»Wie stellst du dir das vor? Ich bin Mitglied der Mordkommission.«

»Siggi, der Mord bleibt deine Sache. Mir geht es um meinen Auftrag.«

»Blödsinn. Das ist dasselbe.«

»Na, dann bis gleich.«

Motiv und Gelegenheit. Siggis Worte gehen mir auf der Fahrt durch Labbeck durch den Kopf. Beide Voraussetzungen dürften auch für ihn selbst gelten. Die leise Andeutung, dass Ludger Caspers im Dezember in den Ruhestand geht und damit eine Stelle bei den Krefeldern frei wird, dürfte ein Motiv sein. Und mit Hilfe unserer SoKo an entscheidende Hinweise in einem Mordfall zu gelangen, eine gute Gelegenheit für eine Bewerbung. Bin mir ziemlich sicher, Siggi heute Abend begrüßen zu können.

Auf dem Weg zu meiner Parzelle erkenne ich Manolo, der mitten auf der Terrasse von Lissys Bistro liegt und zufrieden an einem Holzfällersteak knabbert.

»Schreib's an«, rufe ich Lissy zu.

Sie winkt lachend ab. »Sunny ist ein Teller runtergefallen.«

Und mein verfressener Freund hat das natürlich sofort ausgenutzt. Wundert mich nicht. Lissy öffnet um siebzehn Uhr die Küche. Ab da ist Manolo hier regelmäßig auf Kontrollgang.

Hinter Kuschels Blockhütte kommt Gerda mir entgegen. Die fröhliche Witwe drückt mir eine Glückwunschkarte in die Hand und zückt die Brieftasche.

»Einmal unterschreiben und fünfzig Euro an die Sonne«, fordert sie. Die Karte ist für Rosi und Katja, darin haben bereits ein gutes Dutzend Gäste ihren Namen geschrieben.

»Was hast du denn vor?«

»Ich habe Glam Bam bestellt.«

Klar, was will man auch anderes erwarten von der Happy-Eiland-Fanklub-Vorsitzenden der Kultband vom Niederrhein. Mein gelangweilter Kommentar nötigt Gerda zu einer Erklärung.

»Katja hat mir verraten, dass Rosi unter der Dusche immer die Hits von Suzi Quatro singt. Tja, was soll ich sagen: Ich habe mit der Band gesprochen, und die lassen sie auf die Bühne. Katja will noch ein schwarzes Lederkostüm für sie besorgen. Diese Hochzeit werden die beiden nie vergessen.«

»Hm.«

Linda deckt den Tisch auf der Terrasse. Daneben steht ein mit Lappen und Handtüchern behangener Wäscheständer. Ihr Vater bringt einen großen Topf mit Kohlrouladen nach draußen und stellt ihn neben die Schüssel mit den Kartoffeln. Seitdem Lindas

Mutter im Heim ist, essen wir oft gemeinsam. Ich nehme eine Nase voll und bekomme augenblicklich einen Riesenappetit. Der muss allerdings warten, da sich in diesem Augenblick mein Handy meldet. Meine Klientin klingt aufgeregt.

»Ich versuche schon den ganzen Nachmittag, meinen Bruder zu erreichen. Er geht nicht ans Telefon, und die Tür öffnet er auch nicht. Ich brauche unser Stammbuch.«

»Ihr Bruder wird von der Polizei vernommen, sie haben ihn heute Mittag abgeholt.«

»Wie bitte? Warum denn das?«

Ich erläutere ihr so behutsam wie möglich die belastenden Hintergründe. Bleischwerer Atem dringt durch das Telefon.

»Das ist doch völliger Schwachsinn! Frank würde niemals … Ja, sie haben sich gestritten, aber …«

»Frau Buschmann, ich bin sicher, das wird sich schnell klären.«

Davon bin ich tatsächlich überzeugt, auch wenn mein Bauchgefühl mir gerade das Bild von einem Küchentisch voller Banknoten und einem alten Mann in der Nähe der Kellertreppe präsentiert. Frank Buschmann ist ein intelligenter Zeitgenosse. Der jedoch mit dem Rücken zur Wand stand und vermutlich mehr oder weniger stark alkoholisiert gewesen sein dürfte.

»Hat er einen Anwalt?«, unterbricht Andrea Buschmann den Film.

»Ich weiß es nicht. Besser, Sie besorgen ihm einen. Ich war heute bei Jupp Kutowski. Er behauptet, Ihr Vater habe ihm vor ein paar Wochen einen Zinnkrug aus dem Keller geholt.«

»Quatsch«, kommt die prompte Antwort. »Mein Vater war seit Monaten nicht mehr im Keller. Das habe ich Ihnen doch schon gesagt.«

Zumindest hat er es seiner besorgten Tochter nicht erzählt, was verständlich erscheint.

»Außerdem haben die beiden sich seit einem halben Jahr nicht mehr getroffen. Mein Vater hat das Haus ja nur noch verlassen, wenn er es unbedingt musste.«

20

»Donnerstag, 8. Juni, neunzehn Uhr, SoKo Happy Eiland
vollständig erschienen«, erklärt unsere Protokollführerin und
stutzt. »Obwohl, eigentlich fehlt der Siggi. Soll ich das jetzt
eintragen, oder gehört er nicht dazu?«

»Vielleicht kommt er ja noch«, antwortet Katja.

Ich kläre die Runde über den Umstand auf, dass es eine
Mordkommission gibt und Siggi dazugehört. Ein Raunen breitet sich aus.

»Der wollte nur was rauskriegen«, mutmaßt Uwe grimmig.

»Nein. Es war meine Schuld. Er kann nicht anders. Eingeladen ist er trotzdem.«

»Wie stellst du dir das vor? Da können wir ja gleich alles
nach Krefeld weiterreichen.«

Uwes Einwand geht mir deutlich zu weit. Ich will anmerken,
dass es nicht unsere Aufgabe sein kann, einen Mordfall zu lösen,
auch wenn das Gegenteil in der Vergangenheit des Öfteren der
Fall war, als mich die Blicke der anderen davon abhalten. Siggi
ist in meinem Rücken aufgetaucht und setzt sich jetzt neben
mich. Die Runde begrüßt ihn mit einem eisigen Schweigen.
Siggi versteht.

»Damit das klar ist: Ich bin ab sofort Mitglied einer Mordkommission. Das heißt, ich bin dazu verpflichtet, Informationen weiterzugeben. Und zwar alle Informationen«, er macht
eine bedeutsame Pause, »die meiner Ansicht nach wichtig sind.
Also eigentlich genauso, wie Lukas das auch immer macht«,
schiebt er mit einer leichten Ironie in der Stimme hinterher.
Meine Truppe hat verstanden. Uwe reicht ein Foto im DIN-A4-
Format über den Tisch.

»Das ist das Einzige, was ich in unserem Archiv über diesen
Buschmann rauskriegen konnte.«

Auf dem Foto sind rund fünfzehn Bergleute abgebildet, die
von der Zeche Friedrich Heinrich für ihre vierzigjährige Be-

triebszugehörigkeit geehrt wurden. Jeder Einzelne von ihnen hält einen Zinnkrug und eine Urkunde in der Hand.

»Die Aufnahme ist von 2007«, bemerkt Uwe.

Ich sehe mir den Ausdruck näher an und tippe mit dem Finger auf den Kleinsten in der Runde.

»Jupp Kutowski, bei dem war ich heute. Er hat mit Buschmann und zwei weiteren Kumpels regelmäßig Doppelkopf gespielt. Kutowski behauptet, sein Freund habe ihm noch vor ein paar Wochen einen Zinnkrug aus dem Keller geholt, den er doppelt hatte. Er habe ihm sogar angeboten, mit ihm in den Keller zu gehen und sich weitere Krüge auszusuchen.«

Sunny rollt an unseren Tisch und lässt sich einen Stapel leerer Teller anreichen. Leni, Uwe und Rosi nutzen die Gelegenheit für eine Getränkebestellung.

»Das widerspricht dem Ergebnis der KTU«, meldet sich Siggi, »laut deren Bericht war seit Monaten niemand mehr in den hinteren Kellerräumen.«

Leni, die jeden Satz mitschreibt, hebt den Kopf. »Vielleicht hat Buschmann die doppelten Zinnkrüge oben aufbewahrt, weil er vorhatte, sie bei Gelegenheit abzugeben. Vielleicht haben die sich auch missverstanden, und ein anderer hat den Krug hochgeholt. Der Sohn oder die Tochter, wer weiß. War das denn ein besonderer Krug?«

Ich will einwenden, dass im Keller weder vom Sohn noch von der Tochter Spuren gefunden wurden, als ein blauer Lichtkegel über den Tisch huscht. Sunny hat mit dieser cleveren Idee den Umsatz ganz schön in die Höhe getrieben. Lenis Worte geistern noch durch mein Bewusstsein. Abwesend betrachte ich Uwes Aufnahme aus dem Archiv, die immer noch vor mir auf dem Tisch liegt.

»Moment mal.« Ich ziehe das Blatt in mein Blickfeld, greife nach meinem Handy und nutze die Foto-App als Lupe. »40 Jahre Bergwerk Friedrich Heinrich«, lese ich laut vor.

»Sag ich doch«, bestätigt Uwe gelangweilt.

»Dieselbe Gravur befindet sich auf dem Krug, den Buschmann angeblich für Kutowski aus dem Keller geholt hat.«

Es vergehen einige Sekunden der Nachdenklichkeit, bis Rosi den richtigen Schluss zieht. Sie zeigt mit ausgestrecktem Arm auf das Blatt. »Das heißt, Kutowski hat diesen Krug damals ebenfalls bekommen. Was hat das zu bedeuten?«

Sunny rollt an unseren Tisch. Siggi und ich nehmen ihm die Getränke ab und verteilen sie. Uwe ritzt Striche in die Deckel. Damit fertig, meldet sich der Journalist zu Wort: »Vielleicht hat er ihn verbummelt. Oder seine Alte hat ihn beim Aufräumen entsorgt, und er ist froh, wieder so ein Exemplar zu haben. Das dürfte uns kaum weiterbringen.«

Es ist an Siggi, eine Prise Skepsis in die aufkommende Zustimmung zu streuen. »Vierzig Jahre Firmenzugehörigkeit feiert man nur einmal.«

Während die anderen ihn fragend ansehen, wird mir klar, worauf er hinauswill.

»Woher sollte Buschmann also zwei dieser Krüge haben?«

Dafür kann es sicherlich eine plausible Erklärung geben. Buschmann dürfte als Sammler von Zinnkrügen bekannt sein. Berücksichtigt man das Alter der geehrten Bergleute, scheint es zudem nicht abwegig, dass er zwischenzeitlich einige Krüge aus einer Erbmasse zugesteckt bekommen hat. Aber ist es Zufall, dass er ausgerechnet den Krug doppelt hat, der Kutowski abhandengekommen zu sein scheint? Apropos Alter. Dass ich da nicht sofort draufgekommen bin.

»Von wann ist die Aufnahme?« Ich sehe Uwe an und deute dabei mit dem Zeigefinger auf den Ausdruck.

»Von 2007. Warum?«

»Weil Buschmann 1956 geboren wurde. Wenn er 2007 sein Vierzigjähriges feierte, muss er mit elf Jahren die Ausbildung begonnen haben.«

»Das ist doch Kokolores.« Uwe schnappt sich den Ausdruck und hält ihn dicht vor seine Augen. »Steht aber hier. Komisch.«

Katja kramt einen Zettel aus der Gesäßtasche und faltet ihn auseinander. »Ich denke, wir sollten uns näher mit dem geplanten Geständnis auseinandersetzen. Buschmann war in den letzten Wochen zweimal bei der Familie Fuhrmann, die wohnen vier Häuser weiter. Er wollte den Sohn sprechen. Warum, das wollte er nicht sagen.«

»Justin Fuhrmann studiert Jura an der Humboldt-Universität in Berlin«, fällt Rosi ihrer Verlobten ins Wort. »Scheint so, als ginge es um eine heikle Rechtsberatung. Ich meine, Anwälte gibt es doch an jeder Ecke.«

»Das passt«, geht Eddy dazwischen, »auf seinem Handy habe ich einige Cookies von Seiten gefunden, die sich mit Strafrecht beschäftigen. Ich versuche gerade herauszufinden, welche Themen beziehungsweise Unterseiten ihn besonders interessiert haben, ist allerdings nicht ganz leicht.«

»Wenn du das schaffst, würde uns das enorm weiterhelfen.« Siggi scheint inzwischen Eddys Fähigkeiten schätzen gelernt zu haben. »Anhand der unterschiedlichen Verjährungsfristen im Strafrecht könnten wir den Zeitraum eingrenzen, in dem wir suchen müssen.«

»Mord verjährt nicht«, haut Uwe prompt eine seiner Weisheiten raus.

Siggi sieht ihn mitleidig an. »Um das herauszufinden, brauchte Buschmann garantiert keine Rechtsberatung.«

»Stimmt«, bestätigt Uwe, »trotzdem dürfte einiges darauf hindeuten, dass wir den Auslöser in der Vergangenheit suchen müssen.«

Das war das Stichwort für Leni und Bernd, die sich um das berufliche Umfeld von Buschmann kümmern wollten.

»Die Zeche hat ja schon lange dichtgemacht«, beginnt Bernd, »es gibt aber eine Fördergemeinschaft für Bergmannstradition auf dem Gelände, die sich mit der dortigen Geschichte beschäftigt und alles Mögliche zusammenträgt ...«

»Das ist ein richtiges Museum, die haben sogar einen Stollen nachgebaut, den man besichtigen kann«, fällt ihm Leni ins Wort und erntet damit einen giftigen Blick ihres Gatten.

»Na ja, auf jeden Fall haben die sogar noch alte Personallisten. Manfred Terlinden, Beisitzer des Vereins, hat uns versprochen, alles über Buschmann herauszusuchen. Der war übrigens

Mitglied in diesem Förderverein und anfangs sehr aktiv.« Als Bernd eine Pause macht, stößt sie ihn an.

»Erzähl das mit den vier Freunden.«

»Ja doch! In den siebziger Jahren, als Buschmann seine Ausbildung zum Hauer gemacht hat, war die Arbeit unter Tage ziemlich gefährlich. Es gab immer wieder Unfälle, bei denen manche sogar ihr Leben gelassen haben. Das schweißt zusammen. Unter Tage haben sich Freundschaften gebildet, die auch bei Tageslicht Bestand hatte, sagte Terlinden.« Bernd nimmt einen kräftigen Schluck.

Uwe wirkt genervt. »Kerl, jetzt komm mal auf den Punkt, wir essen zeitig.«

»Das ist alles wichtig«, verteidigt Leni ihren Mann, der leicht angesäuert fortfährt.

»Aus Buschmanns Ausbildungsjahrgang von«, Bernd sieht auf seine Unterlagen, »1972 bis 1975 haben sich vier Kumpel angefreundet, die, wie Terlinden es ausdrückte, bis zur Rente durch dick und dünn gingen. Dabei handelt es sich übrigens um die Doppelkopfrunde.«

»Habt ihr die Namen?«, unterbreche ich Bernd. Der hebt hilflos die Arme.

»Das war eine lustige Raterunde unter ehemaligen Kollegen«, übernimmt Leni. »Terlinden hat immer mehr Ehemalige ins Zimmer geholt. An die Nachnamen konnte sich außer bei Buschmann niemand so richtig erinnern. Immerhin wissen wir, dass sie Mattes, Jupp, Pitter und Schüppe genannt wurden. Aber wie gesagt, sie suchen uns alles heraus.«

»Die Namen dürfte ich von Kutowski bekommen«, werfe ich ein. »Die Frage ist, ob uns das weiterhilft. Für heute reicht das erst mal.«

Als wir wenig später unsere Deckel bezahlen wollen, überrascht uns Sunny. »Leute, es wäre schön, wenn ihr beim Trinkgeld in nächster Zeit etwas großzügiger sein könntet. Ich muss bis zur Hochzeit der beiden«, er zeigt mit dem Kinn zu Katja und Rosi, »das Geld für einen Rollstuhl zusammenbekommen.«

»Wieso? Ist der kaputt?«, will Leni wissen. Sunny lacht.

»Nein. Aber mit diesem Monstrum kann ich nicht tanzen, und ich möchte nur ungerne die weiblichen Gäste enttäuschen.«

21

Freitag, 9. Juni, 9.40 Uhr

Das dunkle Ende eines Hundeschwanzes schneidet eine Linie durch das angrenzende Kornfeld. Gelegentlich taucht Manolos Kopf auf. Der Hund kann übrigens wechseln. Ich habe ein Birkenstöckchen in das Feld geschleudert, und mein treuer Freund kommt mit einem abgebrochenen Buchenast zurück. Ich will den Ast aufheben, da meldet sich mein Handy.

»Daddy, darf ich morgen bei dir schlafen? Ich meine ... offiziell?«

Wie bitte?

»Ich kann dir nicht folgen.« Okay, ist geflunkert. Ich kann mir sehr gut vorstellen, worauf Bastian hinauswill. Erst mal Zeit gewinnen.

»Ich möchte bei Maria schlafen«, bestätigt er haargenau meine Vermutung. »Mama erlaubt mir das nicht. Sie hält mich für ein Kleinkind, das in die Fänge eines Schwerverbrechers geraten ist. Zumindest tut sie immer so.«

Puh. Was jetzt?

»Du bringst mich damit in eine verdammt schwierige Situation. Ist dir das klar?«

Für einige Sekunden knabbert eine bedrohliche Stille an meinem väterlichen Gewissen.

»Als ich noch klein war, da hat mal jemand zu mir gesagt: Egal was kommt, echte Indianer müssen immer zusammenhalten. Wer war das noch gleich?«

Ganz der Vater.

»Ich mache dir einen Vorschlag: Ich werde heute noch mit deiner Mutter reden und sehen, was ich machen kann. Wäre das okay für dich?«

Manolo sitzt vor mir, wartet auf den Ast. Und ich auf das Ende des Schweigens.

»Ja, schon gut. War nur eine Idee. Es gibt eh keine echten Indianer mehr.«

Aufgelegt. Ratlos schiebe ich das Telefon in meine Gesäßtasche. Ob er mich irgendwann verstehen wird?

Unterwegs zurück drückt Ingrid vom Amselweg mir vier Dosen Katzenfutter in die Hand. Ihre Minka ist seit vier Wochen verschwunden, und wie sich wenig später erwartungsgemäß herausstellt, ist es Manolo völlig pumpe, was auf dem Etikett steht. Nach einem zufriedenen Bäuerchen legt sich der Braune auf den Rasen und beobachtet die Lage auf der Buntspechtgasse. Auf meiner To-do-Liste steht ein ernsthaftes Gespräch mit Kutowski.

Unterwegs nach Kamp-Lintfort geht mir das Gespräch mit meinem Sohn nicht mehr aus dem Kopf. Lehne ich seinen Wunsch ab, enttäusche ich ihn. Gehe ich darauf ein, falle ich Julia in den Rücken; rufe ich sie an, meinem Sohn. Verdammt. In der Bönninghardt steuere ich Emma auf eine Bushaltestelle, greife zum Telefon und falle gleich mit der Tür ins Haus.

»Bastian möchte bei Maria schlafen.«

»Und die böse Mama verbietet das.«

»Dass die beiden etwas miteinander anfangen, kannst du nicht wirklich verhindern.«

Eine Tür fällt ins Schloss.

»Lukas! Maria ist vierzehn, Bastian fünfzehn ... ich«, ihr Atem rauscht in mein Ohr, »... will ihm nichts kaputt machen. Mir geht das nur viel zu schnell«, fügt sie nach einer kurzen Pause an. Darauf lässt sich aufbauen, finde ich und beende das Gespräch.

Eine Viertelstunde später öffnet Frau Kutowski die Haustür. Kurzes »Tach«, dann hallt ihr Ruf durchs Treppenhaus. Wenig später begrüßt mich der Hausherr.

»Es sind Fragen aufgetaucht.«

Jupp Kutowski winkt mich hinein. Kaum sitzen wir im Wohnzimmer, steht die hausinterne Kellnerin im blütenweißen Kittel neben uns. Sie hat koffeinfreien Kaffee im Angebot. Ich lehne etwas energischer als bei unserer letzten Begegnung ab.

Ich komme gleich zur Sache und zeige ihm Uwes Ausdruck.

»Sie haben mit Mattes Ihr vierzigjähriges Zechenjubiläum gefeiert?« Mein Gegenüber wirkt leicht irritiert.

»Ja. Das ist ewig her.«

»2007, um genau zu sein. Wie alt waren Sie da eigentlich?«

Kutowski legt seine Stirn in Falten. »Ich bin in dem Jahr fuffzig geworden, warum ... Ach so, Sie meinen wegen vierzig Jahre Jubiläum und so.«

Ich nicke.

»Also dat war so: Wer fünfunddreißig Jahre unter Tage voll hatte, bekam noch mal fünf angerechnet, hatte Jubiläum und konnte direkt gehen. War 'ne feine Sache. Warum fragen Sie?«

Ich lege den Ausdruck zwischen uns auf den Tisch und deute mit dem Zeigefinger darauf. »Damals haben alle einen Zinnkrug mit der Jubiläumsgravur bekommen.«

Kutowski legt die Stirn in Falten. Es vergeht eine knappe Minute, bis er begreift. »Wegen dem Krug«, beginnt er mit kumpelhaftem Verzicht auf den Genitiv, »der war schon am nächsten Tag weg. Wir sind nach der Feier noch alle in den Diamanten, unsere Stammkneipe. Irgendwann haben wir aus den Zinnkrügen gesoffen. Hab meinen wohl aufer Theke stehen lassen. Jedenfalls war der dann weg. Drago ... also unser Wirt, hatte den auch nicht mehr gesehen. Deshalb war ich froh, dass Mattes den doppelt hatte.«

Klingt plausibel. Ich spare mir die Frage, woher sein Kumpel den hatte. Mich wundert nur der Zeitpunkt.

»Mattes wollte Ordnung machen, bevor er abtritt. Genauso hat er das gesagt. Schlimm. Na ja, da wird er beim Aufräumen gemerkt haben, dass er den doppelt hat, nehme ich an. Hätte der auch mal eher draufkommen können.«

»Schön. Dann bräuchte ich noch die Namen und Adressen von Schüppe und Pitter.« Ich wechsele bewusst das Thema. Grund dafür ist Kutowskis merkwürdige Reaktion bei unserem ersten Treffen, als ich die Doppelkopfrunde ansprach. Und auch dieses Mal findet eine Veränderung mit ihm statt. Er wird fahrig, zögert die Antwort eine Spur zu lange hinaus, fragt nach, um Zeit zu gewinnen.

»Also ich weiß nicht, ob Pitter das will. Müsste ich ihn bei Gelegenheit mal fragen. Und Schüppe …«, Kutowski sieht betreten zu Boden. »… richtig hieß er Hans-Gerd Schipper. War 'ne tragische Sache damals. 2008 ist das gewesen. Schüppe hatte über dreißig Jahre in einem der weißen Riesen gelebt.« Kutowski bemerkt meinen fragenden Blick. »Das waren drei Hochhäuser an der Moerser Straße. Na ja, jedenfalls sollten die abgerissen werden. Damit kam Schüppe wohl nicht klar. Ein Taxifahrer hat den eines Nachts auf dem Pflaster gefunden. Schlimm.«

Ich erinnere mich an unsere erste Begegnung. Auf die Frage nach seinen Doppelkopfpartnern gab er an, der eine sei weggezogen und der andere habe keine Lust mehr gehabt. So kann man es auch ausdrücken.

»Gab es einen Abschiedsbrief?«

Kutowski hebt die Schultern.

»Schüppe war nie ein Freund großer Worte.«

»Gibt es Hinterbliebene? Eine Ehefrau, Kinder?«

Er sieht mich genervt an.

»Seine Frau ist schon drei Jahre vorher abgehauen. Kinder hatten die beiden nicht.«

»Die Traudel wohnt doch noch hier.« Wir hatten Frau Kutowski nicht bemerkt, die in diesem Moment ins Wohnzimmer kommt. Ihr Mann sieht sie verärgert an.

»Boah, Trude. Das ist fuffzehn Jahre her. Wen interessiert das noch?«

»Könnten Sie mir trotzdem die Adresse geben?«, unterbreche ich die beiden.

»Bürgermeister-Schmelzing-Straße, am Krankenhaus gegenüber. Die Nummer weiß ich nicht, unten ist eine Pommesbude. Sag mal, Jupp, hat die nicht wieder geheiratet?«

»Weiß ich doch nicht«, antwortet ihr Mann mit lauter Stimme.

»Doch, sicher. Den Volker. Volker … Volker … Passmann, genau. Dass du das nicht mehr weißt.«

22

Freitag, 9. Juni, 11.15 Uhr

Es dauert eine Weile, bis Frau Passmann mir die Tür öffnet. Durch ein nach Frittenfett muffelndes Treppenhaus gelange ich in den ersten Stock. Frau Passmann erwartet mich im Türrahmen. In ihrem schmalen Gesicht hat ein mühsames und sorgenvolles Leben seine Spuren hinterlassen. Ihre Augen haben längst den Glanz hoffnungsvollerer Tage hinter sich.

»Lukas Born, Privatdetektiv. Ich bin mit Ermittlungen zum Tod von Matthias Buschmann beauftragt. Er war ein Freund –«

»Ich weiß, wer Mattes ist. Wieso Ermittlungen? Mir hat man gesagt, er wäre die Treppe runtergefallen.«

»Daran gibt es gewisse Zweifel. In dem Zusammenhang habe ich einige Fragen zum Tod Ihres Mannes.«

Kaum ausgesprochen, schüttelt sie Kopf und Hände im Takt.

»Das Thema ist für mich durch, tut mir leid.« Sie geht einen halben Schritt zurück und macht Anstalten, die Tür zu schließen.

»Ihr Mann hat mit seinen Freunden jahrelang Doppelkopf gespielt. Finden Sie es nicht merkwürdig, dass zwei Teilnehmer dieser Doppelkopfrunde durch einen Sturz ums Leben gekommen sind?« Ich muss zugeben, dass mir dieser Gedanke erst in diesem Augenblick gekommen ist. Dass ein Zeitraum von fünfzehn Jahren dazwischenliegt, legt nicht unbedingt einen Zusammenhang nahe. Ohne ein Wort zu sagen, geht sie zur Seite und lehnt sich mit dem Rücken an die Flurwand. Ich werte das als Einladung.

»Ich habe ihm immer wieder gesagt, dass er die falschen Freunde hat.« Wir sitzen über Eck an einem kleinen Küchentisch. Aus ihrer Stimme klingt eine Mischung aus Wut und Verachtung. »Sie haben ihn in den Alkohol getrieben. Und er mich.« Sie schüttet sich ein Glas Mineralwasser ein, ich lehne ab. »Ich habe einen Entzug gemacht, bin seit fünfzehn Jahren trocken. Ich wollte das damals gemeinsam mit Hans-Gerd durchziehen. Aber der konnte einfach nicht aufhören. Da habe ich für mich die Reißleine gezogen.«

Alles richtig gemacht, bin ich versucht einzuschieben. Aber das weiß sie längst selber. Nach dem Bild, das meine Klientin mir über ihren Vater vermittelt hat, dürfte der kein Alkoholproblem gehabt haben, und auch bei Jupp Kutowski hatte ich diesen Eindruck nicht.

»Wie kommen Sie darauf, dass seine Freunde ihn in den Alkohol getrieben haben?«

Sie sieht stumm aus dem Fenster. Auf dem Nachbarhaus befestigt jemand eine Satellitenschüssel.

»Sie haben ihm ein Problem aufgehalst, mit dem er nicht klarkam«, sagt sie leise.

»Was für eins?«

Sie steckt sich eine Zigarette an, bläst den Qualm an die Zimmerdecke. Bevor die Frau, deren Alter sich schwer schätzen lässt, ich würde so Ende sechzig tippen, zur Antwort ansetzt, öffnet sie das Fenster auf Kipp. Dann setzt sie sich wieder hin, zieht an ihrer Zigarette und atmet schwermütig aus.

»Ich habe achtzehn Jahre lang versucht herauszufinden, was für ein Problem mein Mann hat. Außer stumpfsinnigen Andeutungen habe ich nichts rausbekommen. Er hat sein Geheimnis schließlich mit ins Grab genommen.«

Der Refrain eines dieser Schlager, deren Texte von intellektueller Bescheidenheit geprägt sind, schallt blechern durch das Smartphone meiner Gastgeberin. In dem Moment, in dem sie den Anruf entgegennimmt, senkt sich ihre Kinnlade.

»In Ordnung, gib mir zwei Minuten, dann komme ich runter.«

Sie legt das Handy zur Seite und drückt die Zigarette aus.

»Das war Milan. Von der Pommesbude unten. Ich helfe da aus, wenn Not am Mann ist. Sind wir fertig?«

»Eine Sache noch: Sie sagten, Ihr Mann habe Andeutungen gemacht. Was für welche?«

Frau Passmann läuft in den Flur und schnappt sich einen weißen Kittel von der Garderobe.

»Was weiß ich, so Andeutungen halt. Wenn ich rede, platzt eine Bombe und so ein Zeug. Tut mir leid, ich müsste jetzt …« Die Tür geöffnet, schickt sie mich mit einer Armbewegung in den Flur.

23

Freitag, 9. Juni, 12.20 Uhr

»Hans-Gerd Schipper, 2008, sagst du?« Ohne eine Antwort abzuwarten, hackt Siggi die Angaben mit den Zeigefingern in die Tastatur. Dabei versichert er sich immer wieder mit einem Blick auf den Bildschirm der Richtigkeit. »Adresse?«

»Der hat in einem von den drei weißen Riesen gewohnt, die kurz nach seinem Tod abgerissen wurden. Sagt Jupp Kutowski«, schiebe ich hinterher. Siggi lässt sich in die Rücklehne fallen und bläst theatralisch die Luft aus den Lungen.

»Moerser Straße irgendwo. Mensch, jetzt lass hier doch nicht den Beamten raushängen. Wie viele Hans-Gerd Schippers sollen in dem Jahr schon vom Balkon gehüpft sein?«

»Darum geht es nicht. Keine Häuser, keine Nachbarn, die wir befragen könnten. Und das dürften eine ganze Menge gewesen sein. Die älteren Kollegen erzählen heute noch von den weißen Riesen, so oft mussten sie dahin. Ich werde eine Melderegisteranfrage für den Zeitraum stellen.«

»Ein Obduktionsergebnis hatten wir in Krefeld eher«, werfe ich mit einem gewissen Frust in der Stimme ein.

»Die sind hier ganz fix, das letzte Mal hatte ich das Ergebnis am nächsten Tag. Ob uns das weiterhilft, weiß ich allerdings nicht. Ist fünfzehn Jahre her ...« Siggi schürzt die Lippen und beugt sich wieder vor.

»Die Akten sollten allen digitalisiert vorliegen. Ah ... da haben wir das Archiv«, murmelt er und surft mit der Maus durch selbiges. Ich hole mir einen Kaffee von der Anrichte neben dem Fenster, Siggi winkt ab.

»Hans-Gerd Schipper: geboren am 20. August 1956 in Moers, wurde am 16. November 2008 vor dem Haus Moerser Straße 278 ... Ermittlungsverfahren eingeleitet ... keine Hinweise auf Fremdverschulden ... Ermittlungsverfahren mit Verdacht auf Suizid eingestellt.« Siggi setzt sich aufrecht. »Sieht nach einem Schuss in den Ofen aus. Ich meine, Kellertreppe und Balkonbrüstung, fünfzehn Jahre dazwischen ...«

»Zwei von vier Freunden. Gleicher Jahrgang, gleicher Arbeitsplatz, gleicher Wohnort, gleiches Hobby.«

»Hm ...«, Siggi beugt sich leicht vor, »die haben sogar den Obduktionsbericht digitalisiert. Moment, ich öffne den mal.« Ich nippe an dem Kaffee, der erstaunlich frisch schmeckt, während Siggi sich nuschelnd durch den Bericht arbeitet. »Ui-uiui«, konstatiert er, »der Knabe war ja hackenstramm. Zwei Komma sechs Promille. Damit hätte der auch versehentlich beim Winken vom Balkon den Sittich gemacht haben können. Ich glaube, da verrennst du dich. Hier ist übrigens die Aussage einer Nachbarin. Erna Schleismann, dreiundachtzig Jahre alt. Nach der müssen wir wohl nicht mehr suchen. Mal sehen, was die Lady ausgesagt hat ...« Und wieder liest sich Siggi murmelnd durch den Text.

»Ich fass mal zusammen: Alkoholproblem, das Haus vor dem Abriss und die Alte abgehauen.« Siggi streckt mir drei Finger entgegen. »Soll Leute geben, die schon für weniger abgetreten sind.«

Hört man die drei Gründe im Zusammenhang, erscheint ein Selbstmord durchaus im Bereich des Möglichen. Was mich daran stört, ist die zeitliche Abfolge.

»Das Alkoholproblem hat er schon länger, außerdem bringt sich deshalb niemand um. Seine Frau hat ihn drei Jahre vorher verlassen, und dass er aus dieser Mietskaserne ausziehen musste, dürfte ihn ebenso wenig in den Selbstmord getrieben haben.«

»Du glaubst tatsächlich, den hat jemand da runtergeworfen? Weil sein Freund fünfzehn Jahre später die Kellertreppe hinabbefördert wurde? Nur mal angenommen, es wäre so. Welches Motiv sollte es dafür geben?«

»Keine Ahnung. Vielleicht war es Selbstmord, vielleicht auch ein Unfall. Scheint alles möglich. Falls nicht, suchen wir nach einem Doppelmörder ...«

»Der alle fünfzehn Jahre zuschlägt«, unterbricht mich Siggi.

»Oder der in beiden Fällen dasselbe Motiv hatte.«

Siggi sieht mich verwundert an.

»Ich komme gerade von Schippers Ex-Frau. Ihr Mann hat gesoffen, um zu vergessen, um das mal abzukürzen. Warum, das hat er ihr nie gesagt, dafür aber mysteriöse Andeutungen gemacht. Eine davon lautete: ›Wenn ich rede, platzt eine Bombe.‹«

Wir schweigen uns eine Minute an. Siggi massiert nachdenklich sein Kinn. Ich zermartere mir den Kopf, was Schipper mit der Bombe gemeint haben könnte.

»Schipper wusste etwas, mit dem er anderen schaden konnte. Buschmann wollte ein Geständnis ablegen«, folgert Siggi.

»Und irgendwo da draußen läuft jemand herum, der das unbedingt verhindern musste«, ergänze ich.

24

Freitag, 9. Juni, 15.05 Uhr

Es kommt immer wieder mal vor, dass mir – meistens spontan – eine richtig gute Idee kommt. So wie vorhin. Ich hatte mir vorgenommen, mit Bastian zu reden, persönlich, von Vater zu Sohn. Mein Sohn kommt allerdings erst um Viertel nach drei aus der Schule, und es war kurz nach eins, als ich mich von Siggi verabschiedet habe. Ich stand also vor der Wahl, zurückzufahren, um wenig später wieder ins Auto zu steigen, oder gut eineinhalb Stunden totzuschlagen. Just in diesem Augenblick fiel mir ein, dass Linda sich vorgestern ein Vorratsregal gewünscht hat. Beim Gang durch die Regalreihen des örtlichen Baumarktes muss ich jedoch feststellen, dass meine Idee zwar gut, aber nicht ausgereift ist. Denn egal ob Wand- oder Stand-, Akten- oder Palettenregal, aus Kunststoff, Holz oder Aluminium, es gilt: Die Maße kennen wäre nicht schlecht. Einmal dort, landen ein Holzschraubensortiment aus dem Angebot, zwei Beutel Dahlienknollen und ein großer Kauknochen in meinem Einkaufswagen.

Kann man immer gebrauchen.

Um kurz nach drei stehe ich vor der Schule. Gelangweilt schnappe ich mir das Smartphone. Eigentlich wollte ich die neuesten Nachrichten zu Borussias Saisonvorbereitung abfragen, da fällt mir eine kleine »1« über dem WhatsApp-Symbol auf. Die Nachricht befindet sich im Happy-Eiland-SoKo-Chat und stammt von Bernd. Leni und er haben die Namen der Doppelkopfrunde herausbekommen. Drei davon sind bekannt, der Vierte im Bunde heißt Peter Korczak, wohnhaft in Kamp-Lintfort, Moerser Straße 278. Moment mal. Ich drücke meinen Hintern hoch, um an den Notizblock zu kommen, und siehe da: Schipper und er haben im selben Haus gewohnt. Ich schreibe in die Gruppe, dass es dieses Haus nicht mehr gibt, und bitte Eddy, Korczaks aktuelle Adresse ausfindig zu machen. Nur für den Fall, dass Siggi das nicht schafft oder zu lange braucht. Dann teile ich den anderen noch mit, warum Kumpel mit fünfunddreißig ihr Vierzigjähriges feiern. Weil immer noch Zeit ist, tippe ich den Namen »Korczak« in die Suchmaschine ein. Ich finde einen polnischen Arzt und Kinderbuchautor namens Janusz Korczak. Nachdem ich die Suche auf Kamp-Lintfort beschränke, stelle ich fest, dass hier sogar eine Förderschule nach ihm benannt wurde. Einen Korczak mit Vornamen Peter suche ich allerdings vergeblich.

»Was machst du denn schon wieder hier?«

Ich hatte Bastian nicht bemerkt, der sich in diesem Augenblick auf den Beifahrersitz setzt.

»Kurze Taktikbesprechung.«

Mein Sohn wirkt misstrauisch. Ich will gerade vorsichtig fortfahren, da begreift er.

»Ein Ja oder Nein reicht völlig.«

»Bastian. So leicht ist das nicht.«

Er wendet sich enttäuscht von mir ab und greift nach dem Türgriff.

»Um mir das zu sagen, bist du nach Krefeld gefahren?«

»Nein, sondern um dir zu sagen: Ja, aber später. Deine Mutter ist nicht mehr prinzipiell dagegen, sie vertraut dir. Es geht ihr nur viel zu schnell. Komm ihr entgegen, indem ihr es langsamer angehen lasst. Das wäre ein Kompromiss, mit dem alle leben könnten, finde ich. Komm schon, ich musste damals sechs Wochen Muttis Händchen halten, bis was lief.«

Bastian senkt den Kopf, presst die Lippen aufeinander. Ich hoffe, dass er einlenkt.

»Tut mir leid. Mehr war leider nicht drin am Verhandlungstisch.«

»War damals 'ne harte Zeit für dich, oder?« Die Frage kommt pulvertrocken. Erst als er mein blödes Gesicht sieht, prustet er los. »Du willst doch nur Zeit gewinnen, um mich aufzuklären …« Er lacht sich kaputt, mein Sohnemann.

»Soll ich dich nach Hause bringen?«

»Nö, lass mal. Ich bin mit Maria in dem kleinen Gebüsch hinter dem Schulhof verabredet. Hast du mal ein Kondom?«

»Verschwinde!«

Wir klatschen uns ab, und schon ist er weg.

Anstelle von Maria warten drei Jungen mit einem Basketball auf ihn.

Für einen kurzen Moment und weil ich gerade in der Nähe bin, spiele ich mit dem Gedanken, Julia einen Besuch abzustatten, um Peter Korczak gegen eine brauchbare Info einzutauschen. Dürfte ich nicht viel für kriegen, falls sie überhaupt weitergekommen sind, denke ich und fahre Richtung Gartenstadt zurück. Unterwegs rufe ich Jupp Kutowski an. Könnte die ganze Sache abkürzen. Seine Gemahlin fungiert nicht nur als Türöffnerin, sondern nimmt auch die Anrufe entgegen. Nach einer knappen Begrüßung reicht sie den Hörer weiter.

»Herr Kutowski, konnten Sie Peter Korczak schon erreichen? Ich hätte gerne seine Adresse.« Stille. »Herr Kutowski?«

»Der Pitter will das nicht. Er möchte nicht mehr an die Vergangenheit erinnert werden. Schüppes Tod ist ihm damals schon so auf die Nieren geschlagen. Da hatte der lange dran zu knabbern. Und jetzt der Mattes. Der Pitter ist … also unter uns … der ist sehr sensibel, wenn Sie verstehen, was ich meine.«

Mit einem seltsamen Gefühl in der Bauchgegend beende ich das Gespräch und biege in die Autobahnauffahrt ein. Zwanzig Minuten später begrüßt Siggi mich mit einem süffisanten Lächeln.

»Kommst keine drei Stunden ohne mich weiter, was?«

»Im Gegenteil. Während du deinen Büroschlaf hältst, kläre ich einen Mordfall auf.«

Siggi stößt einen anerkennenden Pfiff aus. Na warte.

»Sagt dir der Name Peter Korczak was?«

»Wer soll das sein?«

»Bernd und Leni konnten den fehlenden Namen herausbekommen. Peter Korczak ist der Vierte in der Runde. Und jetzt rate mal, wo der damals gewohnt hat?«

»Nee …«

Ich nicke.

»Ob uns das weiterhilft …« Siggi nimmt einen Notizzettel vom Schreibtisch. »In den weißen Riesen haben insgesamt zweihundertfünfundzwanzig Familien gewohnt, allein in dem Haus Nummer 278 waren es vierundsiebzig.«

»Das ging ja schnell.«

»Was? Ach so, nein, vom Melderegister kam noch nichts. Habe ich von Rudi, der war damals auf Streife. Da fällt mir was ein …« Siggi greift zum Telefon.

Im Büro nebenan klingelt es. Sekunden später kommt ein Kollege um die sechzig rein. Er trägt einen gezwirbelten Oberlippenbart der Marke Horst Lichter.

»Rudi, sagt dir der Name Peter Korczak was?«

»Auf Anhieb nicht. Müsste ich den kennen?«

»Er war mit Hans-Gerd Schipper, Josef Kutowski und Matthias Buschmann befreundet«, helfe ich aus, »Buschmann und Schipper sind inzwischen tot, wir …«

»Die unglaublichen vier«, fällt Rudi mir ins Wort. »Pitter, Mattes, Jupp und Schüppe. Wer kennt die nicht? Die saßen ja oft genug bei uns.«

»Davon weiß ich gar nichts.« Siggi bietet seinem Kollegen einen Stuhl an, Rudi steht lieber. »Warum habt ihr sie mitgenommen?«

»Das war immer dasselbe Strickmuster. Schüppe hatte den Arsch voll, seine Kumpel wollten ihn nach Hause bringen, und er fing an zu randalieren, bis uns der Wirt gerufen hat. Das war übrigens anfangs immer ein anderer. Es gab nachher kaum noch eine Kneipe, in der Schüppe kein Lokalverbot hatte. Nur Drago konnte dem Paroli bieten, der Wirt vom Diamanten. Der hat sich früher die Brötchen als Kirmesboxer verdient. Wenn Drago ›Feierabend‹ gerufen hat, muss Pitter sofort strammgestanden haben, erzählt man.«

Mir kommt das seltsam vor. Ich meine, wenn vier Kumpel losziehen, dürften alle in etwa die gleiche Menge trinken. Mal schmeißt der eine Runde und mal der, so läuft das doch normalerweise unter Freunden. Dass ausgerechnet Schipper, der mir als äußerst trinkfest geschildert wurde, zuerst die Segel streicht, und zwar regelmäßig, muss einen Grund haben.

»Haben seine Freunde nichts getrunken?«

Rudi lacht. »›Ein guter Kumpel muss sich ab und an den Kohlestaub aus dem Rachen spülen‹, haben die immer getönt. Aber jetzt, wo du es sagst: So richtig breit waren die anderen nie. Das kam mir manchmal so vor, als müssten die auf Schüppe aufpassen. Nach seinem Tod war ja auch Ruhe.«

»Die drei anderen sind danach nicht mehr losgezogen?«, kommt Siggi meiner Frage zuvor. Rudi macht eine ratlose Geste.

»Ich habe jedenfalls nichts mehr von denen gehört. Mit Schüppes Tod war wohl plötzlich Schluss mit lustig. Komisch ist das schon. Ich meine, klar, man trauert um seinen Freund, aber die anderen drei waren schließlich seit Jahrzehnten befreundet. Das kann doch nicht einfach von jetzt auf peng zu Ende sein.«

»Da haben sie einmal nicht auf ihn aufgepasst – und zack«, sinniert Siggi, als wir wieder allein sind. »Für mich sieht das so aus, als ob dieser Schipper unter Depressionen litt oder so was. Seine Kumpel wussten das und haben ihm, so gut es geht, geholfen. Vielleicht sind sie deshalb mit ihrem Freund durch die Straßen gezogen? Man sagt doch, dass soziale Kontakte ein gutes Mittel gegen Depression sind. Wer weiß das schon. Jedenfalls klingt ein Suizid für mich nicht unbedingt abwegig.«

»Um das zu erfahren, müssten wir seinen behandelnden Arzt ausfindig machen …«

»Falls er damit in Behandlung war, macht ja längst nicht jeder«, unterbricht Siggi meine Gedanken, die gerade in eine völlig andere Richtung abdriften.

»Vielleicht gibt es einen anderen Grund für die Fürsorge der drei. Man sagt, Besoffene reden viel. Manchmal auch zu viel.«

25

Freitag, 9. Juni, 17.55 Uhr

Ich hatte Siggi eingeladen, eine Stunde vor der SoKo-Sitzung zu kommen, er wollte sich Happy Eiland ansehen. Nachdem ich ihm mein kleines Reich gezeigt habe, schlendern wir mit Manolo über den Platz. Siggi hatte zwar keinen Zeltplatz erwartet, aber Aufwand und Akribie, mit der viele Camper ihre Parzelle in ein wahres Kleinod verwandeln, wundern ihn schon.

Am Ende des Finkenweges bleibt er erstaunt stehen: »Habt ihr hier Hexen?«

Ich muss zugeben, dass die Frage nicht ganz unberechtigt ist. Die »Trolls«, deren Mobiliar aus zwei Betten besteht, erinnern mit ihren spitzen Giebeln und dem windschiefen Kamin tatsächlich an Kinderbücher.

»In der Walpurgisnacht ist hier ganz schön was los«, gehe ich darauf ein und füge wahrheitsgemäß an, dass diese Übernachtungsmöglichkeit vor allem bei Radtouristen beliebt ist. Über den Eulenweg, vorbei am Spielplatz mit Bolzplatz und Volleyballfeld, umrunden wir Happy Eiland. Manolo verschwindet im Kornfeld. Irgendwann stößt er wieder zu uns. Nach einem kurzen Abstecher zum Naturteich machen wir uns auf den Weg zu Lissy.

Leni und Bernd begrüßen uns. Vor SoKo-Treffen essen die beiden meistens hier. Ich habe vor einer Stunde mit Linda und ihrem Vater gegessen.

»Mit dem Melderegisterauszug wird das nichts vor Montag. Meine Kollegin hat es leider nicht mehr geschafft«, äfft Siggi die Stimme der Sachbearbeiterin nach und greift nach der Speisekarte. Ich schalte Sunnys Blaulicht ein.

Nach und nach trudeln die anderen ein. Leni wischt sich den Mund ab und greift zum Protokollheft.

»Freitag, 9. Juni …« Und so weiter. Sunny rollt an und nimmt die Bestellungen auf. Kaum ist er weg, informiere ich meine

SoKo über die Erkenntnisse des Tages. Vor allem Schippers Tod erregt Aufmerksamkeit.

»Willst du uns damit sagen, dass wir jetzt zwei Mordfälle an der Backe haben?«, fasst Uwe die neue Lage zusammen.

»Die Kollegen haben die Ermittlungen damals eingestellt, weil alles auf einen Suizid hindeutete«, erklärt Siggi.

Für Uwe hat dieser Umstand keine allzu große Bedeutung.

»Das macht seine Frau laufend.« Uwe deutet dabei auf mich.

»Spricht denn irgendwas dagegen?«

»Es waren einmal vier Freunde. Zwei davon sind gestürzt, da waren es nur noch zwei«, meldet sich Katja im holprigen Singsang der zehn kleinen Schwarzen.

»Und das ist alles?« Uwe macht keinen Hehl daraus, dass er den Zusammenhang für weit hergeholt hält.

Ich erzähle von den Andeutungen, die Schipper seiner Frau gegenüber gemacht haben soll und die im Zusammenhang mit dem Geständnis, das Buschmann wenige Tage vor seinem Tod ablegen wollte, in einem neuen Licht erscheinen. Sunny bringt die Getränke und ein Jägerschnitzel für Siggi. Geht hier richtig flott, seit er da ist.

Mit dem Besteck in der Hand erzählt Siggi ausführlich von Rudis Bekanntschaft mit den vier Freunden. Während er das Schnitzel schneidet, grübelt die Runde vor sich hin.

»Für mich sieht das so aus, dass die Freunde ein dunkles Geheimnis verbindet …«, mutmaßt Bernd.

»… welches Schipper im Suff auszuplaudern drohte«, ergänzt seine Frau und trägt das direkt ins Protokollheft ein.

»Ihr meint, dieser Schipper musste sterben, weil er zu viel wusste? Und Buschmann, weil er plaudern wollte? Fünfzehn Jahre später? Dann wären wir ja wirklich bei Mord …« Uwe sieht ungläubig in die Runde.

»Dafür gibt es ein weiteres Indiz.« Eddy faltet einen Zettel auseinander. »Ich konnte die Cookies auf Buschmanns Handy auswerten. Das sind die Unterseiten der Portale für Strafrecht, die er besucht hat.«

Eddy legt den Zettel in die Tischmitte, die anderen quittieren das mit einem fast einstimmigen »Boah, Eddy«, der nach einem Seufzer kurz und knapp fortfährt. »Mord und Totschlag im deutschen Strafrecht.«

»Was soll das? Ich brauche doch kein Internet, um zu wissen, dass ich dafür einfahre, egal wann das ans Licht kommt.« Uwe setzt das leere Glas ab und haut auf den Blaulichtschalter.

Siggi wedelt mit dem Zeigefinger. »Nicht so voreilig, Kollege. Mord verjährt bei uns nicht, das ist richtig. Totschlag aber wohl, in der Regel nach fünfzehn Jahren. Wäre nicht das erste Mal, dass es der Staatsanwaltschaft nach dieser Zeit nicht mehr gelingt, Mordmerkmale nachzuweisen. Es soll einige Mörder geben, die nach fünfzehn, zwanzig Jahren fröhlich pfeifend als Totschläger aus dem Gerichtssaal marschiert sind.«

Sunny kennt sich inzwischen gut aus und rollt immer zuerst zu Uwe. Dieser bestellt ein Pils, Bernd und ich schließen uns an.

»Moment mal …« Rosi hebt die rechte Hand, was überflüssig ist, weil die anderen sich sowieso in einer stillen Phase des Nachdenkens befinden. »Wann ist Schipper ums Leben gekommen?«

Leni blättert drei, vier Seiten zurück. Ich frage mich, was sie in dieser kurzen Zeit alles aufgeschrieben hat. »Am 14. November 2008.«

»Das heißt …«, Rosi rechnet kurz, »wenn es sich dabei um Totschlag handeln sollte, verjährt diese Tat in gut fünf Monaten.«

»Und wenn Buschmann ein Geständnis abgelegt hätte, wäre diese Frist unterbrochen, oder?«, folgert Katja und richtet ihren Blick auf Siggi.

»Es wäre vermutlich ein Ermittlungsverfahren eingeleitet worden. Die Verjährungsfrist wäre damit unterbrochen und würde, egal wie das Verfahren ausgeht, anschließend von Neuem beginnen, ja.«

»Womit wir das Motiv für einen Mord an Buschmann hätten«, übernimmt Rosi wieder.

Uwe beugt sich langsam vor. Er wirkt angespannt. »Ihr meint, die drei haben ihren Freund damals vom Balkon geschmissen …«

»Er hat zu Hause weiter randaliert, seine Freunde hatten es endgültig satt. Möglicherweise ist Schipper auf den Balkon gegangen und hat dort rumkrakeelt. Es gibt ein Handgemenge – und zack. Ein lupenreiner Totschlag im Affekt, der nach fünfzehn Jahren verjährt.«

Für meinen Geschmack laufen die Spekulationen langsam aus dem Ruder. Vor meinem geistigen Auge läuft Rosis These als Film ab. Dabei wird ihr Schwachpunkt erkennbar.

»Ich glaube nicht, dass ein erwachsener Mann, auch nicht in einem Handgemenge, über das Geländer des Balkons fallen kann. Da müssten seine Freunde mit deutlicher Absicht nachgeholfen haben.« Auch dies ist eine Spekulation, noch dazu mit trügerischen Auswirkungen, was Bernd als Erster realisiert.

»Lasst uns mal für einen Augenblick die fünfzehn Jahre vergessen. Wenn Lukas recht hat, wären wir bei Mord und hätten damit zugleich das Motiv im Fall Buschmann. Mit dem Geständnis hätte er seine beiden Freunde in den Knast gebracht, und zwar lebenslänglich.«

Siggi, der bislang in aller Ruhe seinen Teller leer gegessen hat, hält es nun für angebracht gegenzusteuern. »Das mag sich ja alles so abgespielt haben. Kann sein, kann auch nicht sein. War jemand von euch dabei? Nein, wart ihr nicht, und der Staatsanwalt auch nicht. Wenn Buschmann in seinem Geständnis aussagt, man habe Schipper zu dritt über das Geländer gehievt, sagen die anderen beiden: So ein Quatsch. Es kam zu einem Streit, der eskaliert ist, und auf einmal lag unser Freund da unten. Oder er wollte springen. Man hat noch versucht, ihn aufzuhalten, aber es leider nicht geschafft oder was weiß ich. In jedem Fall würde Buschmanns Aussage gegen die seiner Freunde stehen. Beweise gibt es nicht. Das ganze Haus gibt es nicht mehr. Weshalb also sollten seine Freunde lebenslänglich bekommen? Selbst ein Totschlag dürfte nicht mehr nachzuweisen sein.«

Ein frustriertes Nicken macht die Runde.

»Bist eine richtige Stimmungskanone«, fasst Uwe den Sachstand mit Blick auf Siggi zusammen.

Nachdem Sunny die nächste Bestellung entgegengenommen hat, setzt Siggi noch einen drauf.

»Gehen wir mal von der zugegebenermaßen nicht ganz unwahrscheinlichen Möglichkeit aus, dass Schipper gewaltsam ums Leben gekommen ist. In diesem Fall stünden wir auch hier vor der Frage nach dem Motiv.«

»Du meinst, die haben mit einem Mord einen anderen vertuscht?« Uwe schüttelt den Kopf. »So was hatten wir auch noch nicht.«

»Im vorigen Jahr wollte der Mörder eines Moerser Schneiders die Tat vertuschen, indem er den Laden seines Opfers abgefackelt hat. War ein Schuss in den Ofen«, wirft Siggi ein.

Ich mache noch einmal darauf aufmerksam, dass es im Fall Schipper keinerlei Hinweise auf eine Gewalttat gibt.

»Dann sollten wir mal eine intensive Umfeldermittlung starten und am besten mit diesem Peter Korczak anfangen. Die Adresse von dem lautet übrigens Zum Langerhof 108 in Kamp-Lintfort beziehungsweise im Ortsteil Hoerstgen.« Eddy schiebt den kleinen Zettel zur Seite und kramt einen Schnellhefter hervor. »Bis Ende 2008 hat Korczak in dem Hochhaus Moerser Straße 278 gewohnt. Sechste Etage, direkt neben Hans-Gerd Schipper. Auf der anderen Seite wohnte eine gewisse Erna Schleismann, die ist allerdings vor sechs Jahren gestorben …«

»Sag mal«, Siggi wirkt etwas verwundert, »woher weißt du das?«

»Habe da so meine Quellen. Insgesamt waren dort in dem Jahr übrigens vierundsiebzig Familien gemeldet«, Eddy zieht einen Stapel Blätter aus dem Schnellhefter und reicht ihn herum, »die Namen stehen da drauf, und soweit ich sie herausbekommen konnte, auch die aktuellen Adressen.«

Bernd, Leni, Rosi und Katja teilen die Adressen bereits unter sich auf. Siggi ist irgendwie … wuschig.

»Wie macht der das?«, zischt er mir ins Ohr.

»Er hat da so seine Quellen.«

26

Samstag, 10. Juni, 10.10 Uhr

Linda hat heute frei. Das muss ausgenutzt werden. Wir haben bis kurz nach neun geschlafen und sind dann nach allem Drum und Dran gegen zehn aufgestanden. Manolo liegt lang ausgestreckt auf dem Küchenboden, den Kopf auf der Brötchentüte. Immerhin sind sie dadurch noch ein wenig warm. Ich nehme ihm die Tasche ab, drücke einen Knubbel grobe Leberwurst in ein aufgerissenes Brötchen, und zehn Sekunden später ist mein Hund schon mal satt, auch wenn er davon nichts wissen will.

Nach einem ausgiebigen Frühstück und einem extralangen Spaziergang zu dritt trennen sich unsere Wege. Linda hat sich vorgenommen, mit ihrem Vater einzukaufen, Manolo schaut nach, ob schon irgendwo ein Grill angemacht wird, und ich werde jemanden besuchen, der keinen Besuch haben möchte. Zumindest nicht von mir.

Ich habe keine Ahnung, wo sich »Zum Langerhof« befindet, ich könnte noch nicht mal sagen, wie man aus dem tiefsten Labbeck nach Hoerstgen kommt, obwohl mir das Dorf aus meiner Zeit in Sevelen noch in Erinnerung ist. Also lasse ich mich von Steffi, der freundlichen Lady aus dem Navi, leiten.

Ich habe noch gedacht, es ist Samstag, du hast viel Zeit, da kannst du dir die drei Kilometer Umweg über die Autobahn schenken. Jetzt schlurfe ich mit Emma im Mofatempo über die Hammer Straße und betrachte dabei das Hinterteil eines Mähdreschers. Der auch noch Richtung Veen abbiegen muss, so langsam verpufft meine samstägliche Ruhe. Über die Dickstraße läuft es deutlich schneller, meine Freude darüber wird nach einer lang gezogenen Kurve sogar fotografisch festgehalten.

Nachdem ich Emma auf der schnurgeraden Strecke durch

die Leucht mal wieder von der Leine lassen konnte, empfiehlt Steffi mir, Richtung Altfeld abzubiegen. Kurz darauf fahre ich am Haus von Charly Döppers vorbei. Der Zuhälter aus Duisburg hatte mir vor ein paar Jahren wertvolle Tipps gegeben.

Vorbei am Campingplatz Altfeld lasse ich das Kloster Kamp links liegen und biege rechts Richtung Kamperbrück ab. Hier schwitzt der Niederrheiner am liebsten, wie ein Blick auf den rappelvollen Parkplatz des Saunaparks bestätigt.

Die kurvenreiche Strecke nach Hoerstgen ist besonders unter Motorradfahrern beliebt, was Kreuze am Wegesrand bestätigen.

Zum Langerhof ist gleich die erste Straße rechts. Super, denke ich, bis ich feststelle, dass eine ganze Siedlung diesen Straßennamen trägt.

Das Haus von Peter Korczak liegt an einem Wendehammer. Die geringe Zahl an Autos, die hier abgestellt sind, lässt darauf schließen, dass der Nachwuchs diesen Ort längst verlassen hat. Ich stelle Emma neben dem Vorgarten ab, der hauptsächlich aus immergrünen Bodendeckern besteht. Hinter einem der Fenster zur Straße erkenne ich schemenhaft ein Gesicht.

Inzwischen habe ich dreimal geklingelt. Außer dass ein Licht ausgeschaltet wurde, passierte nichts. Leider konnte Eddy keine Telefonnummer herausbekommen. Dafür dürfte Korczak von seinem Kumpel längst erfahren haben, wem der alte Benz gehört. Ich frage mich, weshalb er nicht mit mir reden möchte. In der Milchglasscheibe der Tür bewegt sich ein Schatten. Okay, dann eben auf die harte Tour.

»Herr Korczak, mein Name ist Lukas Born, ich bin Privatdetektiv«, brülle ich so laut, dass der Nachbar schräg gegenüber vor lauter Interesse den Rasenmäher abstellt. »Ich bin von Frau Buschmann beauftragt …«

In diesem Augenblick wird die Haustür aufgerissen und ein vermutlich sechsundsechzigjähriger Mann mit einer drahtigen Figur sieht mich wutentbrannt an. Um seine Knollennase zieht sich ein Geflecht aus kleinen hellrot schimmernden Äderchen. Eine Strähne seiner grauen Haare fällt über die Stirn.

»Was soll das? Hat Kutowski Ihnen nicht klipp und klar gesagt, dass ich nicht mit Ihnen reden will?«

Korczak trägt eine grüne Latzhose, die schon reichlich verwaschen ist, dazu trotz sommerlichen sechsundzwanzig Grad ein langärmeliges Hemd. In seiner rechten Hand liegt eine Gartenschere.

»Worüber reden? Über den Mord an Mattes oder den an Schüppe?«

»Sie spinnen doch. Es gibt keinen Mord, und jetzt verschwinden Sie, sonst rufe ich die Polizei.«

»›Polizei‹ ist ein gutes Stichwort. Die hat nämlich vorgestern eine Mordkommission eingerichtet. Im Fall Buschmann. Von Schüppe wissen sie noch nichts. Aber das kann sich sehr schnell ändern«, schiebe ich fast ein bisschen verschwörerisch hinterher.

Korczak kommt heraus und schließt hinter sich die Haustür. Mit einem gequälten Lächeln und einer flüchtigen Handbewegung grüßt er seinen Nachbarn, der bequem an seinem Rasenmäher lehnt. Dann läuft er um das Haus. Ich fasse das als Aufforderung auf, ihm zu folgen. Hinten angekommen begutachtet mich eine korpulente Frau, die braune Blüten aus einer Hortensie schneidet. Sie dürfte etwa im selben Alter wie der Gastgeber sein.

»Wir haben Besuch?«

»Herr Born bleibt nicht lange, du kannst ruhig weitermachen.«

Korczak setzt sich in einen Rattansessel auf der Terrasse. Ich nehme unaufgefordert neben ihm Platz.

»Wo waren Sie am letzten Samstag, sagen wir, zwischen zwölf und zwei, Herr Korczak?«

Er sieht mir in die Augen und schnaubt verächtlich.

»Das geht Sie einen Scheißdreck an.«

»Die Polizei könnte Ihnen dieselbe Frage stellen. Ich glaube jedoch nicht, dass die mit derselben Antwort zufrieden sind.«

»Ich war beim Jupp. Wir wollten uns was zum Abschied für Mattes ausdenken. Der Idiot wollte doch tatsächlich auswandern. Dabei war er sterbenskrank. Aber das wissen Sie bestimmt schon.«

Korczak wird irgendwie umgänglicher. Ihm dürfte klar sein, dass er ganz schnell in den Fokus polizeilicher Ermittlungen rücken kann. Ich muss sein Vertrauen gewinnen, wenn ich an Informationen kommen will.

»Ja, dafür hat er sogar ein Darlehen aufgenommen.« Ich sehe eine Sekunde betreten zu Boden. »Und jetzt sind von vier Freunden nur noch zwei übrig. Was war eigentlich mit Schüppe –«

»Verdammt, was hat die alte Geschichte denn damit zu tun?«, fällt Korczak mir ins Wort. Seine Frau stemmt ihr Kreuz durch und murmelt was von Toten, die man in Ruhe lassen solle.

»Das liegt an den Umständen. Schüppe ist genau wie Mattes durch einen Sturz ums Leben gekommen.«

»Wird schon vielen so gegangen sein …«, nuschelt Korczak. »Stimmt auch wieder.«

Für einen Augenblick legt sich ein Ausdruck von Zufriedenheit auf sein Gesicht. Erst mal nachgedacht, verflüchtigt sich dieser jedoch wie ein Furz im lauen Sommerwind. Von Jupp dürfte er erfahren haben, dass ich mich nicht so schnell abwimmeln lasse. Er steht auf und fragt mich, ob ich auch einen Kaffee haben möchte. Ich nehme das Angebot an. Er verschwindet durch die Terrassentür.

»Mein Mann spricht da nicht gerne drüber. Es hat ihn ziemlich mitgenommen.« Ich habe Frau Korczak nicht bemerkt, die zu mir an den Tisch kommt und sich dabei die Hände mit einem alten Geschirrtuch säubert. »Ist ja auch nicht leicht, wenn zwei deiner besten Freunde auf so eine tragische Weise ums Leben gekommen sind.«

Wohl wahr, auch wenn mir diese Trauer in Schippers Fall ein wenig zu theatralisch wirkt. Das ist immerhin fünfzehn Jahre her.

Eine Katze streift um Frauchens Beine und jankert. Wie die meisten anderen Katzen heißt sie Minka und hat Hunger.

»Milch, Zucker?«, schallt es aus dem Haus.

»Milch bitte.«

Zwei Minuten später stellt der Gastgeber zwei mit Fördertürmen verzierte Kaffeepötte auf den Tisch. Bevor er sich setzt, schiebt er mir einen herüber. Dann streut sich Korczak eine Prise Schnupftabak auf seinen Handrücken. Kaum ist das Bergarbeiter-Koks in seinem übermächtigen Riechorgan verschwunden, kommt er zur Sache.

»Schüppe hat das alles nicht gepackt. Er fing an zu trinken. Zuerst nur am Wochenende, dann jeden Tag, am Ende schon morgens.«

Ich nehme einen Schluck Kaffee und stelle fest, das krönende Aroma um einige Stunden verpasst zu haben.

»Mattes, Jupp und ich haben uns um ihn gekümmert –«

»Wäre ›aufgepasst‹ nicht der passendere Begriff?«, unterbreche ich Korczak, der zögerlich den Kopf hin und her wiegt.

»Na ja, wenn Schüppe den Kanal voll hatte, konnte es schon mal heiß hergehen.«

»Heiß hergehen ist gut. Wie oft seid ihr mit dem bei der Polizei gelandet?«, wirft seine Frau ein, während sie ihrer Minka ein Döschen Frisskatz kredenzt.

»Das sind olle Kamellen.« Korczak winkt ab. »Schüppe war aufbrausend, das stimmt. Vor allem wenn er voll war. Aber eigentlich konnte der keiner Fliege was antun. War bei dem mehr seelisch, wenn Sie verstehen.«

»Schüppes Ex behauptet, dass seine Freunde ihn in den Alkohol getrieben hätten. Moment.« Ich krame meinen Block vor und finde die Notiz auf Anhieb. »Sie sagte wörtlich, sie hätten ihm ein Problem aufgehalst, mit dem er nicht klarkam.«

»Das ist ja mal wieder typisch Traudel«, mischt Frau Korczak sich ein, »selber gesoffen wie ein Loch und anderen die Schuld dafür in die Schuhe schieben.«

»So war sie immer schon«, pflichtet ihr Mann bei.

Minka hat den Papp auf und streift um Frauchens opulente Waden.

»Herr Korczak, Sie sagten vorhin, Schüppe habe das alles nicht gepackt. Was genau meinten Sie damit?«

»War damals nicht einfach aufm Pütt.« Sein Blick klebt apathisch an dem Förderturm auf seinem Kaffeepott. Ich rechne mit einem ausschweifenden Referat über die Maloche unter Tage. Stattdessen schweigt mein Gastgeber mal wieder. Entertainment scheint nicht so sein Ding.

»Wo war es das schon? Kommen Sie, Korczak, was hat Schüppe so fertiggemacht?«

Korczak nimmt einen Schluck Kaffee und atmet ganz tief ein und wieder aus. Seine Frau stellt sich neben ihn und legt ihm eine Hand auf die Schulter.

»Erzähl ihm von Panne, das ist doch lange verjährt.«

Ihre Blicke treffen sich ganz kurz, dann gibt Korczak sich einen Ruck.

»Na schön. Also der Panne, richtig hieß der Werner Pannenbecker, war auch auf unserer Schicht. Panne hatte zu dem Zeitpunkt Probleme mit seiner Ollen –«

»Probleme mit seiner Ollen«, fällt ihm seine Frau ins Wort, »er hat es mit Wilma getrieben, der Frau von seinem besten Kumpel. Und zwar immer, wenn der auf Schicht war. Das musst du auch dabeisagen, Peter, und dass sie gerade erst Nachwuchs bekommen hatten.«

»Wie heißt diese Wilma mit Nachnamen?«, gehe ich dazwischen.

»Hausmann, die haben damals ein Stück neben Mattes und Erika gewohnt.«

»Na, jedenfalls muss der sich den Abend vorher ganz schön einen reingeschüttet haben«, fährt Peter Korczak fort. Der Einwurf seiner Frau scheint ihm unangenehm zu sein. »Konnten wir ja nicht ahnen, also, dass es so übel war. Ich meine, dann hätten wir doch nicht …« Korczak nippt an seinem Kaffee. »Wir sind damals immer auf dem Band vor Ort, also zu unserem Arbeitsplatz gefahren, sonst hätte das ewig gedauert, verstehen Sie?«

»Ja, und ich nehme an, das war nicht erlaubt.«

»Nee. Also im Prinzip schon, aber das musste vorher auf Personenfahrung umgerüstet werden, damit nichts passieren kann. Wurde aber nur für Besucher gemacht. Na ja, lange Rede, kurzer Sinn: Panne legt sich auf das Band, pennt ein und verpasst die Aldi-Tüte.«

»Aldi-Tüte?«

»Ja. Die hat da mal jemand hingehängt. Da ist die Endstation, die letzte Absprungchance. Wer die verpasst, landet im Kohlebunker. Da ist dann Schicht im Schacht.«

»Und Panne hat die Tüte verpasst«, folgere ich.

»Genau. Man hat ihn am Abend auf dem Wäscheband gefunden.«

»Aha«, bestätige ich das Gehörte, ohne die geringste Ahnung davon zu haben, was tote Kumpel auf einem Wäscheband machen.

»Unter dem Bunker verläuft ein zweites Band, das die Kohle in die Wäscherei befördert. Dort wird sie von Dreck und Steinen getrennt, also gewaschen«, klärt Korczak mich auf.

»Verstehe. Und Schüppe machte sich deshalb Vorwürfe.«

»Schüppe wollte nicht, dass Panne auf dem Band mitfährt. Er hat ihn angebrüllt: ›Du verkriechst dich jetzt in eine Ecke und schläfst deinen verdammten Rausch aus!‹ Aber wir haben natürlich krakeelt. Wer saufen kann, kann auch arbeiten und so. Wollte der Panne sich natürlich auch nicht nachsagen lassen und sprang bäuchlings auf das Band, so schnell konnten wir gar nicht gucken. Und Schüppe hinterher. Der lag so zehn, zwölf Meter hinter Panne.«

Ich versuche, mir das bildlich vorzustellen. Seine Kumpel feuern ihn an, es entwickelt sich eine Gruppendynamik, die dem Einzelnen keine Wahl mehr lässt. »Das heißt, Schüppe hat gesehen, wie Panne an der Tüte vorbeigefahren ist?«

»Er hätte weit vorher runtergemusst. Wir haben geschrien, aber Panne hat tief und fest geschlafen. Schüppe hat noch versucht, ihn zu Fuß einzuholen, wenn man rennt, geht das. Ist dann aber zwanzig Meter vorher gestolpert, und das war es dann für Panne.«

Puh. Das kann einen natürlich aus der Bahn werfen.

»Wann haben Sie Matthias Buschmann zum letzten Mal gesehen?«

Korczak sieht mich misstrauisch an.

»Wir haben uns in der Stadt getroffen, das dürfte so fünf, sechs Wochen her sein. Wieso?«

»Reine Formsache. Können Sie mir bitte Ihre Handynummer geben?« Ich reiche ihm einen Bleistift und eine Visitenkarte.

27

Samstag, 10. Juni, 12.40 Uhr

Von Hoerstgen bis Schaephuysen sind es nur rund elf Kilometer. Ich nehme mir deshalb kurzfristig vor, meiner Klientin persönlich einen kurzen Zwischenbericht zu erstatten. Die Strecke führt mich am Oermter Berg vorbei. Von Sevelen aus sind wir früher fast jeden Sonntag hierhergefahren. Nach dem traditionellen Abstecher in das kleine Museum mit den ausgestopften Waldtieren ging es direkt durch zum Spielplatz mit der langen Rutschbahn. Während Bastian immer wieder den Hügel hinaufrannte, haben Julia und ich dort Federball gespielt.

Durch die lang gezogene Ortsdurchfahrt von Rheurdt gelange ich in das Dorf mit dem außergewöhnlichen Nachtleben. Ich habe Andrea Buschmann bei meiner Abfahrt in Hoerstgen von dem geplanten Besuch unterrichtet. Sie empfängt mich in einer dunklen Jeans und einer schwarzen Bluse.

»Am Mittwoch um elf Uhr findet auf dem Waldfriedhof Dachsberg die Beerdigung statt«, informiert sie mich auf dem Weg ins Wohnzimmer. »Soll ich Ihnen eine Einladung schicken? Ich weiß nicht, ob man das so macht ...«

»Friedhof und Uhrzeit reichen. Ich werde sehen, ob ich komme. Gibt es etwas Neues von Ihrem Bruder?«

Andrea Buschmann presst die Lippen aufeinander und nickt ganz leicht. Wir setzen uns wie gewohnt an den Esstisch. Meine Klientin hat bereits zwei Gläser und eine Karaffe mit Wasser bereitgestellt, dazu eine kleine Schale mit Weintrauben.

»Man hat gestern sein Haus und die Firmenräume durchsucht. Offensichtlich haben sie nichts Belastendes gefunden.«

»Ihr Bruder ist also wieder auf freiem Fuß ...«

»Mit Auflagen«, ergänzt sie.

Ich erzähle ihr von meinem Besuch bei Kutowski und komme auf die Sache mit dem Zinnkrug. »Wissen Sie, ob Ihr

Vater diesen Krug doppelt hatte? Vielleicht von einem ehemaligen Kumpel, der inzwischen verstorben ist?«

»Kann ich mir nicht vorstellen. Mein Vater hat die Dinger nur für sich gesammelt. Der ging damit nicht auf Tauschbörsen oder so was. Warum sollte er also einen Krug doppelt haben wollen?«

Ich ziehe die Schultern hoch. Einen Moment lang überlege ich, meiner Klientin die Information zu ersparen, dass ihr Vater darum bemüht war, eine Beratung oder zumindest Auskünfte zur strafrechtlichen Bewertung von Totschlag und Mord zu bekommen. Aber sie ist nun mal meine Klientin. Also bringe ich sie auf den aktuellen Ermittlungsstand. Als ich bemüht beiläufig erwähne, dass ihr Vater ein Geständnis hatte ablegen wollen, schlägt sie die Hände vors Gesicht und schüttelt dahinter den Kopf.

»Heißt das … ich meine … wollen Sie damit andeuten, dass mein Vater … ein Schwerverbrecher ist … war?«

Ich hebe abwehrend die Hände. »Das habe ich nicht gesagt, Frau Buschmann. Vielleicht …«

»Das kann doch nicht wahr sein« Ihre Stimme wird brüchig. »Sagen Sie, dass das nicht wahr ist.«

Das kann ich nicht. Ich fühle mich nicht sonderlich wohl in meiner Haut. Einerseits möchte ich ihr nicht noch mehr zumuten, andererseits ist es meine Pflicht, meine Klienten auf dem Laufenden zu halten. Eines kann ich sagen, ohne ein schlechtes Gewissen zu haben, weil es meiner Überzeugung entspricht. »Ich glaube nicht, dass Ihr Vater ein Mörder war. Möglicherweise ist er irgendwo hineingezogen worden, und das Geständnis sollte für ihn zu einer Art Befreiung werden. Es gibt Menschen, die handeln so, wenn sie erpresst werden. Dass Ihr Vater kurz vor seinem Tod sechzigtausend Euro aufgenommen hat, spricht nach wie vor dafür.«

»Ja, aber dafür muss es doch einen Grund geben.« Andrea Buschmanns Augenlider fallen schwerfällig herab. In ihrem Gesicht zeichnet sich eine tiefe Leere ab. Wut schiebt immer wieder und in kleinen Wellen das liebevolle Andenken an ihren

Vater zur Seite. Sie ist enttäuscht. Dass er sie nicht ins Vertrauen gezogen haben könnte, um sie zu schützen, daran scheint sie im Augenblick keine Gedanken zu verschwenden.

Dass Matthias Buschmann jedoch, ob gewollt oder ungewollt, schuld an dieser Lage ist, lässt sich nicht von der Hand weisen. Ich will den Fall inzwischen einfach nur noch hinter mich bringen.

»Hat Ihr Vater eigentlich in der letzten Zeit über Hans-Gerd Schipper gesprochen?«

Andrea Buschmann legt die Stirn in Falten. »Nee. Der ist auch schon ewig tot. Er ist vom Balkon gesprungen.«

»So sah es aus«, antworte ich und lasse die Worte wirken. Meine Klientin war im Begriff, ihr Glas zum Mund zu führen. Langsam stellt sie es wieder zurück.

»Sie meinen …« Mit offenem Mund und weit geöffneten Augen wartet sie auf eine Antwort.

»Ich will ehrlich sein, Frau Buschmann: Es gibt absolut keinen Hinweis auf einen gewaltsamen Tod. Es gibt letztendlich aber auch keine Beweise für einen Selbstmord. Sie kannten ihn, war er depressiv? Hat er Selbstmordgedanken geäußert?«

Meine Auftraggeberin stellt die Ellenbogen auf die Tischplatte und legt den Kopf in die Hände. Für eine Minute ist nichts weiter als ihre Atmung zu hören. Sie klingt entspannt, langsam und intensiv. Das Ganze erinnert mich an die Atemübungen, mit denen sich Julia anstrengende Tage von der Seele geblasen hat. »Das gibt es nicht …« murmelt sie leise, bevor sie ihre Arme mit einem Ruck auf den Tisch fallen lässt und mich … irgendwie erleuchtet ansieht. »Es war alles so klar. Als Sonntagmorgen um halb sechs das Telefon klingelte, wusste ich, dass etwas passiert ist. Es war mein Vater. Er weinte immer nur, ich konnte ihn kaum verstehen. Ich habe gedacht, es ist was mit Mama, aber …« Die Erinnerungen scheinen vor ihrem geistigen Auge wie ein Film abzulaufen, der sie auch heute noch, fünfzehn Jahre später, mitnimmt. »Damals, nach dem Tod von meinem Patenonkel Walter, kam er an und sagte: ›Ich bin jetzt dein neuer Patenonkel. Darfst mich Onkel Schüppe nennen.‹«

Sie muss lachen, während sich in ihren Augenwinkeln zwei kleine Tränen lösen. »Ich war zweiundzwanzig, hatte gerade geheiratet, aber Schüppe meinte: ›Jedes brave Mädchen braucht einen Patenonkel, der ist so was wie ein Schutzengel.‹«

»Das hört sich für mich nicht so an, als wäre Schüppe depressiv gewesen«, werfe ich ein.

»Nein«, es klingt beinahe entsetzt, »wie kommen Sie darauf? Schüppe hat manchmal zu viel getrunken, das machen andere auch.«

»Schüppe hatte vielleicht seine Gründe. Immerhin lief es ja nicht besonders gut bei ihm. Die Frau ausgezogen, dann der drohende Verlust der Wohnung ...«

»Quatsch«, schneidet sie meine Argumentationskette ab. »Traudel, seine Frau, wohnte zu dem Zeitpunkt schon drei Jahre nicht mehr dort. Außerdem wäre Schüppe fast bei uns eingezogen, wenn Mama nicht dagegen gewesen wäre.«

Scheint so, dass Kutowski mir nicht die ganze Wahrheit erzählt hat. Immerhin scheint mich mein Bauchgefühl nicht im Stich zu lassen. Ich bitte meine Gastgeberin um Aufklärung.

»Onkel Schüppe hatte sich ein paar Wochen vor seinem Tod verliebt. In Elena, eine Polin aus dem Lohnbüro. Sie haben sich im Diamant kennengelernt. Elena ging jedes Wochenende auf Rolle. Für meinen Vater war sie einfach nur lebenslustig. Mama konnte die nicht leiden. Ich habe einmal mitbekommen, wie sie im Streit mit meinem Vater gesagt hat: ›Diese Kumpelrutsche kommt mir nicht ins Haus.‹ Wäre dann ja auch nicht mehr nötig gewesen. Onkel Schüppe war kurz vor seinem Tod über einen Kollegen an ein Häuschen auf der Albertstraße gekommen. Das sollte nur sechzigtausend Euro kosten. Ich meine, diese Zechenhäuser sind ja klein und auch alt, aber sechzigtausend Euro, hallo? Na ja, mit der Bank war jedenfalls schon alles klar. Außerdem wollten seine Freunde ihm noch was dazugeben. Mama hat sich tierisch darüber aufgeregt, das weiß ich noch ...«

»Können Sie mir die Adresse von diesem Häuschen nennen?«

»Die Adresse? Nein, da hat mein Vater nicht drüber gesprochen. Komisch eigentlich. Jetzt, wo Sie danach fragen.«

So problembeladen, wie Kutowski und Korczak mir ihren Kumpel verkaufen wollten, schien er gar nicht gewesen zu sein. Neue Liebe, kleines Häuschen in der Nähe. Kumpelherz, was willst du mehr? Dass seine Freunde ihn regelmäßig zurückpfeifen mussten und Schüppe mehr als einmal randalierend bei der Polizei gelandet ist, lässt sich nicht von der Hand weisen.

»Seine Ex sprach von Problemen, die seine Freunde ihm aufgehalst hätten.«

Andrea Buschmann legt die Stirn in Falten. »Probleme? Wüsste ich nicht. Was sollte das sein? Papa hat schon mal gesagt, Schüppe grübelt viel zu viel. Aber Probleme … Na ja, er hat sich ja nun mal das Leben genommen, oder?«

Ich mache eine hilflose Geste. »Ich komme gerade von Peter Korczak. Er sagte mir, dass Schüppe mit ansehen musste, wie ein Kollege zu Tode kam.«

Andrea Buschmann schluckt. »Von dem Todesfall weiß ich … aber so habe ich das noch nie gehört. Mein Vater ist öfter fix und fertig von der Schicht gekommen. Er hat sich dann an den Küchentisch gesetzt und geweint. Mutti hat ihm dann Schnaps hingestellt und versucht, ihn zu trösten. Wir Kinder mussten auf unser Zimmer. Aber dass unser Schüppe … das ist ja furchtbar.«

Andrea Buschmann gießt mir den Rest Wasser ein und steht auf, um eine neue Flasche zu holen. Ich nehme mir einige Weintrauben. Meine Hand will schon die ganze Zeit über dahin. Schüppe ist immer dann eskaliert, wenn er zu viel getrunken hatte. Ich kenne mich nicht so damit aus, habe aber mal gelesen, dass ein Trauma eine Alkoholsucht auslösen kann. Könnte mir vorstellen, dass Alkohol umgekehrt die Symptome eines Traumas verstärken kann. Da muss ich mich mal schlaumachen.

Andrea Buschmann gießt sich Wasser ein. In ihrem Gesicht stehen Zweifel.

»Warum hat er nie darüber geredet? Aber haben sie ja alle nicht, das ging ja gar nicht. Echte Kumpel weinen nicht. Ist wie mit den Indianern, oder?« Sie sieht mich mit einem melancholischen Lächeln um die Mundwinkel an.

»Wie war eigentlich Ihr Kontakt zu den beiden anderen Freunden Ihres Vaters, zu Jupp und Pitter?«

Wie soll der schon gewesen sein? So deute ich ihre Geste. Sie nippt an ihrem Wasser, richtet ihren leeren Blick auf mein Gesicht. Sie kommt mir in diesem Moment vor wie ein Mensch, der sein Leben in eine Garage gefahren hat und darauf wartet, dass sich das Tor schließt.

»Beim Jupp habe ich Papa mal abgeholt, das ist aber auch schon über ein Jahr her. Den Pitter habe ich ewig nicht mehr gesehen. Als der zum letzten Mal bei uns zu Besuch war, bin ich noch zur Schule gegangen.«

Ich finde das seltsam. Nach allem, was ich bislang über die vier gehört habe, hatte ich angenommen, dass sie sich mindestens einmal im Monat rundum treffen würden.

»Früher haben sie es an den Wochenenden noch ordentlich krachen lassen, oder?«

»Als Schüppe noch lebte, ja. Ich glaube, das war sowieso sein Ding. Onkel Schüppe war ein Feierbiest, der hat keine Party verpasst. Ich glaube, die anderen sind nur ihm zuliebe mitgegangen. Jedenfalls ist das nach seinem Tod sehr schnell eingeschlafen.«

»Und was ist aus Elena geworden? Lebt sie noch in Kamp-Lintfort?«

Andrea Buschmann macht eine abfällige Handbewegung.

»Die hatte vier Wochen später den Nächsten, ein Metzger aus Moers. Ich glaube, Mama hatte den richtigen Riecher.«

28

Sonntag, 11. Juni, 9.20 Uhr

»Ich muss da auch noch reinpassen«, hatte Linda scherzhaft gesagt, nachdem wir Unmengen Regalbretter und passende Halterungen in den Vorratsraum geschleppt hatten. Mit den Maßen und einer gehörigen Portion Elan ausgestattet, war ich gestern von meiner Klientin aus direkt zum Baumarkt durchgebrettert. Tja ... und wenn man einmal anfängt.

Auf jeden Fall kann meine Linda nicht mehr über mangelnde Ablagemöglichkeiten für unsere Vorräte klagen. Und weil die ersten Schrauben zu lang oder die Wand zu dünn war, habe ich in der Küche über der Spüle auch gleich ein Regal angebracht, welches Linda bequem auf einem Hocker stehend erreichen kann.

Ja, okay: Heimwerken ist nicht so mein Spezialgebiet.

Am Abend hatte Gerda zur großen Vorbesprechung für die anstehende Hochzeit geladen. Ich habe nicht die leiseste Ahnung, was es da großartig zu besprechen gibt. Ich meine, man guckt sich jemanden aus, dem man Geld für ein Geschenk in die Hand drückt, was ja schon geschehen ist, zieht sich was Schickes an und geht hin. So einfach ist das. Doch sobald Frauen, die sich in der Blütezeit ihrer kreativen Entwicklungsphase befinden, organisatorisch ins Spiel kommen, ist gar nichts mehr einfach. Nachdem man sich nach satten zwei Stunden darauf geeinigt hatte, einen Kranz mit roten Rosen an die Tür von Rosis Mobilheim zu tackern – Katjas Tür unterlag in einer Kampfabstimmung denkbar knapp –, begann die abendfüllende Diskussion zwischen der weiblich besetzten Lasst-uns-doch-mal-lustige-Spiele-machen-Fraktion und den ... ähm ... Realos, also Uwe, Bernd, Eddy, Jünter und mir.

Im akustischen Schatten eines Presslufthammers, den jemand in unser Schlafzimmer gestellt und vergessen hat abzuschalten, suche ich nach Erinnerungen an den gestrigen Abend. Einen zarten Hinweis auf den Grund für die temporäre Gedächtnislücke liefert Linda, die mit einem Glas Wasser, in dem eine Tablette sprudelt, auf der Bettkante sitzt.

»Der Selbstgebrannte von Jünter hat es ganz schön in sich, was? Ich habe auch schon eine genommen.« Sie reicht mir das Glas. »So, und jetzt ab unter die Dusche und rein in den Jogginganzug. Frische Luft ist das beste Mittel gegen einen Kater.«

Erst jetzt fällt mir auf, dass Linda ihre Laufschuhe anhat. Mir kommen starke Zweifel, ob dieser Tag mein Freund wird.

Auf den ersten Metern habe ich das Gefühl, mich mit dem Kopf unter einer mächtigen Glocke zu befinden, die jemand bei jedem Schritt schlägt, und das mit einem Vorschlaghammer.

Inzwischen, wir laufen an der Villa Reichswald vorbei, genieße ich die um diese Zeit noch angenehm kühle Luft im Uedemer Hochwald. Während ich hechele, joggen Linda und Manolo lachend neben mir her. Mit der Zeit sind die Kopfschmerzen verschwunden, und ich habe keine Einwände, den Hochwald großzügig zu umrunden. Nur der leicht pelzige Belag auf der Zunge erinnert noch an den gestrigen Abend. In Höhe der Marienbaumer Radarstation, die zum Lage- und Führungszentrum Uedem gehört und von der aus die Nato den gesamten deutschen Luftraum von den Alpen bis zur Nordsee überwacht, bekomme ich einen Krampf in der linken Wade.

»Oje, du kommst langsam aus der Übung. Wir müssen das wieder öfter machen.« Linda reicht mir ihre Trinkflasche. Ich teile den Inhalt mit Manolo, der immer noch entspannt durchatmet.

Eine gute Viertelstunde später laufen wir an der Rückseite des Sanitärhauses am Fliederweg Richtung Frühstück. Wenige Meter vor der Bücherstube, dem intellektuellen Zentrum von Happy Eiland, kommt uns Claudia entgegen. Der Inhalt ihres Körbchens lässt darauf schließen, dass sie von dem kleinen Kräutergarten kommt, den die Platzbesitzer schräg gegenüber der Anmeldung angelegt haben und aus dem sich jeder bedienen darf. Aber eigentlich ist es nur Claudia, die regelmäßig von dem

Angebot Gebrauch macht. Als »Beraterin« hat sie nebenbei dafür gesorgt, dass dort inzwischen Kräuter wachsen, die außer ihr kaum jemand kennt.

Nach einem Small Talk fällt mir plötzlich das Gespräch mit meiner Klientin ein. Mich hatte noch den halben Tag die Frage beschäftigt, ob Schüppe in die Alkoholabhängigkeit geriet, weil er mit dem Tod seines Kollegen nicht klarkam, oder ob er immer dann daran zu knabbern hatte, wenn er trank, und seinen Freunden dann lautstark Vorwürfe machte. Claudia hat bei einem Lagerfeuer in ihrem Garten mal erzählt, dass sie Psychologin werden wollte. Irgendwann zwischen dem dritten und dem vierten Semester hat sie das Studium an den Nagel gehängt, weil sie der Schulmedizin als alleinigem Heilsbringer nicht mehr vertraute.

Kaum steht die Frage nach Schüppes persönlicher Traumabehandlung im Raum, verzieht Linda das Gesicht.

»Ich gehe schon mal und bereite das Frühstück vor.«

Nach einem knappen Blick zu mir schließt Manolo sich an. »Frühstück« ist eben ein starkes Wort. Wir sehen den beiden einige Sekunden hinterher.

»Dass ein Trauma in den Alkoholismus führen kann, würde ich bestätigen«, greift Claudia meine Frage auf. »Bei einem Trauma können verletzte Persönlichkeitsanteile zu einem Druck führen, der durch den Konsum von Alkohol leichter zu händeln ist.«

»Trinken, um zu vergessen. Verstehe. Und in Verbindung mit Alkohol wird das Trauma dann verstärkt, dann kommt alles wieder hoch, wie man so sagt«, vermute ich.

Claudia hebt die Mundwinkel zu einem milden Lächeln. »Könnte man denken, ich würde hier trotzdem eher zu einem Nein tendieren, da Alkohol in der Regel benutzt wird, um Symptome zu mildern. Der Ängstliche wird beruhigt, der Aggressive zwar aufgrund seiner Persönlichkeit mitunter aggressiver, aber das hat überhaupt nichts mit dem Vorhandensein eines Traumas zu tun. Es hängt natürlich von der Menge ab. Bei niedriger Dosierung entfaltet Alkohol eine anregende Wirkung, bei höherer Dosierung kommt es zu Erregung oder eben Aggressivität. Aber bitte«, sie hebt die Hände, »das ist nur die Aussage einer Studienabbrecherin. Wenn du es genau wissen möchtest –«

»Schon gut«, unterbreche ich und bedanke mich bei ihr. Auf dem Weg zur Parzelle geht mir ein Aspekt nicht aus dem Kopf. Kaum in der Küche, greife ich nach dem Telefon.

»War Schüppe aufbrausend und aggressiv?«

Andrea Buschmann scheint leicht irritiert, es dauert einige Sekunden, bis sie zur Antwort ansetzt.

»Absolut nicht. Onkel Schüppe war herzensgut. Ich habe ihn nur ein einziges Mal wütend erlebt. Das war auf Papas Fünfzigstem. Es wurde ziemlich viel getrunken, irgendwann fing der Pitter an, von früher zu erzählen, da ist Onkel Schüppe richtig ausgerastet. Von wegen, sie seien alle Mörder und so. Jupp und Papa haben ihn sofort nach Hause gebracht.«

»Hat er das so gesagt?«

Eine Zimmertür geht auf, es wird geflüstert, dann ist sie wieder bei mir. »Am nächsten Morgen beim Frühstück hat Papa mit uns darüber gesprochen. Schüppe hat den Tod ihres Kollegen nie überwunden und gab seinen Freunden seitdem die Schuld daran, weil sie ihn nicht davon abgehalten hatten, mit dem Band zu fahren.«

Und sich selbst, vollende ich in Gedanken und beende das Gespräch. Linda kommt mit einem Handtuch um den Kopf aus der Dusche.

»Gehört Claudia jetzt auch zu eurer SoKo?«

»Nein, sie ist … eine externe Beraterin.«

Nach dem Frühstück machen wir uns auf den Weg nach Weeze. Bastian hat um einen gemeinsamen Nachmittag gebeten, er möchte uns seine Freundin vorstellen. Nach einem längeren Telefonat kann ich Julia nicht nur dazu überreden, an der »vertrauensbildenden Maßnahme« teilzunehmen, sie hat sich sogar dazu bereit erklärt, Bastian und Maria zum Grand Prix Niederrhein zu bringen.

Wir treffen uns im Bistro, wo mich Julia, Maria und Bastian bereits erwarten. Aus der Halle nebenan dringt der Lärm der Rennkarts.

»Das war eine klasse Idee von dir, Dad«, flüstert Bastian mir auf dem Weg dorthin zu. Das dachte ich bis jetzt auch. Ich habe vorsorglich die beiden Twinkarts reserviert. Zwei Sitze, zwei Motoren und zwei Lenker, von denen allerdings nur der auf dem Fahrersitz betriebsbereit ist, und genau auf den hechtet Bastian an mir vorbei. Linda steuert mit Maria das andere Kart.

Dreimal schmeißt mein Sohn mich in jede Flanke der Sitzschale, dann setzt er im Scheitelpunkt der Kurve zum Überholvorgang an und schießt im anschließenden Tunnel mit rund sechzig Klamotten laut grölend an unseren Frauen vorbei. Auf der zweiten Geraden jagt Bastian im Tiefflug auf eine Neunzig-Grad-Kurve zu. Meine Füße suchen das Bremspedal. Vergeblich. Wenige Augenblicke später rastet der Gurt ein, Bastian schmeißt das Kart um die Rechtskurve, ich schaffe es gerade noch, mich aufzurichten, da kommt die nächste Kurve auf uns zugeflogen.

»Klasse, mein Junge. Nur viereinhalb Sekunden unterm Rundenrekord, und das mit einem Twinkart«, erklärt der Mann an der Theke und nimmt unsere Helme in Empfang.

»Wie kann es sein, dass ihr uns zweimal überholt habt?«, wundert sich Linda.

»Ich habe einen wahnsinnigen Sohn«, erkläre ich.

»Gibt Currywurst mit Pommes für alle«, empfängt uns Julia kurz darauf im Bistro. Maria fragt leise, ob sie einen Salatteller bekommen kann. Ich reibe mir den schmerzenden Nacken. Mir wird langsam klar, was Julia damit meinte, ausnahmsweise froh darüber zu sein, an Krücken zu gehen.

Auf dem Weg zum Parkplatz lasse ich mich mit Julia ein paar Meter zurückfallen. »Wie schlimm war es für dich?«

Julia sieht mich mit gespielt ernstem Blick an. »Maria ist viel zu nett für den Sohn eines Chaoten. Da hätte wer weiß was passieren können.« Sie macht eine kurze Pause. »Ich hoffe nur, dass ihr Vater die Kurve kriegt.«

»Bestimmt.«

Julia bleibt stehen, betrachtet interessiert den Kies unter ihren Füßen und fragt mich dann auffällig beiläufig nach dem Kenntnisstand unserer SoKo.

»Gibt ein paar Bewerber auf die Stelle des Täters. Ist aber alles noch nicht spruchreif. Und bei euch so? Ich hörte, ihr habt den Sohnemann wieder nach Hause gelassen.«

»Was für Bewerber?«

»Frank Buschmann ist nicht darunter. Ich glaube, da liegt ihr richtig. Die Frage lautet, wem dieses Prepaidhandy gehörte …«

»Und wo die sechzigtausend Euro sind, die das Opfer definitiv von der Bank abgeholt hat. Wir denken, dass das Geld dazu dienen sollte, eine Straftat zu vertuschen. Es ist auch nicht auszuschließen, dass seine Freunde was damit zu tun haben.«

»Du meinst, die haben Buschmann erpresst?«

Julia zuckt nur die Schultern.

Die Summe ließe sich jedenfalls prima durch drei teilen. Apropos sechzigtausend. Andrea Buschmann nannte mir gestern exakt diese Summe als Kaufpreis für das Zechenhäuschen.

»Das muss ein Zufall sein. Es ist immerhin fünfzehn Jahre her. Warum sollte Buschmann ihm nach so langer Zeit die Kaufsumme erstatten? Das ergibt keinen Sinn.«

29

Sonntag, 11. Juni, 18.58 Uhr

»Was ist los mit dir?«, will Leni wissen.

Linda hat mir ein Körnerkissen in Hufeisenform heiß gemacht, das ich immer noch um den Nacken trage.

»Ich bin mit meinem Sohn Kart gefahren.«

»Aha«, konstatiert sie in einem Tonfall, der ein unüberhörbares »in deinem Alter« in sich trägt. Dann eröffnet unsere Protokollführerin die heutige SoKo-Sitzung, nicht ohne den Hinweis, dass das gestrige Treffen abgesagt worden sei.

Ich berichte zunächst ausführlich von meinem Besuch bei Korczak und dem Todesfall im Stollen.

»Hm … wenn mein Kollege vor meinen Augen zu Tode kommt, und dann noch auf diese Weise, das könnte mich auch aus der Bahn werfen«, findet Bernd. »Dass die Kollegen den auf das Band gelassen haben, obwohl sie wussten, dass der nicht ganz fit war, ist das nicht strafbar?«, fügt er mit Blick auf Siggi an.

Der schüttelt den Kopf. »Arbeitsrechtlich ganz bestimmt. Strafrechtlich sind wir da im Bereich von unterlassener Hilfeleistung, grobem Unfug oder so was. Alles verjährt, dafür braucht man niemanden zig Jahre später vom Balkon zu werfen.«

»Fakt ist aber, dass seine Kumpel eine tierische Angst davor hatten, dass Schipper irgendwas erzählen könnte. Wir haben uns um die Adressen gekümmert, die Eddy uns gegeben hat. Eine gewisse Regina Brecht hat damals über Schipper gewohnt, heute wohnt sie in Rheinberg-Budberg.« Rosi sieht auf einen Zettel, den Katja ihr reicht. »Wenn seine Freunde ihn abends nach Hause gebracht haben, sah das wie ein Gefangenentransport aus, so hat Frau Brecht das ausgedrückt.«

Ich habe Sunny nicht bemerkt, der mit seinem Elektrorollstuhl die Lücke nutzt, die Uwe zwischen uns gelassen hat. Er nimmt die Bestellungen auf, schiebt den Drücker für Nachbestellungen mit einem Schieber, wie ihn Croupiers benutzen, Richtung Tischmitte und verschwindet surrend.

»Frau Brecht hat noch etwas gesagt, das wiederum auf eine Depression hindeutet«, fährt Rosi fort, »sie konnte sich noch sehr gut an einen Abend erinnern. Sie habe den Müll runtergebracht und ist dabei ihrem Nachbarn begegnet. Er habe traurig ausgesehen, und als sie ihn gefragt habe, was ihm auf der Seele liege, habe Schipper geantwortet: ›Das darf ich nicht sagen. Ich muss schweigen bis an mein Lebensende. Im Grunde bin ich schon tot.‹«

»Oha … wann war das?«, will Uwe wissen.

»Das ist es ja: Das war etwa vier Wochen vor seinem Tod«, übernimmt Katja.

Uwe macht eine »Da haben wir es«-Geste. Ich gebe zu bedenken, dass Schipper laut meiner Klientin frisch verliebt war und überdies ein kleines Häuschen in der Zechensiedlung in Aussicht hatte. »Warum sollte er sich ausgerechnet in dieser Situation das Leben nehmen?«

Rosi bestätigt mich. »In dem kleinen Häuschen waren wir heute Nachmittag. Albertstraße 28 c, dort wohnen Adalya und Faruk Günay mit ihren zwei Kindern. Das Ehepaar Günay hat davor auf derselben Etage wie Schipper gewohnt. Die beiden erinnern sich, dass Schipper schon die halbe Nachbarschaft zu einer großen Abschiedsparty eingeladen –«

»Albertstraße, Albertstraße …«, Eddy fuchtelt mit den Händen, »da war was. Bin gleich wieder da, muss nur mal eben was checken.« Und weg ist Eddy. Wir sehen uns ratlos an. Ich gebe Rosi und Katja ein Zeichen weiterzumachen.

»Adalya Günay sagte, von dem Tag, an dem der Hauskauf feststand, war Schipper wie ausgewechselt«, übernimmt Katja. »Ich hatte den Eindruck, dass es den beiden fast schon leidtut, dort zu wohnen. Vor allem die Art und Weise, wie sie an das Haus gekommen sind, ist ihnen bis heute peinlich.«

»Ja«, fährt Rosi fort, als hätten die beiden eine Art Choreografie eingeübt, »noch an dem Morgen, an dem Schipper ums Leben gekommen ist, haben sie den Makler angerufen und gefragt, ob sie den Vertrag übernehmen könnten.«

Siggi, der bislang ruhig zugehört hat, runzelt die Stirn. »Nachdem der geplante Abriss der drei Hochhäuser bekannt gegeben wurde, haben zweihundertfünfundzwanzig Familien eine neue Bleibe gesucht. Ich kann mir vorstellen, dass das den Wohnungsmarkt in Kamp-Lintfort in Wallung gebracht hat.«

»Du meinst, die Günays …«, hakt Leni leicht entsetzt nach.

»Ich meine, wir sollten keinen Ansatz außer Acht lassen.«

Sunny bringt die Getränke. Mit Eddys Cola in der Hand stutzt er. Wir nicken, er stellt sie an seinen Platz und verschwindet mit einem freundlichen Grinsen.

»Das würde dann mal alles durcheinanderwerfen«, bemerkt Uwe in Siggis Richtung.

»Wir können es uns nicht aussuchen. Ehrlich gesagt glaube ich das auch nicht. Zwei Dinge stehen für mich allerdings fest: Sechzigtausend Euro für ein Haus, egal wie klein, dürften um diese Zeit ein verdammtes Schnäppchen gewesen sein, und zweitens: Schüppe ist die Schwachstelle in dem Quartett. Die Lösung führt nur über ihn.«

Ich bin ganz bei Siggi. Mit einer entscheidenden Ergänzung. »Die Lösung dürfte vor allem in der Vergangenheit liegen, und zwar weit vor Schüppes Tod.«

Damit löse ich eine kollektive Schweigeminute aus. Schließlich kannten sich »Die unglaublichen vier«, wie Siggis Kollege die Clique nannte, ja seit ihrer Ausbildung. Ich bitte Leni nachzusehen, wann das war.

»Von 1972 bis 1975. Manfred Terlinden von der Fördergemeinschaft für Bergmannstradition meint, es könnten noch Unterlagen aus dieser Zeit vorhanden sein.«

»Das ist fast fünfzig Jahre her«, übernimmt Bernd das Wort. »Schipper sagte, dass er bis an sein Lebensende schweigen muss. Und das bestimmt nicht, weil ein Kollege tödlich verunglückt ist. Im Übrigen waren Unfälle unter Tage laut Terlinden damals alles andere als eine Seltenheit.«

»Wer sagt denn, dass es fünfzig Jahre her sein muss. Immerhin könnten unsere Freunde noch bis …«, Uwe wirft einen Blick auf sein Handy, »Dezember 2007 dort gearbeitet haben.«

»Falls es überhaupt mit der Zeche zusammenhängt. Die vier hingen ja auch außerhalb der Arbeit zusammen.« Siggi klingt nicht gerade euphorisch. Dazu besteht auch kein Grund. Nach einer knappen Woche sind wir zwar an einigen Ecken weitergekommen, stochern, was das Motiv angeht, aber weiterhin im Nebel.

»Okay, ich werde unser Archiv nach Todesfällen auf Friedrich Heinrich durchforsten, am besten fange ich in den Siebzigern an.« Hat Vorteile, einen Journalisten im Team zu haben.

Inzwischen ist Eddy zurück und lässt sich leicht außer Atem in den Stuhl fallen. Die Zettel in seiner Hand wecken unsere Neugierde. Eddy nimmt einen kräftigen Schluck, atmet noch mal tief durch und kommt zur Sache. »Lukas hatte mich vorgestern gebeten, die aktuelle Anschrift von Peter Korczak herauszufinden. Ich bin auf diesem Weg auf einen umfangreicheren Datensatz eines Abfallentsorgungsunternehmens gestoßen …«

»Bitte?« Siggi hat sich anscheinend immer noch nicht an Eddys Ermittlungsmethoden gewöhnt.

»Deren Datensätze nutze ich in solchen Fällen öfter mal. Die werden sehr selten gepflegt. Man findet dort Anschriften, die seit Jahrzehnten nicht mehr aktuell sind«, erklärt Eddy in einem Tonfall, als handelte es sich um Wikipedia-Einträge. »Nun denn. Bevor die Familie Korczak zum Langerhof 108 nach Hoerstgen gezogen ist, war Peter Korczak in der Moerser Straße 278 gemeldet. Dort ist er im Jahre 2006 hingezogen, und zwar allein. Bis dahin hat er mit seiner Familie in einem Häuschen an der Albertstraße 28 c gewohnt. Laut Grundbuch gehörte das Haus Peter und Annette Korczak. 2008 wurde die Immobilie an die Familie Günay übertragen.«

»Der hatte ein Häuschen und zieht freiwillig in einen der drei Riesen? Allein? Was zum Teufel hat das zu bedeuten?«, fasst Siggi unsere Gedanken zusammen.

30

Montag, 12. Juni, 10.40 Uhr

Gestern Abend auf dem Weg zum Parkplatz hatte ich mit Siggi besprochen, unsere Vorgehensweise heute mal ein wenig abzuändern. Grund dafür ist mein Bauchgefühl. Es meldet sich immer dann, wenn ich mit Jupp Kutowski gesprochen habe, und zuletzt auch bei Peter Korczak. Ich werde einfach den Verdacht nicht los, dass die beiden mir entweder nicht die Wahrheit sagen, selbige nach ihrem Gusto verbiegen oder mir grundlegende Informationen verschweigen. Ist nur so ein Gefühl. Bis jetzt. Jedenfalls könnten die Gespräche einen anderen Verlauf nehmen, wenn ein Hauptkommissar der ermittelnden Mordkommission dort aufkreuzt. Einen Versuch ist es wert. Der Meinung war auch Siggi.

Heißt für mich bei sonnigen sechsundzwanzig Grad, die jetzt schon angezeigt werden: ab in die Badehose, Handtuch und Manolo schnappen, unterwegs noch die Luftmatratze und den Sonnenschirm krallen und dann nix wie ab zur Xantener Südsee.
Nein, Scherz.
Die Nadel von Emmas kleinem runden Bordthermometer kriecht gemütlich in Richtung der Dreißiger-Markierung. Dieser Teil ist leider kein Scherz. Außerdem kann ich ihr entspannt dabei zusehen, denn mitten auf der Albertstraße in Kamp-Lintfort warte ich hinter einem Müllwagen, dessen stählerner Oberkiefer ein Sofa mittig durchtrennt und dann im Nachfassen verschluckt. Dass der Müllkutscher alle fünfzig Meter ein Hupkonzert anstimmt, liegt daran, dass er auf einen dieser dauerbimmelnd durch Wohngebiete bummelnden Müllsammler warten muss, der sich vorher noch schnell die Sahnestücke aus den Sperrmüllhaufen zieht, um damit den nächsten Trödelmarktstand auszustatten.

Gefühlte sechs Stunden später empfängt mich ein ganz offensichtlich gut gelaunter Faruk Günay.

»Komm rein, mein Sohn. Adalya hat uns einen leckeren Tee zubereitet. Du wirst begeistert sein.«

Die Gastfreundschaft der Günays gefällt mir. Faruk ist höchstens eins siebzig groß, und dennoch überragt er seine Frau um einen halben Kopf. Wir setzen uns an einen kleinen Tisch mit einer schwarz getönten Rauchglasscheibe. Adalya Günay schüttet einen rötlich schimmernden Tee in kleine Glastassen und stellt etwas Gebäck dazwischen.

»Ist traurig mit Mattes. Ich habe gearbeitet mit ihm … ungefähr funfzehn Jahr.«

»Kannten Sie seine Freunde? Jupp Kutowski, Peter Korczak und Hans-Gerd Schipper?«

»Pitter ja, andere … hm.«

»Was ist mit Schüppe?«

Er schlägt sich die Hand vor die Stirn. »Ja, sicher. Schüppe wollte eigentlich diese Haus kaufen. Aber dann gestorben. Schlimm war das. Und Pitter hat Haus verkauft. Aber wir mussten viel … bauen.« Faruk geht zu einem kleinen Schrank und kommt wenig später mit einem Fotoalbum zurück. Auf den Bildern sind nur nackte Böden und vom Putz befreite Wände zu sehen.

»War viel Arbeit«, erinnert sich seine Frau und deutet auf mein Glas. Der Tee schmeckt richtig gut.

»Heizung musste neu, Fenster auch. Schwager hat mitgeholfen, meine Bruder und Frau«, erzählt der Gastgeber und legt das Album auf den Tisch.

»Dafür haben Sie das Haus aber auch sehr günstig bekommen.«

»Nein, nicht so günstig. Aber Kinder waren klein. Zu klein für Wohnung. Und Haus war keine da in Kamp-Lintfort. Haben lange gewartet. Jetzt ist alles gut.«

Das verstehe ich nicht. »Wie viel hat das Haus denn gekostet?«

»Hundertzwanzigtausend Euro. Und dann Notar und Steuern. Trotzdem ist noch gut für Haus in Stadt. Aber nicht ... wie sagt man ... Angebot.«

Verdammt, was hat das jetzt wieder zu bedeuten? Schipper haben sie die Hütte für sechzig Mille angeboten, und nach seinem Tod verdoppelt sich mal eben der Preis?

»Haben Sie mit Pitter verhandelt?«

»Natürlich. Wir sind Türken. Handeln ist normal, sogar bei Bäcker oder Friseur. Aber Pitter hat gesagt: Kauf oder lass sein, habe genug Leute, die nehmen das Haus mit ...« Faruk Günay gibt sich einen Handkuss.

Ich bedanke mich für die Gastfreundschaft und verlasse die Günays, ohne zu erwähnen, dass Schüppe die Hälfte bezahlt hätte. Ist lange her, muss sich niemand mehr drüber aufregen.

Am Auto frage ich mich, ob es Zufall ist oder nicht, dass die Differenz zwischen dem Kaufpreis, den Schipper bezahlen sollte, und dem, was die Günays auf den Tisch gelegt haben, sechzigtausend Euro beträgt. Die Summe, die Buschmann kurz vor seinem Tod als Hypothek aufgenommen hat. Ich zücke mein Handy und wähle Siggis Nummer.

»Warst du schon bei Korczak?«

»Nein, ich wühle mich durch alte Lohnlisten der Zeche und frage mich dabei die ganze Zeit, warum ich Polizist geworden bin. Gleich nach dem Mittagessen mache ich mich auf den Weg zu ihm. Gibt es was Neues?«

Ich berichte Siggi von meinem Besuch bei den Günays und der plötzlichen Verdoppelung des Kaufpreises.

»Hm ... Hundertzwanzigtausend Euro für ein olles Zechenhaus dürfte im Jahre 2008 kein ungewöhnlicher Preis gewesen sein. Ich komme aus Essen, da hättest du für das Geld maximal eine Zweieinhalb-Zimmer-Wohnung bekommen, aber hier ... Die Frage muss lauten, aus welchem Grund Schipper die Hütte so günstig hätte haben können. Bin gespannt, was Korczak dazu sagt.«

»Komm schon, was soll der groß sagen? Der wird dir was von einem Sonderpreis für seinen besten Freund erzählen ...«

»Sonderpreis«, fällt Siggi mir lachend ins Wort, »wir reden

hier von sechzig Mille. Ich sehe ja gerade, dass die Kumpel hier ganz ordentlich verdient haben, aber sechzig Mille als kleiner Freundschaftsdienst? Nee, das lasse ich mir nicht verkaufen.«

Ich sitze mit einer halben Pobacke auf Emmas Kotflügel. Auf der anderen Straßenseite bleibt eine Frau stehen, die mir irgendwo schon mal begegnet ist.

»Ich bin ja bei dir. Schipper hat in einem Hochhaus gewohnt, gemeinsam mit dreiundsiebzig weiteren Parteien. Da haben die Wände Ohren, es gibt zahlreiche Begegnungen, es wird viel geredet ...«

»Und Besoffene können sehr gesprächig sein«, nimmt Siggi den Faden auf. »Du meinst, seine Freunde wollten den in ruhigere Gefilde bringen, weil es langsam zu heiß wurde?«

»Möglich.« Die Frau schlendert langsam zu mir herüber.

»Spinnen wir das mal durch, Lukas. Der Hypothekenzins liegt bei, sagen wir mal, vier Prozent. Zwei Prozent hätte die Bank an Tilgung verlangt. Die Raten für das Haus dürften also über dem liegen, was er an Miete gezahlt hat. Schüppe war Single, warum sollte er sich diesen Klotz ans Bein heften? Da macht Korczak Jupp und Mattes das Angebot, Schüppe das Haus an der Albertstraße für den halben Preis zu überlassen. Bedingung: Die andere Hälfte wird brüderlich durch drei geteilt.«

»Steile These.«

Die Frau steht jetzt einen knappen Meter neben mir. Aus ihrem Dekolleté rankt eine Rose. »Und wie passt Buschmanns Hypothek da hinein? Und wer hat die Kohle bekommen?«

»Ich würde sagen, an dieser Stelle kommst du ins Spiel. Ich muss dann mal. Mittag essen.«

»Na prima.« Ich stecke das Handy ein.

»Suchen Sie Herrn Korczak? Conny«, sie streckt mir ihre Hand entgegen, »Conny Biesemann. Wir haben uns am vergangenen Dienstag vor dem Haus von Herrn Buschmann getroffen.«

Mit der Rose kehrt die Erinnerung zurück.

»Nein. Kennen Sie ihn?«

»Klar. Jasmin, seine Tochter, war in meiner Klasse. Unsere

Eltern waren in der Schulpflegschaft. Wir haben manchmal die Hausaufgaben zusammen gemacht. Mal bei uns, mal bei ihr. Tja, und das war hier.« Sie zeigt auf das Haus in meinem Rücken.

»Wie kommen Sie denn dadrauf, dass ich zu Herrn Korczak wollte?«

»Weil heute in der Zeitung stand, dass Sie in einem Mordfall ermitteln, und da die beiden befreundet sind ... waren, meine ich natürlich.«

Ist Matthias B. in seinem Haus ermordet worden?

Diese Frage hat Uwe heute an die Leser des Rheinischen Boten gerichtet. Ist sein Job, kann ich ihm nicht verübeln. Interna aus den Ermittlungen hat er nicht preisgegeben. Stattdessen hat er die dürftigen Infos der Presseabteilung der Polizei mit markigen Sprüchen und gewagten Andeutungen zu einem kapitalen Aufmacher hochgejazzt.

»Das stimmt. Ich weiß übrigens, dass Herr Korczak in Hoerstgen wohnt.«

»Ah«, sie spuckt einen Kaugummi auf die Straße, »trotzdem kommt er hin und wieder vorbei. An dem Samstag zum Beispiel«, sie sieht sich theatralisch um, spricht mit gesenkter Stimme weiter, »als Herr Buschmann ermordet wurde.«

»Das fällt Ihnen jetzt ein?«

Sie hebt hilflos die Arme. »Ich weiß das doch auch erst seit heute Morgen. Meine Mutter hat den Bericht in der Zeitung gelesen und zu meinem Vater gesagt, dass sie mal den Peter fragen sollen. Der hat doch an dem Morgen draußen gestanden und telefoniert. Ich wollte ihn noch kurz grüßen, sagte sie, da fuhr der schon weg. Unglaublich, meine Mutter, oder? Obwohl ... von Mord war ja bis dahin keine Rede.«

»Wie spät war das?«

»Oh, da muss ich noch mal zu Mutti rüber. Meine Eltern wohnen zwei Häuser weiter. Ich habe ja Ihre Karte, melde mich dann. Der Herr Korczak kann es ja sowieso nicht gewesen sein.«

»Und warum nicht?«

»Na, weil Herr Buschmann zu diesem Zeitpunkt schon tot war.«

»Ich denke, Sie wissen nicht, wann der Anruf erfolgte …«

»Das nicht«, sie sieht mich mitleidig an, »aber wenn Herr Buschmann gelebt hätte, hätte er ja wohl die Tür aufgemacht, oder?«

Ich bedanke mich artig bei Miss Marple. Im Auto schicke ich Korczaks Handynummer an Eddy, verbunden mit der Bitte um eine Liste der Verbindungen vom 2. Juni. Dann wähle ich Siggis Nummer.

»Bist du auf dem Weg nach Hoerstgen?«

Scheiben surren, Fahrgeräusche werden leiser.

»Ja, warum?«

»Eine Nachbarin hat gesehen, wie Korczak an dem Samstag vor dem Haus stand und telefonierte. Mir hat er gesagt, Buschmann zuletzt vor fünf oder sechs Wochen gesehen zu haben.«

»Aha.«

»Eben.« Während Siggi die Information anscheinend noch einordnet, fahre ich fort: »Die Frage ist, ob er dabei ein Prepaidhandy benutzt hat oder nicht.«

»Dazu bräuchten wir die Verbindungsdaten von seinem Handy. Ich treffe mich heute Nachmittag mit den Krefeldern. Wir wollen eine Pressekonferenz vorbereiten. Der Staatsanwalt ist ebenfalls zugegen, da könnte …«

»Das dauert viel zu lange. Eddy kümmert sich gerade darum.«

Ein tiefer Seufzer mischt sich unter sonores Motorengeräusch. Ich kann praktisch sehen, wie Siggi die Augen verdreht.

»An eure Methoden muss ich mich erst gewöhnen. So, ich bin im Landeanflug, melde mich nachher.«

31

Montag, 12. Juni, 12.10 Uhr

Leni und Bernd fallen heute aus. Lenis Bruder zieht um, da wird jede helfende Hand benötigt. Ich habe ihren Part übernommen und mit Manfred Terlinden von der Fördergemeinschaft für Bergmannstradition einen Termin vereinbart.

Ich stelle Emma auf den Parkplatz in der Nähe des großen Fritz. Dass der ehemalige Förderturm der Zeche so genannt wurde, habe ich bei einer Führung während der Landesgartenschau vor drei Jahren erfahren und dass der siebzig Meter hohe Turm als Wahrzeichen der Stadt erhalten bleiben sollte. Was ich nicht erfahren hatte, war, wo diese Fördergemeinschaft sitzt. Ein kurzes Telefonat später hocke ich wieder im Auto und steuere Emma die Friedrich-Heinrich-Allee hinab Richtung Neukirchen-Vluyn.

Der Schirrhof ist ein u-förmig angelegter Gebäudekomplex, der sich zur Straße hin öffnet, früher war das mal ein Stall für die Über-Tage-Pferde der Zeche Friedrich Heinrich. Als später Grubenlokomotiven die Aufgaben der Zossen übernahmen, war hier die Werksfeuerwehr untergebracht. Erfährt man alles, wenn man nur den Hauch von Neugier an den Tag legt. Die Kumpel sind eben sehr an ihrer Tradition interessiert.

Vorbei an einem Lehrstollen, in dem der Verein die Arbeitsbedingungen unter Tage veranschaulicht, gelange ich an die Rückseite des Südflügels und von dort durch ein altes Treppenhaus in den Bürotrakt der Fördergemeinschaft. Ein langer Gang führt mich vorbei an Vitrinen, in denen Grubenlampen, Uniformen und Gesteinsfunde ausgestellt sind. An den Wänden dokumentieren alte Schwarz-Weiß-Bilder die lange Geschichte der Zeche.

Manfred Terlinden empfängt mich im vorletzten Büro.

»Guten Tag, Herr Born.« Mit einer Armbewegung lässt er

mich herein. Terlinden gehört zu den Ehrenamtlern, die ihre Aufgabe mit viel Herzblut und Kompetenz angehen. »Bevor ich das vergesse: Einige seiner ehemaligen Kollegen haben gefragt, wann die Beerdigung ist.«

»Mittwoch um elf Uhr auf dem Friedhof Dachsberg.«

Terlinden sieht betreten zu Boden. Dass Ehemalige versterben, dürfte den Traditionalisten öfter passieren, als ihnen lieb sein kann. Ein gewaltsamer Tod, und danach sieht es nun mal aus, dürfte noch mal eine andere Dimension haben.

»Ihre Freunde haben gefragt, ob wir Personallisten aus den siebziger Jahren haben. Das ist nicht der Fall. Die sind ins Bergbau-Museum nach Bochum gegangen. Da kommt man jetzt kaum noch dran. Datenschutz«, fügt er nach einer kleinen Kunstpause an. »Es gab damals sogenannte Belegungspläne, die hingen im Steiger-Büro aus. Die gibt es aber auch nicht mehr.«

»Bergbau-Museum. Datenschutz«, deute ich seinen Blick. Terlinden nickt mit verbissener Miene. Ich frage mich, was an Daten aus fünfzig Jahre alten Einsatzplänen so schützenswert ist.

»Das Einzige, was ich noch bekommen konnte, sind Schichtenzettel aus dieser Zeit. Damals hatte jede Schicht eine andere Farbe. Die Nachtschicht schwarz, glaube ich, die Frühschicht blau und so weiter. Außerdem musste sich jeder Bergmann kontieren lassen. Das war so eine Art Einteilung, daraus ging hervor, wer wann in welchem Revier eingesetzt war. Zusätzlich waren auf den Schichtenzetteln Arbeitsplatzkennziffern vermerkt. Aus denen gingen zum Beispiel der Staubgehalt oder die Temperatur vor Ort hervor.«

»Der Bergmann hat also gestempelt, wurde eingeteilt und fuhr nach unten …«

»In den Berg« korrigiert mich Terlinden, »aber so einfach war das auch wieder nicht. Stempeln allein reichte nicht, der Steiger musste zusätzlich einen Strich auf den Schichtenzettel machen.«

Ein stämmiger Mann mit grau meliertem Haar kommt rein,

schmettert ein kerniges »Glück auf!« in die Runde und fragt, ob er uns Kaffee bringen soll. Er trägt eine weiße Grubenjacke über dem klassischen blauen Hemd mit den weißen Längsstreifen. Mir fällt auf, dass hier viele so rumlaufen.

»Mach das mal, Michael. Kannst dich dann gerne zu uns setzen. Du hast doch auch in den Siebzigern hier angefangen, oder?«

Michael nickt und geht Kaffee holen.

»Es lässt sich also genau sagen, wer in einer Schicht unten – ich meine: im Berg – war?«

»So ist es. Oder sagen wir mal: So sollte es damals sein.«

Ich ignoriere erst mal seine Andeutung und komme zur Sache. »Mir geht es um Peter Korczak, Matthias Buschmann, Jupp ...« Terlindens Nicken lässt mich verstummen.

»Mattes, Pitter, Jupp und Schüppe. Das habe ich mir gedacht. Die vier haben hier gemeinsam angefangen und waren nicht nur unter Tage beste Kumpel. Dann nimmt sich der eine das Leben, der andere fällt von der Kellertreppe. Jetzt leben nur noch Pitter und Jupp. Das ist wirklich traurig.«

Obwohl er Uwes Bericht gelesen oder zumindest davon gehört haben dürfte, geht Terlinden offenbar von einem Unfall aus.

»Ich war am Samstag bei Peter Korczak. Er erzählte mir, dass Schüppe es nie überwunden hat, dass ein Kumpel damals vor seinen Augen verunglückt ist.«

Michael reicht uns zwei Kaffeepötte mit Werbeaufdrucken. Er hat offenbar Teile unseres Gespräches mitbekommen. »Das war früher bis weit in die Siebziger rein ein gefährlicher Job, da gab es immer wieder Unfälle.«

»Korczak hat was von einer Aldi-Tüte als Absprungmarkierung erzählt. Gab es die wirklich?«

Die beiden grinsen sich an.

»Ich glaube, ab 75 waren Bandfahrten erlaubt. Das heißt, die Kumpel haben sich auf das Band gelegt, auf dem normalerweise die Kohle zum Bunker transportiert worden ist«, klärt mich Michael auf.

»Erlaubt war das nicht. Sagen wir mal: Vorher hat keiner so genau drauf geguckt. Die Alternative wäre ein Fußmarsch von oft mehreren Kilometern in voller Montur und bei molligen Temperaturen gewesen. Das wollte sich keiner antun. Später hat man das unterbunden, indem man Querstreben so dicht über dem Band angebracht hat, dass da niemand mehr drunterpasste. Für eine Bandfahrung mussten die weg, sprich, das Band wurde auf Personenbeförderung umgebaut.«

»Von wegen«, fährt Michael seinem Vereinskollegen in die Parade, »da gab es einige, die weiterhin vor Ort gefahren sind. Die haben sich unterwegs regelrecht in die Kohle eingegraben. Hat aber nicht jeder rechtzeitig geschafft.«

»Vor der Aldi-Tüte«, werfe ich ein.

»Nein, vor den Streben. Die Aldi-Tüte hat da mal irgendeiner hingehängt. Sie war die allerletzte Absprungmöglichkeit vor dem Kohlebunker. Das ist eine zwanzig Meter hohe Röhre mit einem Durchmesser von fünf Meter. Da ist noch keiner lebend herausgekommen.«

»Einer von denen, der den Absprung verpasst hatte, hieß Werner Pannenbecker …«

»Panne«, fällt Michael mir ins Wort, »ich erinnere mich. Tragische Geschichte. Seine Frau hatte erst zwei Wochen vorher Zwillinge zur Welt gebracht. War das auf der Schicht von Pitter und seinen Kumpeln?«

Terlinden hebt die Schultern und sieht zu mir. »Muss wohl.«

»Korczak sagte, Schüppe hat auf dem Band direkt dahinter gelegen. Er hat gesehen, wie Pannen … also Panne an der Tüte vorbeifuhr, und hat noch geschrien. Er meinte, Schüppe habe das nie gepackt und sich deshalb letztendlich umgebracht.«

Terlinden reibt sich nachdenklich das Kinn. »Das war doch viel später. Michael, wann ist das mit Panne passiert? 75, die Ecke rum, oder?«

Michael schüttelt nachdenklich den Kopf. »Ich hatte gerade ein Jahr vorher meinen Hauer gemacht. Das muss 74 gewesen sein.«

»Ist ja auch egal, der Selbstmord war auf jeden Fall über dreißig Jahre später. Glaub nicht, dass es da einen Zusammenhang gibt.«

Ein Trauma verschwindet nicht so leicht. Im Gegenteil: Claudia sagte, es könne sich unter gewissen Umständen noch verstärken. Vor allem dann, wenn die betroffene Person nicht in psychologischer Behandlung sei. Müsste ich noch herausfinden. Vorstellen kann ich es mir allerdings nicht. Plötzlich habe ich so eine Idee.

»Lässt sich herauskriegen, ob an diesem Tag ein Kumpel mit dem Namen Hausmann zu der Schicht gehörte?«

Michael schnaubt und tauscht einen flüchtigen Blick mit Terlinden.

»Daher weht der Wind. Oschi, Oswald Hausmann, hat das erst nachher spitzgekriegt.«

»Sicher?«

Die beiden nicken.

»Ganz sicher. Und zwar muss das während Pannes Beerdigung gewesen sein. Jedenfalls hat Oschi sich plötzlich wutentbrannt durchgedrängelt und auf den Sarg gespuckt. Dann hat er seiner Frau vor allen Leuten eine schallende Ohrfeige verpasst, ist direkt durch zu Drago und hat sich volllaufen lassen.«

Ziemlich direkt waren sie immer schon, die Bergleute. Ich streiche Panne und Hausmann erst mal gedanklich durch. Dennoch bin ich inzwischen davon überzeugt, dass der Auslöser von allem weit zurückliegt. Warum nicht in den siebziger Jahren, hier, ein paar hundert Meter unter meinen Füßen?

»Gab es noch mehr Todesfälle auf dieser Schicht?«

Michael stößt einen kurzen Lacher aus. »Also, wenn ich sage, dass das ein gefährlicher Job war, dann meine ich damit nicht, dass alle paar Tage jemand in den Bunker gefahren ist. Manni, das musst du doch besser wissen, als ehemaliger Sicherheitsbeauftragter.«

Manfred Terlinden legt die Stirn in Falten. »Ich meine, wir hatten vier oder fünf Todesfälle in den Siebzigern. Auf der Schicht von den Jungs war das nur Panne, oder?«

Michael legt vorsichtshalber den Kopf in den Nacken und nimmt eine Denkerpose ein, bevor er zur Antwort ansetzt.

»Angeblich ja …«

»Du denkst jetzt aber nicht an Rolf Kaspers?«

»Der war immerhin ihr Steiger.«

Terlindens Hände schießen vor. »Komm, du weißt genau, dass da viel Blödsinn erzählt wurde. Letztendlich gibt es da nichts, was Herrn Born interessieren müsste. Irgendwann muss auch mal Schluss sein mit den alten Geschichten.«

Ich muss zugeben: Wenn mich eines brennend interessiert, ist es das, was mich nicht interessieren soll. Ich wende mich an Michael, er scheint mir in dem Fall der Gesprächigere.

»Alles kann wichtig sein. Ich würde das gerne selber einordnen. Was war mit Rolf Kaspers?«

Michael wirkt leicht verunsichert. Terlinden murmelt ein »Wenn es sein muss« und führt den Kaffeepott an den Mund.

»Das war an Nikolaus 74, zwei Tage nach Barbara. Weiß ich noch genau, weil Drago wieder richtig aufgefahren hatte zum Barbarafest, mit Livemusik und so. Und das mitten in der Woche. Egal, der Laden war rappelvoll –«

»Was für ein Barbarafest?«, gehe ich dazwischen.

»Die heilige Barbara ist die Schutzpatronin der Bergleute. Ihr zu Ehren wird an ihrem Namenstag, dem 4. Dezember, das Barbarafest gefeiert. Für manche Kumpel ist das der höchste Feiertag.«

»War Kaspers auch bei diesem Fest?«

»Bestimmt. Was ich sagen wollte: Am Montag hat die Frühschicht Leichenteile auf dem Streckenförderer gefunden, mit dem die zerkleinerte Kohle über Tage befördert wird. Kleinere Haut- und Knochenstücke, Reste von Organen …«

»Ich glaube nicht, dass Herr Born das so genau wissen muss, Michael.«

»Das war kein schöner Anblick, so viel steht mal fest. Die Frage war, wer das war, der da jetzt … ich meine, das größte Teil war ein halber Finger, und alles war ja auch kohlrabenschwarz.«

Für mich steht jetzt erst mal die Frage im Raum, wie es sein kann, dass ein Bergmann in Einzelteilen ans Tageslicht kommt.

»Also wie erkläre ich das jetzt«, übernimmt Terlinden, »es gibt ein Band, mit dem die Kohle zum einen Schlagwalzenbrecher geführt wird. An dem befinden sich sogenannte Schlagnasen, mit denen die Kohle zerkleinert wird, bevor sie in die Waschanlage geführt wird, in der sie dann von Erde und Gesteinsresten getrennt wird.«

»Ist das eines der Bänder, mit dem die Bergleute gefahren sind?«

»Nein«, ertönt es stereo, »da legt sich niemand drauf, auch nicht versehentlich. Um Gottes willen.«

»Wollen Sie damit andeuten, dass ihn jemand da draufgelegt hat?«

Die beiden suchen verlegen nach einem Ansatz.

»Jedenfalls hat die Polizei sofort das ganze Werk dichtgemacht. Um Ihre Frage vorwegzunehmen«, Terlinden hebt die Hand, in der er immer noch die Schichtenzettel hält, »die vier hatten Nachtschicht auf Freitag. Sie können also nichts damit zu tun haben.«

»Verstehe ich nicht.«

Michael klärt mich auf. »Auf dem Band war die Kohle der Mittagschicht vom Freitag.«

»Gut, das habe ich verstanden. Woran hat man denn jetzt festgemacht, dass der Tote Rolf Kaspers war?«

»Gar nicht«, nuschelt Terlinden, was seinen Kollegen auf die Palme bringt.

»Boah, Manfred. Wo ist Kaspers denn dann?« Michael wendet sich jetzt an mich. »Montagmorgen werden Leichenteile in der Kohle der Freitagschicht gefunden. Steiger der Frühschicht war Rolf Kaspers, der genau seit diesem Tag vermisst wird und nie wieder aufgetaucht ist.«

»Klar. Und am Dienstag war der tote Steiger wieder auf Schicht«, fährt Terlinden dazwischen. »Und warum war der nicht in der Nacht auf Freitag im Schacht? Das war doch seine Schicht, oder?«

»Auf dem Papier hatte der am Dienstag Schicht, ja. Meine Güte, Manfred, die Steiger haben doch ihre Schichten getauscht, wie sie Lust hatten. Muss ich dir doch nicht erzählen.«

»In dem Fall nicht«, die beiden funkeln sich an, »ich habe eine schriftliche Beschwerde von Mittwoch gefunden, demnach Kaspers seine Leute am Tag vorher zur Bandfahrt gezwungen haben soll.«

»So ein Quatsch. Das glaubst du doch selbst nicht.« Michael schüttelt heftig den Kopf.

»Hat mich auch gewundert«, Terlinden wendet sich mir zu und spricht leise weiter, »die Beschwerdestelle gab es eigentlich nur pro forma. Kein Kumpel hätte jemals den anderen verpfiffen. Die Beschwerde kam von Schüppe. Ich habe natürlich sofort das Gespräch gesucht. Der Junge hatte nach dem Tod von Panne panische Angst, mit dem Band zu fahren. Kann man irgendwie verstehen. Tja, und Kaspers war einer vom alten Schlag. In seinen Augen war Schüppe eine Heulsuse. Daraus hat er nie einen Hehl gemacht.«

»Hast du denn auch Kaspers gefragt?«, will Michael mit süffisantem Unterton wissen.

»Verdammt noch mal, Michael! Du weißt ganz genau, dass das seine letzte Schicht war«, schreit Terlinden. Nachdem er ein paarmal ruhig durchgeatmet hat, wendet er sich wieder an mich. »Kaspers wurde am nächsten Tag von seiner Frau vermisst gemeldet.«

»Moment mal«, ich sehe Michael an, »Sie haben angedeutet, dass Kaspers schon am Freitag vermisst wurde. Wie kommen Sie darauf?«

»Wenn Leichenteile gefunden werden, machen die Männer sich natürlich ihre Gedanken. Dazu die Fragen der Polizisten. Dabei kam heraus, dass niemand gesehen hat, dass Kaspers am Freitag ausgefahren ist. Das ist komisch, denn den Rolf kannten hier eine ganze Menge Kollegen. In der Steiger-Stube wurde der übrigens auch nicht mehr gesehen. Aber gut, wenn Manfred sagt, dass eine schriftliche Beschwerde vorliegt, wird das wohl seine Richtigkeit haben.«

Ich mache mir Notizen. Dabei kommt mir ein Gedanke. »Wurde Kaspers am Dienstag denn von anderen Kollegen gesehen?«

Terlinden wirkt leicht irritiert. »Ganz bestimmt wurde er das. Mindestens in der Waschkaue. Allerdings dürfte sich da fast fünfzig Jahre später kaum noch jemand dran erinnern.«

»Was hat die Polizei gemacht?«

Terlinden stößt einen Seufzer aus. »Die sind noch 'ne Zeit lang hier rumgelaufen und haben die Ermittlungen dann eingestellt. Für Kaspers' Frau war das gar nicht gut. Solange ihr Mann offiziell vermisst wurde, hatte die Lebensversicherung nicht gezahlt.«

»War sie aber auch selber schuld«, übernimmt sein Vereinskamerad. »Warum gibt sie nicht sofort eine Vermisstenmeldung auf, wenn ihr Mann nicht von der Arbeit nach Hause kommt? Da hätte man ihn vielleicht noch finden können.«

»Weißt du doch genau, Michael!«

Die beiden sehen sich betreten an. Ich verstehe das alles nicht, hake noch mal nach: »Seine Frau hat am Mittwoch eine Vermisstenanzeige aufgegeben. Also lebte ihr Mann an dem Wochenende ganz offensichtlich noch, oder?«

Michael verdreht die Augen. Ihm scheint das Ganze höchst unangenehm zu sein. »Kaspers war ein Hallodri. Mit der Treue hatte er es nicht so. Der ist mal mit 'ner Kellnerin von Drago für ein verlängertes Wochenende nach Malle, ohne ein Wort zu sagen. Deshalb hatte seine Frau ihn auch nicht vermisst gemeldet. Sie wollte sich die Blamage ersparen, dass die Polizei ihren Mann im Bett einer anderen findet.«

»Hat sie dann ja nachgeholt«, fügt Terlinden an. »Das Haus in Borth musste sie ein Jahr später trotzdem verkaufen und mit den beiden Mädchen in eine Mietwohnung ziehen.«

32

Montag, 12. Juni, 14.20 Uhr

Auf dem Weg zum Parkplatz erreicht mich ein Anruf von Conny Biesemann.

»Ich habe meine Mutter gefragt, es muss gegen halb eins gewesen sein, denke ich.«

Ich benötige einige Sekunden, bis ich weiß, um was es geht.

»Denken Sie? Was denkt denn Ihre Mutter?«

»Sie hat ihn aus dem Küchenfenster gesehen, nachdem sie das Geschirr vom Mittagessen weggeräumt hat. Und da meine Eltern immer pünktlich um zwölf essen, wird das so gegen halb eins gewesen sein.«

Durch die Innenstadt geht es nur schleppend voran. In Höhe des Café Extrablatt summt mein Telefon erneut.

»Ich sitze im Eiscafé Corazza. Park am besten gegenüber der Josefkirche oder in dem kurzen Stück Markgrafenstraße. Bis gleich«, lautet die Kurznachricht von Siggi. Eine navifähige Adresse wäre mir lieber gewesen. Auf dem Weg dorthin sehen mich zwei Jugendliche verwundert an, als ich das Seitenfenster herunterkurbele und nach dem Weg frage. Kennen sie wohl nicht mehr.

Fünf Minuten später erreiche ich Siggi. Er sitzt an einem kleinen Tisch und lässt sich gerade einen »Coppa Dolce Vita« servieren, ich bestelle bei der Gelegenheit einen Erdbeerbecher. Kaum ist die Servierin am Nachbartisch, erzähle ich Siggi von meinem Besuch bei den Hütern der Bergmannstraditionen. Vor allem was den Fall Pannenbecker betrifft, genieße ich seine volle Aufmerksamkeit.

»Ich erkenne da Motiv und Gelegenheit, wenn auch nicht bei unseren Kunden. Ich werde mich mal umhören, was da draus geworden ist.«

»Du hattest übrigens recht«, springt Siggi unvermittelt in

den nächsten Themenbereich. »Korczak Immobilien hatten tatsächlich ihre Angebotswochen.«

»Bitte?«

Siggi schiebt sich ein Stückchen Kiwi in den Mund und kaut genüsslich darauf herum. »Uns war schon klar, dass wir weit mehr für das Haus hätten bekommen können«, imitiert er Korczaks Stimme, »aber der Schüppe musste unbedingt da raus, der ist langsam bekloppt geworden in dieser Mietskaserne.«

»Edel sei der Mensch, hilfreich und gut«, sinniere ich, während die Bedienung überraschend schnell meinen Eisbecher bringt. Muss übrig gewesen sein.

»Na ja, so ganz freiwillig ist Korczak nicht in diesen Wohnsilo gezogen. Es gab Stress in der Ehe, die beiden hatten sich getrennt. Zwei Jahre später ist seine Schwiegermutter gestorben. Und weil sein Schwiegervater zehn Jahre zuvor das Zeitliche gesegnet hatte, wurde ein hübsches Anwesen in Hoerstgen frei – und zack flammte die alte Liebe wieder auf.«

»Das hat Korczak derart in Verzückung versetzt, dass er das Häuschen in Lintfort zum halben Preis an Schüppe verkaufen wollte?«

»So was Ähnliches habe ich ihn auch gefragt. Da druckst der ein bisschen rum und gibt schließlich zu, dass Mattes und Jupp was beigesteuert hätten. Wie viel das damals war, konnte er gar nicht mehr so genau sagen.«

»Ist klar. Sechzig Mille vergisst man schnell«, spotte ich und probiere die Erdbeeren. Lecker.

»Der lügt uns die Hucke voll, Lukas. Die sechzigtausend waren als Schweigegeld gedacht. Die Frage ist nur, was Schüppe verschweigen sollte.«

»Und ob er das wollte. Vielleicht hat er sich am Abend seines Todes ja auch geweigert, auf den Vorschlag seiner Freunde einzugehen …«

»… die ihn daraufhin über das Geländer hieven«, vollendet Siggi meinen Gedanken. »Und fünfzehn Jahre später nimmt Buschmann kurz vor seinem Tod exakt die gleiche Summe auf. Wie passt das da rein?«

»Das muss nicht zusammenhängen. Vielleicht wollte Buschmann tatsächlich verschwinden. Er wusste, dass er nicht mehr lange lebt. Vielleicht hat er sich das mit dem Geständnis anders überlegt. Oder er hat mit jemandem darüber gesprochen, und es war wirklich ein Raubmord.«

Siggi kratzt den letzten Rest Vanilleeis aus dem gläsernen Pokal und sieht mich mit dem Löffel vor dem Mund an.

»Denkst du an seinen Sohn?«

»Eher nicht. Was sagt Korczak eigentlich dazu, dass er am Tag von Buschmanns Tod auf dem Bürgersteig stand und telefonierte?«

Siggi winkt ab. »Ich war gerade in der Nähe, da wollte ich meinen alten Kumpel besuchen. Nachdem keiner aufmachte, habe ich versucht, ihn telefonisch zu erreichen. Ist aber keiner drangegangen.«

»Die Nachbarin hat mich vorhin angerufen. Korczak muss gegen halb eins telefoniert haben.«

Wir schweigen uns an, lassen unsere Gedanken laufen. Vermutlich von demselben Ausgangspunkt. Der Todeszeitpunkt konnte nicht exakt bestimmt werden. Gegen dreizehn Uhr hat seine Tochter ihn gefunden.

»Buschmann ist nicht ans Telefon gegangen, weil er zu diesem Zeitpunkt nicht mehr lebte.«

Ich stimme ihm schweigend zu. Allerdings könnte die Sachlage einen weiteren, zugegeben gewagten Erklärungsansatz bereithalten. »Oder Korczak hat ihn umgebracht und seinen Kumpel Jupp darüber informiert. Wobei wir wieder bei der Frage nach dem Motiv wären. Ich glaube, wir drehen uns gerade im Kreis.«

Siggi stülpt die Lippen vor und beschließt nach einem kurzen Blick auf die Uhr, dass noch ein Espresso für uns drin ist. Wir beobachten eine Weile stumm das Treiben auf der Fußgängerzone. Während ich oberflächlich durch meine Gedanken streife, bleibe ich an dem Namen Rolf Kaspers hängen und berichte Siggi davon.

»Das war der Steiger unserer Freunde?«

»So ist es.«

»Und der kam in Einzelteilen auf dem Förderband aus dem Schacht?«

»Fein säuberlich und nacheinander. Kleinere Haut- und Knochenstücke, Reste von Organen, Finger und so weiter.«

Ups, ich hatte die Serviererin nicht bemerkt, die die Espressotassen vor uns abstellt und schneller als gewöhnlich weiterzieht.

»Das Problem ist nur: Man konnte die Leiche nicht identifizieren.«

»DNA-Untersuchungen waren damals noch Science-Fiction. Ich wette, die haben nicht mal Gewebeproben gesichert.«

»Müssen wir rausfinden, glaube ich allerdings auch nicht. Und wenn, dann fehlen immer noch die Vergleichsproben. Wäre nicht schlecht, wenn wir die Ermittlungsakten im Fall Kaspers kriegen könnten. Die Bergbautraditionalisten deuteten an, dass er nicht selber auf das Band geklettert sein kann, auf dem man ihn gefunden hat. Es muss also eine Mordermittlung gegeben haben.«

»Ich werde sehen, was sich machen lässt.«

Siggi streut sich eine Prise braunen Zucker in den Espresso, ich trinke ihn pur.

»Und auf dem Band zu dieser Schlagwalze ist definitiv keiner mitgefahren? Ich meine, auf dem anderen Band durften sie das ja offiziell auch nicht ...«

»Nein. Dieser Walzenbrecher muss einen Höllenlärm gemacht haben, außerdem führte das Band direkt in die Kohlewaschanlage.«

Siggi hebt den Arm und bedeutet der Serviererin, dass wir bezahlen möchten.

»Wie es aussieht, haben wir den Ausgangspunkt einer Mordserie gefunden. Von diesem Zeitpunkt an war das Schicksal der vier Freunde untrennbar miteinander verbunden.«

Ich sehe ihn skeptisch an.

»Wenn der Steiger oder wer auch immer sich nicht freiwillig auf das Band gelegt hat, dürfte es sich um einen lupenreinen Mord handeln, oder was meinst du?«

»Was uns nicht viel nutzen dürfte. Die Tat geschah allem Anschein nach im Laufe des Tages. Unser Quartett hatte Nachtschicht, dürfte in der Heia gelegen haben.«

»Dass sie freihatten, heißt nicht viel.«

Ich brauche ein paar Sekunden, bis mir dämmert, worauf Siggi hinauswill. Ich winke ab. »So einfach war das nicht. Es gab Schichtenzettel, jeder Einzelne wurde eingeteilt, und der Steiger musste das Ganze noch abstreichen.«

Siggis mildes Lächeln macht mich nervös.

»Ich kann mich noch gut an meine ersten Jahre in Essen erinnern. Damals war die Zeche Zollverein noch aktiv, ist lange her. Jedenfalls haben mir die alten Hasen immer eingeimpft, dass ein Alibi im Pütt nichts wert ist. Die Kumpel sind da rein und raus und runter und rauf, wie sie wollten. Kontrollen kannten die nicht. Würde mich wundern, wenn das in Lintfort anders gewesen wäre.«

Wir stehen auf und gehen über die Markgrafenstraße. Siggi hat sein Auto genau wie ich auf dem Parkstreifen vor der Caritas abgestellt.

»Übrigens hat deine Gattin Frank Buschmann wieder einkassiert«, bemerkt Siggi, während er seine Autotür öffnet. Ich kann mir das beim besten Willen nicht erklären.

»Sie haben sich die Verbindungsnachweise seiner Handys beschafft und festgestellt, dass Buschmann junior am 1. Juni von seinem Privathandy zuerst seinen Vater und dann Korczak und Kutowski angerufen hat. Und zwar, *nachdem* er einen Anruf von Viktor Lessing erhalten hatte. Klingelt da was?«

»Lessing … den Namen habe ich schon mal gehört.«

»Das ist der Kassierer der Sparkasse, der Matthias Buschmann die sechzig Mille ausgezahlt hat.«

»Das gibt es nicht! Am 1. Juni, sagst du?«

»Zwei Tage vor dem Tod seines Vaters, genau.«

Ich erinnere mich an den Besuch in der Bank mit meiner Klientin. Und auch daran, wie sich dieser Sendscheidt an die Vorschriften geklammert hat. Ich hatte den Eindruck, dass man schon froh sein kann, wenn sie einem die Uhrzeit nennen, ohne eine Vollmacht dafür zu verlangen.

»Nur damit ich das verstehe: Buschmann senior lässt sich sechzigtausend Euro in eine Tupperdose packen, und kaum ist er damit raus, ruft der Kassierer den Sohnemann an?«

Siggi bedenkt meine Auffassungsgabe mit einer bewundernden Geste, lässt dann aber doch die Erklärung folgen. »Kassierer und Sohnemann kicken nicht nur gemeinsam bei den Alten Herren von Fichte Lintfort, Frank Buschmann zeigte sich zudem sehr behilflich, als es um den Bau einer schicken Unterkunft für die Familie Lessing ging. Man kennt sich, ist doch überall das Gleiche.«

»Was sagt Frank Buschmann dazu?«

»Sie vernehmen ihn gerade. Aber ich muss dann mal, die Arbeit ruft.«

33

Montag, 12. Juni, 15.55 Uhr

Die Kumpel sind da rein und raus, wie sie wollten. Würde mich wundern, wenn das in Lintfort anders gewesen wäre.

Siggis Aussage will mir nicht mehr aus dem Kopf gehen. Wenn das stimmt, können wir bei der Frage nach Alibis Schichtenzettel, Steiger-Striche und sonst noch was in die Tonne kloppen.

Manfred Terlinden ist noch im Büro des Fördervereins, wie er mir in einem kurzen Telefonat mitteilt.

Keine zehn Minuten später stehe ich dem breitschultrigen Beisitzer gegenüber. Meine Frage, ob jeder einfach so in den Förderkorb klettern und – das habe ich inzwischen gelernt – in den Berg fahren konnte, bringt Terlinden aus dem Konzept, noch bevor er sich eines zurechtlegen kann.

»Was heißt: jeder?«

»Sagen wir mal, jeder Bergmann. Wenn er was vergessen hatte. Oder seiner Frau mal zeigen wollte, wie Lintfort von unten aussieht, oder …«

»Nein, nein. Ganz so einfach war das nicht. Also die Einlasskontrollen waren in den Siebzigern schon ziemlich lasch, das stimmt. Später gab es Drehkreuze, die musste man mit seiner Karte freischalten, aber bis dahin konnte jeder, ohne kontrolliert zu werden, bis zum Förderkorb durchgehen.«

»Und runterfahren?«

Terlinden schüttelt den Kopf. Michael betritt mit einem Schnellhefter in der Hand das Büro und mustert mich verwundert. »Glück auf. Was vergessen?«

Terlinden klärt ihn kurz auf und kommt auf meine Frage zurück. »Einfach runterfahren ging natürlich nicht. Wer in den Korb ging und wer nicht, entschied der Anschläger.«

»Der war so eine Art Aufzugführer«, reagiert Michael auf meinen fragenden Blick.

»Das heißt, der Anschläger musste alle kennen – oder mussten die ihren Schichtenzettel vorzeigen?«

»Nein«, übernimmt Terlinden, »alle kennen wäre auch schwierig. Anfang der Siebziger waren in der Grube über fünftausend Leute beschäftigt. Es gab natürlich auch mehr als einen Schacht. Im Prinzip war es so: Wer aus der Schwarzkaue kam und seine Arbeitssachen anhatte, durfte in den Korb.«

»Die Arbeitskleidung reichte also aus.«

»Ja, schon. Aber warum sollte jemand einfahren, wenn er freihat?«, sinniert Terlinden.

Michael haut ihm kumpelhaft auf die Schulter. »Der war gut. Mensch, Manfred, du weißt doch noch genau, wie oft die Jungs mit den Schichten gemauschelt haben. Die Zettel lagen in der Steiger-Stube«, erklärt Michael jetzt an mich gewandt, »da konnte praktisch jeder rein, wenn auch nicht offiziell.«

Über Alibis brauchen wir uns also nicht mehr unterhalten, so viel dürfte klar sein. Ein anderer Ansatz könnte die Freizeit der vier Freunde betreffen. Siggis Kollege Rudi sagte, sie wären immer wieder aus Kneipen geflogen, weil Schüppe randalierte, wenn er stramm war. Da dürfte so manches Wort gefallen sein, das nicht für fremde Ohren bestimmt war. Gilt also, diese fremden Ohren ausfindig zu machen.

»Wo sind die Kumpel denn so hingegangen, wenn sie Durst hatten? Mit wem kann ich da noch sprechen?«

Terlinden und Michael machen ratlose Gesten.

»Puh, ist 'ne ganze Weile her«, stellt Terlinden fest, »also an den Wochenenden waren die immer gerne bei Drago. Das war der Wirt vom Schwarzen Diamanten an der Konradstraße …«

»Ich kann mich daran erinnern, dass sich viele nach der Frühschicht am Milchhäuschen getroffen haben«, übernimmt Michael, »das war ein Büdchen am Markt, Kattenstraße Ecke Moritz. Das war gleichzeitig ein Toilettenhäuschen. Wenn Tante Lu gut drauf war, wurde da gebechert, bis die Mittagschicht zum Absacker eintrudelte, und im Sommer noch länger. Die Kinder in der Siedlung nannten sie so, wie hieß die noch gleich richtig?« Michael krault sich nachdenklich das Kinn. »Ach ja,

Lubiana Dragovic. Die war irgendwie mit Drago verwandt, am Wochenende hat sie meistens im Diamanten ausgeholfen. Lebt die eigentlich noch, Manfred?«

»Bestimmt. Die hat vor Corona doch noch in der Klosterpforte groß ihren Achtzigsten gefeiert. Ich meine, die wohnt im Niersenbruch. Wohnt der Schwatte nicht bei der in der Nachbarschaft? Warte mal …«

Bei der Kreation von Spitznamen waren Kumpel immer schon pragmatisch. »Es gab den Dicken, den Langen oder den Kahlen. Tja, und wer schwarzes Haupthaar trug, war der Schwatte, so einfach war das damals«, klärt Michael mich auf, während wir warten. Drei Minuten später kommt Terlinden zurück und reicht mir einen Notizzettel. Sogar die Telefonnummer kennt der Schwatte, stelle ich bei einem kurzen Überflug fest.

34

Montag, 12. Juni, 17.40 Uhr

Linda und ich haben eine Abmachung, die eigentlich ganz simpel ist: Sie drinnen, ich draußen. Kochen und alles, was dazugehört, abwechselnd. Nach dem Frühstück stakst sie mit weit gehobenen Beinen über den Rasen zum Kräuterbeet. So hoch steht der Löwenzahn nun auch wieder nicht. Aber die Botschaft ist klar. Ebenso klar die Ansage, als ich nach Hause komme.

»Ich drehe mal eine Runde mit Manolo. Was meinst du, wann das Essen fertig ist?«

Hm.

Ein Blick in den Kühlschrank senkt den Puls. Im unteren Regal befinden sich zwei Schüsseln, bis obenhin voll Salat, auf der Klappe vom Gefrierfach pappt ein Klebi mit der Aufschrift: »Grillfleisch inside«. Zehn Minuten später steigen erste zarte Rauchschwaden in die Höhe.

»Alles im Griff?« Siggi legt einen Beutel Koteletts auf den Tisch, Manolo kontrolliert den ordnungsgemäßen Zustand. Dann verschwindet Siggi mit einer Flasche Wein ins Haus und kommt mit einem Stapel Teller und Besteck wieder heraus.

»Danke für die Einladung.« Er steht jetzt neben mir am Grill und reicht mir eine Flasche Bier. Manolo kaut an einem Gummiknochen. Siggi hat an alles gedacht.

»Scheint so, dass ich bei Korczaks Immobilienhandel richtiglag«, bemerkt er leise.

»Frank Buschmann hat geplaudert?«

»Komischerweise ja.«

Finde ich nicht komisch. »Was bleibt ihm übrig? Sie können ihm nachweisen, dass er von den sechzigtausend wusste, die sein Vater abgehoben hat, und dass er mit dessen Kumpel telefoniert hat.«

Siggi stülpt die Lippen vor. »Dann gebe ich an, dass mein Kumpel mir das mit der Kohle gesteckt hat. Vater hat nicht gesagt, was er damit wollte, da habe ich seine Freunde angerufen. Wäre absolut plausibel, keine weiteren Fragen.« Siggi gönnt sich einen tiefen Schluck. »Stattdessen erzählt er, dass sein Vater schon einmal Schulden für seine Freunde machen wollte. Er habe Korczak zwanzigtausend Euro geben wollen, damit Schüppe sein Haus kaufen kann. Es habe deshalb einen mächtigen Streit zwischen seinen Eltern gegeben.«

»Ja, seine Schwester hat so was angedeutet.«

Linda bringt die Salate raus. In diesem Augenblick stößt ihr Vater zu uns. »Thomas Wagner«, stellt er sich Siggi vor, der ihm sofort das Du anbietet. Siggi und ich verschieben die weiteren Ermittlungen auf das SoKo-Treffen.

»Moment, verstehe ich das richtig? Korczak wollte die Hütte für sechzig Mille an seinen Kumpel Schüppe verhökern und hat sie dann nach dessen Tod für den doppelten Preis an die Günays verkloppt?«, bringt Uwe die neue Faktenlage auf den Punkt.

»Fast«, übernimmt Siggi mit erhobenem Zeigefinger, »Korczak hätte bei einem Verkauf an Schüppe hundert Mille kassiert, weil die sechzigtausend Euro Rabatt brüderlich durch drei geteilt werden sollten. Das hat Frank Buschmann heute in einer Vernehmung bestätigt.« Nachdem Siggi den Grund für die erneute Festnahme erläutert hat, geht ein leichtes Raunen um den Tisch.

»Motiv und Gelegenheit, sagt ihr doch immer«, ruft Uwe in Siggis Richtung.

Der winkt sofort ab. »Wenn der Sohn was mit dem Tod seines Vaters zu tun hat, hätte er geschwiegen. Die Krefelder haben heute noch einmal alles auf den Kopf gestellt. Es gibt keinen Hinweis darauf, dass Frank Buschmann das Geld hat. Wenn man bedenkt, dass ihm das Wasser schon über die Unterlippe kriecht, wäre das zumindest sehr ungewöhnlich. Raus ist er zwar deswegen nicht, aber ich denke, wir sollten unsere Konzentration auf die Freunde des Opfers richten.«

»Das denke ich auch«, übernimmt Katja nach einer kurzen Pause. »Immerhin scheint es den dreien ja verdammt wichtig gewesen zu sein, dass ihr Freund aus dem Hochhaus kommt. Was mich stutzig macht, ist die Summe selbst. Denselben Betrag hat Buschmann kurz vor seinem Tod aufgenommen.«

Uwe schlägt sich die Hand vor die Stirn, Siggi und ich nicken.

»Das war auch unser erster Gedanke, aber ein Zusammenhang lässt sich nicht ableiten«, erkläre ich.

Während Sunny die Bestellungen aufnimmt, sucht Eddy in einem Stapel Blätter nach irgendwas. Mir fällt ein, dass ich ihn heute Vormittag um eine Auskunft gebeten hatte.

»Da haben wir sie«, freut sich Eddy, nachdem Sunny weitergerollt ist. »Lukas hat mich um einen Verbindungsnachweis von Korczaks Handy gebeten.«

Ich gehe kurz dazwischen, berichte von dem Gespräch mit der Nachbarstochter.

Bernd reagiert als Erster: »Der war zur Tatzeit in der Nähe und hat telefoniert?«

»Er wurde von einer Nachbarin mit einem Handy am Ohr auf dem Bürgersteig gesehen. Das war gegen halb eins, ja«, bestätige ich.

»Also Leute, wenn ich dann mal …« Eddy bittet um Aufmerksamkeit. »Ich habe hier den Verbindungsnachweis von Korczaks Mobiltelefon. Mit freundlicher Unterstützung von Vodafone übrigens. Wenn auch eher unwissentlich«, fügt er mit Blick auf den kopfschüttelnden Siggi hinzu. »Also«, Eddy geht mit dem Zeigefinger durch die Zeilen, »da haben wir zwei Telefonate am 2. Juni, einmal unbekannt, einmal ein Reisebüro, und dann folgt erst am 5. Juni wieder ein Telefonat, Nummer unbekannt. Braucht ihr die?«

Siggi winkt grinsend ab. Dann schnippt er mit den Fingern. »Korczak ist also unser Mann mit dem Prepaidhandy!«

Uwe hebt spontan die Hände, lässt sie dann in demselben Tempo zu Boden gleiten, in dem ihn die Erleuchtung streift. »Wenn man ihn mit einem Handy gesehen hat und es nicht seins war, muss das wohl so sein.«

»Was die Frage nach sich zieht, weshalb er ein Prepaidhandy benutzt hat anstelle von seinem …«

»Und warum er es auf den Namen Frank Buschmann angemeldet hat«, vollendet Katja Rosis Frage.

»Warum wohl?« Uwe schüttelt den Kopf. »Er wollte die Spur auf den Sohn legen, ist doch logisch. Er wusste auch, dass dem Sohnemann das Wasser bis zum Hals steht.«

Von diesem Punkt an ist für meine SoKo sonnenklar, und zugegeben auch für mich, dass Korczak tatverdächtig ist. Es ist an Eddy, der aufkommenden Gewissheit den Stempel »trügerisch« aufzudrücken. »Wir wissen nicht, mit welchem Handy Korczak an diesem Samstag telefoniert hat. Seine Frau und er haben einen Partnervertrag abgeschlossen. Dazu gehörten bei Vodafone zwei Handys. Über die Anrufliste bin ich an die Nummer seiner Frau gekommen.« Eddy faltet einen zweiten Zettel auseinander. »Von diesem Gerät wurde im fraglichen Zeitraum bei Kalli-Reisen angerufen. Wenn die Smartphones der beiden identisch sind …«

»… und nebeneinander auf der Flurgarderobe liegen«, übernimmt Siggi, »könnte er versehentlich das Handy seiner Frau mitgenommen haben. Unwahrscheinlich, aber nicht unmöglich.«

Uwe, Leni und Bernd ist deutlich anzumerken, dass sie nicht an einen solchen Zufall glauben. Rosi und Katja fangen an zu tuscheln. Wir sehen sie an.

»Wir waren doch letzten Mittwoch bei Kalli-Reisen. Die Dame hat uns gesagt, dass Buschmann sich für die Malediven, die Philippinen, Kuba und Brunei interessiert habe.« Katja sieht in die Runde, wir nicken. »Die Dame fand das sehr ungewöhnlich, ihre Kollegin weniger. Sie sagte, dass Samstag ein Herr da gewesen wäre, der einen ähnlichen Reisewunsch hatte. Wir hatten uns nichts dabei gedacht. Jetzt erscheint das natürlich in einem neuen Licht. Haben wir ein Foto von Korczak?«

»Leider nein«, erwidere ich. Eddy hebt den linken Arm und wischt mit dem Daumen der rechten Hand über das Display seines Smartphones. Urplötzlich unterbricht er die Aktion und schiebt Katja und Rosi das Gerät rüber.

»Auf Buschmanns Handy waren einige Aufnahmen. Am besten nehmt ihr dieses.« Er deutet auf das geöffnete Foto, auf dem Kutowski und Korczak um die Wette grinsen.

Nachdem das geklärt ist, berichte ich ausführlich von dem Unfall, der Schipper angeblich traumatisiert hat. Wir sind uns schnell einig, dass es sich eher nicht um eine Straftat gehandelt hat.

»Zumindest, solange nichts auf ein Motiv hindeutet«, findet Leni und trägt das so ins Protokoll ein.

Am Nachbartisch bestellt jemand Geschnetzeltes. Ich weiß nicht, ob ein Zusammenhang besteht, jedenfalls erinnert mich Siggi in diesem Augenblick daran, von »den Kleinteilen auf dem Band« zu berichten. So wenig Details wie nötig erwähnend reagiere ich auf seinen Denkanstoß.

»Da bin ich ja froh, kein Essen bestellt zu haben«, bemerkt Rosi mit einem Blick auf den vollen Getränkehalter an Sunnys Rollstuhl. Nachdem der fahrende Kellner weitergezogen ist, will Uwe den Namen des Toten wissen.

»Die Leiche konnte nie identifiziert werden …«

»Wieso das nicht? Irgendetwas musste doch auf ihn hinweisen«, unterbricht mich der Journalist.

»Weil er auf ein Band gelegt wurde, das die Kohle über Tage zu einem Schlagwalzenbrecher transportiert, wo sie von einhundertvierzig rotierenden Hämmern zerkleinert wurde und …«

»Schon gut, das wusste ich nicht. Da dürfte tatsächlich nicht mehr viel übrig geblieben sein, verstehe.« Uwe winkt ab. »Aber trotzdem muss danach jemand gefehlt haben aufm Pütt, oder?«

Siggi und ich nicken im Gleichklang.

»So ist es. Und dieser Jemand hieß Rolf Kaspers …«

»Ja, genau! Scheiße, wie konnte ich das vergessen?« Uwe fuchtelt nervös in seinen Taschen. »Kaspers, den Namen habe ich im Archiv gefunden.« Der Journalist vom Boten auf dem flachen Land liest die Überschrift eines Zeitungsberichtes vor.

»›Leichenfund auf Förderband – Steiger wird vermisst‹. Langer Bericht, aber im Prinzip steht da nicht viel drin.«

»Ist der von dir?« Bernd kann es sich nicht verkneifen.

»Nein, Bernd. Danke für die wichtige Zwischenfrage, aber da bin ich noch zur Schule gegangen. Ich habe den Fall natürlich weiterverfolgt, der hat sich wochenlang im Blatt gehalten, ist aber schließlich versandet. Bis 1984 auf dem Hosenträger, also am Rand, gemeldet wurde, dass Kaspers für tot erklärt worden sei.«

Uwe erntet noch kurz die bewundernden Blicke und zieht danach sein Glas halb leer.

»Wenn es recht ist, würde ich gerne die Pointe nachliefern.« Uwe sieht mich perplex an.

»Rolf Kaspers war der Steiger unserer Jungs.«

Uwes Mund steht jetzt weit offen.

»Und wo ist der Haken?« Rosi hat offenbar an meinem Tonfall erkannt, dass wir den Fall damit keineswegs schließen können.

»Unsere Freunde hatten die Nachtschicht von Donnerstag auf Freitag. Kaspers letzte Schicht begann am Freitagnachmittag. Scheint so, als ob er seine getauscht hat.«

»Das bedeutet, unsere Jungs sind auch hier aus dem Schneider? Das ist doch scheiße«, findet Uwe.

Ich kann ihn beruhigen. »Würde ich nicht sagen. Im Prinzip konnte damals jeder einfahren, der Arbeitskleidung anhatte. Die Steiger haben ihre Schichten sogar selbst eingetragen.«

»Dann konzentrieren wir uns auf diesen Kaspers. Der scheint ja nicht nur Freunde gehabt zu haben«, gibt Uwe die weitere Richtung vor.

35

Dienstag, 13. Juni, 10.30 Uhr

»Born? Wer soll das sein? Kenne ich nicht. Warste aufm Pütt oder was?« Lubiana Dragovic hat eine sehr direkte und persönliche Ansprache.

Nachdem ich ihr mitgeteilt habe, dass es um Pitter, Schüppe und Konsorten geht, ist der Weg frei.

»Dann setze ich am besten 'ne Kanne Kaffee auf. Kommste zum Finkensteg 24, das ist im Niersenbruch. Bis gleich.«

Eine Viertelstunde später stehe ich vor einer Doppelhaushälfte. Aus den frühen siebziger Jahren, würde ich mal vermuten. Lubiana Dragovic öffnet die Tür in einem luftigen Sommerkleid, das in allen Farben leuchtet. Um den Hals trägt sie eine Kette, mit der Manolo zusammenbrechen würde, am Finger Ringe mit mächtigen roten und türkisfarbenen Klunkern. Ihre brünetten Haare mit den vielen blonden Strähnchen, von denen sich eine über die Stirn fallen lässt, wollen nicht so recht zur grobporigen Haut ihres Gesichts passen.

»Guten Morgen, Frau Dragovic. Nett, dass Sie es einrichten …«

»Nu brech dir mal keinen ab, Junge. Ich bin Lu.«

Ihr Händedruck deutet darauf hin, dass sie sich damals im rauen Thekenalltag einer Kumpelkneipe durchsetzen musste.

Ich schiebe mich auf einen Barhocker an der Küchentheke. Lu füllt zwei Kaffeepötte und stellt sie mit einer Tüte H-Milch vor uns ab.

»Brauchse Zucker?«

»Nö. Sie … ich meine, du kanntest Schüppe, Mattes, Pitter und Jupp?«

»Sicher. Den Schüppe kannte ich am längsten. Der kam schon als Blag bei mir an et Büdchen, um seine Bröckskes zu kaufen. Später mit den Mofas kamen dann auch seine Kumpel bald jeden Tach vorbei. Dat Milchhäusken war so 'ne Art Treffpunkt für alle inne Siedlung. Wenn jemand keine Büchsenmilch mehr hatte oder Papas Bier war alle, wurden die Blagen zu mir geschickt. Und weil die Kurzen sich meinen Namen nicht merken konnten, hieß dat dann nur: Geh ma schnell bei Tante Lu.«

Lu geht zur Küchenzeile, kommt mit einer Flasche Weinbrand zurück und kippt sich einen guten Schuss in den Kaffee. Ich lehne ab.

»Haben dann auch alle bei der Zeche angefangen? Ich meine Schüppe und seine Freunde«, bringe ich das Gespräch wieder in Gang.

»Sicher. Inner Siedlung waren alle aufm Pütt. Da wurde gar nicht gefragt, wat man mal werden will, oder großartig Bewerbungen geschrieben. Zum fünfzehnten Geburtstag hatte jeder sein Arschleder und fettich.«

Lu nimmt einen kräftigen Schluck Kaffee, verzieht die Mundwinkel und befindet, dass da noch »'n Schlücksken Brauner« fehlt. Und schwupp ist die Tasse wieder voll. Wird Zeit, das Gespräch in die gewünschte Richtung zu leiten. Ich erzähle ihr, dass es Hinweise darauf gibt, dass Matthias Buschmann nicht ganz freiwillig die Kellertreppe runtergesegelt ist. Lu nickt ganz leicht. Auf ihr Gesicht legt sich ein Schatten. Sie rückt näher an mich heran.

»Davon habe ich gehört. Aber weisse wat: Die Leute hier quatschen viel. Ich hab damals meinem Bruder im Diamanten geholfen. An den Wochenenden, wenn dat Büdchen zu war. Wenn ich alles geglaubt hätte, wat da erzählt wurde«, sie winkt lässig ab. »Bei Schüppe zum Beispiel, da haben sie auch erzählt, den hätten sie vom Balkon geworfen. Hätte mich nicht gewundert. War aber Quatsch. Schüppe war immer schon 'ne Heulsuse. Und dann zieht der in so ein Haus. Meine Schwester hat lange in Ostberlin gewohnt, da haben sie solche Wohnungen Arbeiterschließfächer genannt. Eine Wohnung wie die andere, kein Grün und nix. Dat man da Depris kriegt, ist doch normal.«

Lu probiert erneut und macht ein zufriedenes Gesicht. Die Mischung scheint jetzt zu stimmen.

»Du sagst, es hätte dich nicht gewundert. Ich habe gehört, dass Schüppe traumatisiert war, weil sein Kumpel Pannenbecker vor seinen Augen verunglückt ist.«

Lu presst ihre Lippen aufeinander und schwenkt zögerlich den Kopf hin und her.

»Kann mich noch gut an die Sache mit Panne erinnern. Der hat den Abend vorher noch bis nach Mitternacht bei Drago anner Theke gehockt. Und am nächsten Abend kamen die vier rein und sagen, dat der verunglückt sei.«

»Da kann man schon ein Trauma bekommen, oder?«

Lu winkt fast schon empört ab.

»Hör doch auf mit diesem Traumakram. Dat gab et früher nich. Wie denn auch? Inner Grube ist alle klipp und klapp wat passiert, da wären die doch aus dem Träumen gar nicht mehr rausgekommen. Nee, dat lief früher anders. Da ging man abends zu Drago, hat sich ordentlich einen hinter die Binde gekippt, und dann war der Drops gelutscht. Ich brauch noch 'n Kaffee.«

Lu dreht sich herum und zieht mit dem ausgestreckten Arm die Thermoskanne aus der Kaffeemaschine. Ich lehne ab, sie macht sich eine Mischung aus Kaffee und Braunem. Hauptsächlich Braunem.

»Dat hieß früher übrigens Tante Lu.« Sie zeigt auf ihre Tasse. »Da kam dann noch bisken Sahne obendrauf und Schokostreusel.«

»Aha. Du sagtest vorhin, es hätte dich nicht gewundert, wenn man Schüppe vom Balkon geworfen hätte. Wie meinst du das?«

Ein leichter Ruck durchfährt meine Gesprächspartnerin. Sie senkt den Blick auf ihre Tasse, als wäre sie ertappt worden.

»Ja … wie soll ich et sagen? Also … ich glaube, Schüppe trug irgendwat mit sich herum. Drago meinte mal: Der weiß wat, wat er besser nicht wissen sollte.«

»Haben seine Freunde deshalb so auf ihn aufgepasst?«

Lu nickt kaum merklich.

»Ich hörte, er hat merkwürdige Andeutungen gemacht, wenn er betrunken war. Seine Freunde haben ihn dann sofort nach Hause gebracht oder wollten es zumindest.«

Lu nickt immer noch. Ich habe das Gefühl, dass sie mir viel mehr erzählen könnte. Ich muss wohl ein wenig ernster werden.

»Mattes Buschmann ist aller Wahrscheinlichkeit nach ermordet worden. Drei Tage bevor er bei der Polizei ein Geständnis ablegen wollte. Was wollte er gestehen?«

»Keine Ahnung.«

»Das nehme ich dir nicht ab, Lu. Es waren vier Freunde, zwei davon sind tot, möglicherweise ermordet worden. Und das ganz offensichtlich, weil sie ein Geheimnis verbindet. Schüppe hat zu viel geredet, wurde zum Risiko für die anderen. Mattes steckte voller Krebs, wollte sein Gewissen erleichtern und wurde dadurch ebenfalls zum Risiko. Lu, du kennst die vier schon ewig. Es waren vermutlich ganz normale Rabauken mit jeder Menge Blödsinn im Kopf –«

»Dat kann man wohl sagen«, unterbricht sie mich lachend.

»Irgendwann muss bei ihnen eine Veränderung stattgefunden haben. Wann war das?«

Im Nachbarraum klingelt ein Telefon. Lu scheint das nicht zu interessieren. Ich kann ihr den innerlichen Kampf ansehen. Okay, versuche ich es mal mit einem Schuss ins Blaue.

»Trat diese Veränderung vielleicht in zeitlichem Zusammenhang mit dem Tod von Rolf Kaspers ein?«

Bingo. Ihre Gesichtsmuskeln vibrieren ganz leicht, eine verräterische Röte zieht über ihre Wangen. Der Puls scheint anzusteigen.

»Kaspers war ihr Steiger«, schiebe ich hinterher.

»Kaspers war ein Arschloch«, kommt es dumpf zurück. Sie wirkt jetzt nachdenklich, hält sich die Hand vor den Mund, zuckt plötzlich. »Du hast recht, das muss Ende 75 gewesen sein oder …«

»Am 6. Dezember 74 ist Kaspers ums Leben gekommen«, helfe ich nach.

»Stimmt, 74 war dat, kurz nach Barbara.«

Scheint hier überall ein Begriff zu sein, diese Barbara.

»War keine leichte Zeit für die Jungs. Erst Panne, dann Kaspers«, sinniert Lu.

»Ich denke, er war ein Arschloch.«

Lu nimmt einen kräftigen Schluck, bevor sie antwortet. »Über Tage ja, unter Tage war er ihr Steiger.«

»Verstehe ich nicht.«

Lu fängt herzhaft an zu lachen. »Dat versteht niemand, der nicht mal im Pütt malocht hat. Da unten hängt dein Leben an dem der anderen und umgekehrt. Man muss sich blind aufeinander verlassen können. Im Berg gibbet kein schwatt und weiß, kein Moslem und Christ und auch kein Arschloch und Engel. Bei Drago haben sie sich oft gekloppt wie die Kesselflicker. Da hasse gedacht, die sprechen nie wieder ein Sterbenswort miteinander. Und am nächsten Morgen standen die nebeneinander im Schacht, als wenn nix wär. Ich habe auch länger gebraucht, um dat zu begreifen.«

Rolf Kaspers ist nie wieder aufgetaucht, wurde zehn Jahre später offiziell für tot erklärt. Da die Leichenteile, die man auf dem Förderband gefunden hatte, nie zugeordnet werden konnten, dürfte jedwede Mordermittlung infolgedessen im Sande verlaufen sein. Eine komfortable Situation für Mörder.

»Waren die vier sich eigentlich sicher, dass Kaspers tot war?«

Lu stutzt kurz. Je mehr sie in ihren Erinnerungen kramt, umso nachdenklicher scheint sie zu werden. »Dat war eine komische Sache damals. Eine Leiche wurde gefunden, ein Steiger ist wenige Tage vorher nicht wieder ausgefahren. Für die meisten war die Sache damit klar. Aber dann taucht der wieder auf und verschwindet sofort wieder. Jupp, Pitter und Mattes haben immer gesagt, dat der mit einer Frau durchgebrannt ist und ganz bestimmt eines Tages wieder auf der Matte steht. Nur Schüppe …«

Sie stockt mitten im Satz, senkt den Kopf. Als sie mich wieder ansieht, liegt auf ihren Augen ein silbriger Glanz.

»Schüppe blieb dann immer ganz ruhig. Kaspers' Tod hat ihn verändert. Er fing an zu trinken, immer öfter, immer mehr. Dann hatte er sich nicht mehr unter Kontrolle, redete dummes Zeug. Von wegen, dass sie alle in der Hölle schmoren würden und so. Er wollte sich nicht damit abfinden, dass Kaspers vielleicht eines Tages wieder auftaucht. Einmal, als seine Freunde wieder davon anfingen, sagte er: Kaspers ist tot, und dat wisst ihr ganz genau.«

»Ich hörte, Schüppe hatte kein gutes Verhältnis zu Kaspers.«

Lu presst ihren Atem durch die geschlossenen Lippen. »Kein gutes Verhältnis, der ist gut.« Sie kippt noch einmal Kaffee nach und veredelt ihn auf die bewährte Weise. »Die hatten alle kein gutes Verhältnis zu ihrem Steiger.«

»Er war sehr streng, sagt man.«

»Er war ein Arsch, aber das sagte ich ja schon. Nur mal so eine von vielen Anekdoten: Die vier Jungs sitzen im Diamant in der hinteren Ecke, trinken Bier und unterhalten sich. Dann kommt Kaspers rein, und wat macht der? Lässt die vier sofort strammstehen und das Steigerlied singen. Jupp musste sich dafür sogar auf den Stuhl stellen, weil er der Kleinste war. Als er dann im Anschluss ›eine Runde Coca für die Kleinen‹ orderte, waren die Gäste endgültig am Grölen. Ich hab die mal gefragt, warum die sich das gefallen lassen. Weißt du, wat Jupp mir darauf antwortete?«

»Sag es mir.«

»Tante Lu, du hast keine Ahnung, wat der sonst auffe Schicht mit uns macht. Kaspers war alles andere als beliebt. Gerade die Jüngeren hat er getriezt, wo er nur konnte. Selber muss der sich die meiste Zeit in irgendeine Ecke verdrückt haben. Hat immer die anderen arbeiten lassen, erzählte man. Bei Drago haben schon einige an der Theke gesessen und Mordpläne geschmiedet. Natürlich hat dat keiner ernst gemeint, aber wenn man den mal nacher Schicht vermöbelt hätte, ich glaub, da hätten sich einige drüber gefreut.«

Die Suche nach einem Motiv kann ich an dieser Stelle wohl für beendet erklären. Fragt sich nur, wann und von wem die Tat begangen worden ist. Und wie eine Leiche vier Tage später wieder quicklebendig auftauchen kann.

»Haben die vier auch Mordpläne geschmiedet?«

»Bei Drago anner Theke nicht. Mir gegenüber auch nicht, aber meine Nichte, die Malena, hat so Andeutungen gemacht.

Das war an Barbara, da musste immer die ganze Familie aushelfen. Die vier saßen wie so oft an dem runden Tisch neben der Tür zur Toilette. Malena hat eine Bestellung dahin gebracht. Ich habe aus dem Augenwinkel gesehen, dat der Pitter sie am Handgelenk festgehalten und ihr irgendwas zugerufen hat. Mehr nicht. Malena war danach ziemlich aufgebracht, wollte aber nicht sagen, warum. Ich habe nicht mehr nachgehakt, et ging hoch her an dem Abend. Und später war die Sache dann auch vergessen.«

»Und Sie … du hast sie nicht noch einmal darauf angesprochen?«

Lu schüttelt den Kopf. »Als man am Dienstag an der Theke erzählte, dat der Kaspers tot sein soll, habe ich sie angerufen. Malena war geschockt, hat geflüstert: Haben die dat wirklich getan? Aber dann ist Kaspers ja wieder aufgetaucht.«

»Kann ich Malena sprechen?«

Lu seufzt. »Dat würde ich auch gerne. Es gab einen Streit in der Familie, dat ist sehr lange her. Wir haben uns danach aus den Augen verloren. Bei Dragos Beerdigung vor … neun Jahren habe ich sie zuletzt gesehen. Da wohnte sie mit ihrer Familie in Berlin. Sie wollte mich mal einladen …«

36

Dienstag, 13. Juni, 11.25 Uhr

Kaum im Auto, öffne ich die WhatsApp-Gruppe der SoKo. Wir müssen mehr Informationen zu Rolf Kaspers herausbekommen und, falls das überhaupt noch möglich sein sollte, herausfinden, wo die vier zwischen dem 6. und dem 10. Dezember 1974 gewesen sind. Eine Hoffnung liegt bei Terlinden und seinen Leuten vom Förderverein. Dort geht allerdings keiner ran, dafür erreicht mich Siggi.

»Was ist los?« Er hat ganz offensichtlich meine Nachricht gelesen. Ich berichte ihm in knappen Sätzen von meinem Gespräch mit Lu.

»Also ich bin ja schon eine ganze Weile bei dem Verein, aber dass eine Leiche vier Tage später zur Arbeit geht, hatten wir noch nicht. Ich denke also, dass die Leichenteile auf dem Band jemand anderem zuzuordnen sind.«

Ich muss zugeben, dass die Kurzfassung einen erfahrenen Polizisten zu der Annahme verleiten könnte, dass der Erzähler gewissen Drogen gegenüber nicht abgeneigt ist. Zum Glück ahnt Siggi, worauf ich hinauswill.

»Oder aber jemand wollte, dass es so aussieht. Wahrscheinlich lief das da so wie auf Zollverein, und jeder mit Arbeitsklamotten konnte ungehindert einfahren.«

»So wird es wohl gewesen sein«, bestätige ich nicht ohne ein gewisses Maß an Resignation in der Stimme. Da fällt mir ein, dass ich die Sache mit Schüppe und seiner Beschwerde vergessen hatte. Siggi ist nicht sonderlich überrascht.

»Wenn ein Einzelner ihn da unten gesehen haben will, lacht man ihn aus. Wenn das unsere vier Jungs waren, wird es schon glaubwürdiger. Scheint so, als wollten sie noch einen draufsetzen. Wenn das so war, haben sie sich gerade damit verdächtig gemacht.«

»Verstehe ich nicht. Sie hätten die Anwesenheit Kaspers damit schriftlich festgehalten.«

»Mein Onkel war Bergmann. Der hat immer gesagt, ein Kumpel schwärzt den anderen nicht an, das ist ein Grundgesetz unter Tage. Schüppe muss also einen triftigen Grund dafür gehabt haben.«

»Okay, nehmen wir also an, Kaspers war Dienstag tatsächlich nicht in der Grube …«

»Was sollte er als Leiche auch dort?«, ergänzt Siggi lachend.

»Dann wären unsere Jungs raus.«

»Es sei denn, die sind am Freitag in ihrer Freizeit eingefahren, um ihren Peiniger ins Jenseits zu befördern.«

»Was nach so langer Zeit kaum noch zu beweisen wäre«, stelle ich fest. Wir drehen uns mal wieder im Kreis. Dass Schipper und Buschmann sterben mussten, hat seinen Ursprung am Nikolaustag 74, darin sind wir uns einig.

»Ich raffe das alles nicht«, nuschelt Siggi in meine Überlegungen, »was sollte die Nummer am Dienstag? Ich meine, die vier waren doch sowieso nicht in der Verlosung. Statt einfach die Füße stillzuhalten, ziehen sie die Aufmerksamkeit auf sich. Das ergibt doch alles keinen Sinn.«

Wo er recht hat, hat er recht, der Siggi. Ich versuche, mich in die Lage der jungen Bergleute zu versetzen. Er hat sie bloßgestellt, lächerlich gemacht und vermutlich auch unter Tage schikaniert. Der Beschluss, ihren Steiger umzubringen, steht irgendwann. Schüppe, Jupp, Mattes und Pitter warten jetzt nur noch auf eine günstige Gelegenheit. Die kommt am Nikolaustag 1974. Ein Kollege meldet sich krank, Kaspers übernimmt dessen Schicht. Die vier brauchen plötzlich kein Alibi mehr. Sie müssten nur unbemerkt runterkommen, und das dürfte, nach dem, was mir Terlinden und dieser Michael erzählt haben, keine große Schwierigkeit gewesen sein. Vor allem wenn man, wie unsere Kandidaten, gerade mal drei Jahre dabei ist. Wer von den fünftausend Kumpeln soll einen da schon großartig kennen? Ist ja auch dunkel da unten. Andererseits …

»Sie sind erkannt worden.«

»Was meinst du?«

»Unsere Jungs sind am Freitag runter und haben Kaspers umgelegt. Und auf dem Rückweg, im Korb, in der Kaue, was weiß ich, hat sie jemand erkannt. Vielleicht nur einer aus der Nachbarschaft, dem Fußballverein oder sonst was.«

»Man hätte sehr schnell die Verbindung zu Kaspers hergestellt. Vorausgesetzt, die Ermittler hätten ihn gefunden. Obwohl …«

Ich ahne, worauf Siggi hinauswill. Bis zu seinem vermeintlichen Auftauchen am Dienstag war allen klar, dass Kaspers die Leiche auf dem Band war. Mit dieser einen zufälligen Begegnung war das Alibi kaputt.

»Leichter wird es dadurch nicht«, lautet Siggis Erkenntnis.

»Wir müssen den Zeugen finden …«

»Der damals selbst nicht wusste, dass er einer war«, vollendet Siggi meinen Satz.

»Nach fast fünfzig Jahren.« Ich habe nicht die geringste Ahnung, wie wir das anstellen sollen. Aber dann kommt mir eine Idee. »Kutowski und Korczak dürften sich ziemlich sicher fühlen.«

»Da hast du recht. Mein alter Chef hat immer gesagt: ›Wenn man nicht mehr weiterweiß, kann es helfen, einfach mal auf den Busch zu klopfen.‹ Auf welchen Busch möchtest du denn gerne klopfen?«

37

Dienstag, 13. Juni, 11.42 Uhr

Zehn Minuten nach unserem Telefonat parke ich Emma vor dem kleinen Zechenhäuschen in der Michaelstraße. Ich habe mich für Jupp Kutowski entschieden, während Siggi in diesem Augenblick unterwegs nach Hoerstgen sein dürfte.

Kaum ausgestiegen, bemerke ich, dass im Obergeschoss eine Gardine an ihre angestammte Position fällt. Durch die Haustür erkenne ich einen Schatten im Flur. Mein Finger hat kaum den Klingelknopf verlassen, da wird mir geöffnet.

»Guten Tag, Herr Born. Also ich weiß jetzt gar nicht, ob mein Mann zu Hause ist. Er wollte nämlich noch in die Stadt.« Frau Kutowski wirkt angespannt.

»Sagen Sie ihm einfach, dass ich mit ihm über den Nikolaustag 1974 reden möchte. Dann ist er zu Hause, Frau Kutowski.«

Die Dame des Hauses sieht mich leicht verdattert an, und noch während ihre Lippen sich öffnen, um mir das Ergebnis ihrer kurzen Denkpause mitzuteilen, schleicht sich das Geräusch schlurfender Birkenstockpantoffeln in unsere Ohren.

»Schon gut, Trude«, begrüßt mich Jupp Kutowski auf halber Treppe. Mit einem aufgesetzt wirkenden Lächeln bittet er mich hinein. Ich folge den beiden ins Wohnzimmer. Hastig räumt Trude Kutowski zwei Schalen mit Chips und Erdnüssen vom Tisch und verschwindet damit in die Küche.

»Nikolaus 74? Wie kommen Sie denn darauf? Also ich glaube nicht, dass ich da noch viele Erinnerungen dran habe.« Kutowski ist spürbar um Kontrolle bemüht. Er trägt ein grob kariertes kurzärmeliges Hemd. »Möchten Sie ein Bier? Oder lieber Kaffee?«

»Nein, danke. Glaube ist übrigens ein gutes Stichwort, Herr Kutowski. Darüber wollte ich nämlich mit Ihnen reden.«

»Über Glaube?«

»Ja. Oder sagen wir mal: Wiedergeburt.«

»Ich versteh kein Wort.« Sein Gesicht zeigt Unsicherheit.

»Glauben Sie, dass ein Mensch, nennen wir ihn mal Rolf Kaspers, an einem Freitag sterben und am Dienstag darauf wiederauftauchen kann, als wäre nichts geschehen?«

Ich beobachte ihn ganz genau, versuche, jede noch so kleine Regung seiner fünfzig Gesichtsmuskeln zu registrieren. Beim LKA haben sie inzwischen die Möglichkeit, die Aufnahmen von Vernommenen auf Lügen zu untersuchen. Denn selbst der obercoolste Täter kann die bei Lügen ausgelöste Mikromimik nicht steuern. Für etwa fünfzig Millisekunden zuckt dann je nach Person entweder ein Muskel in der Wange oder über der Augenbraue. Hochwertige Kameras registrieren das, meine Augen leider nicht. Kutowski gehört zum Glück nicht zu der obercoolen Gruppe. Um seine Reaktionen zu deuten, benötige ich nur den gesunden Menschenverstand und meine antrainierte Beobachtungsgabe. Und selbst die wäre nicht nötig gewesen, als der Name Kaspers fiel. In dieser Sekunde geriet ungefähr die Hälfte seiner Gesichtsmuskeln in erdbebenartige Wallung.

Er sitzt jetzt vor mir wie ein kleiner Junge, den man beim Klauen erwischt hat. Ich kann dabei zusehen, wie sich seine Herzfrequenz erhöht. Seine Atmung wird kürzer, wenn auch nur unwesentlich. Er denkt fieberhaft über eine Strategie nach. Vor wenigen Minuten wähnte er sich noch in völliger Sicherheit, und jetzt steht er in der offenen Tür, durch die ihm ein eisiger Wind ins Gesicht bläst. Er dreht den Kopf Richtung Zimmertür. Wie sehr er sich jetzt wohl wünscht, dass seine Frau reinkommt und nach Kaffee fragt.

»Rolf Kaspers war unser Steiger«, sagt er, um Zeit zu gewinnen.

»Ich weiß.«

Ich nagele meinen Blick erbarmungslos in sein Gesicht. Es macht ihn nervös. Er schluckt.

»Es gab einen Todesfall. Alle haben gedacht, dass es sich um Kaspers handelte. Also weil … der … er … man hat ihn nach der Schicht an Nikolaus nicht mehr gesehen.«

»Ich weiß«

Seine Stirn glänzt im Licht der einfallenden Sonne.

»Ja, gut, am Dienstag hat der wohl wieder Schicht gemacht.
Meine Güte, ich weiß das doch auch nicht mehr.«

»Das finde ich seltsam. Ich meine, dass Sie das nicht wissen.
Den Rest übrigens auch. Immerhin hat Ihr Kumpel Schüppe mit
seiner Beschwerde doch extra dafür gesorgt, dass alle glaubten,
Rolf Kaspers wäre wiederaufgetaucht. War doch eigentlich gar
nicht so seine Art, oder? Ich meine, sich über einen Kumpel zu
beschweren.«

Ausgerechnet jetzt tippelt seine Trude ins Zimmer und fragt
nach möglichen Kaffeegelüsten. Ihr Mann nutzt die willkom-
mene Unterbrechung, um ein Tässchen zu ordern. Ich winke
ab. Nachdem seine Frau verschwunden ist, hat Kutowski seine
Nerven wieder halbwegs im Griff.

»Stimmt, jetzt habe ich es wieder.« Kutowski schlägt sich
an die Stirn. »Dienstag war der wieder bei uns auffe Schicht.
Wir haben uns angeguckt, als ob wir einen Geist sehen. Ich
meine, einen Tag vorher haben sie überall aufm Pütt erzählt,
der wäre tot. Ist ja wohl auch zu Hause nicht mehr aufgetaucht,
sagte man. Mann, das ist so lange her … kann man glatt durch-
einanderkommen.« Er lächelt gequält. »Dass der Schüppe sich
beschwert hat, da weiß ich nix von. Warum hätte der das tun
sollen?«

»Wie war Kaspers so?« Vernehmungstechnik, Lektion eins:
Keine Gegenfrage zulassen. »Konnte man gut mit ihm klar-
kommen?«

Kutowski wiegt ab. »Ja, eigentlich schon. Ich meine, der war
ja unser Steiger. Da musste er schon mal sagen, wo es langgeht.
Aber so im Großen und Ganzen … nö, kann man eigentlich
nix gegen sagen.«

Wenn es um Kaffee geht, ist jeder Widerstand zwecklos;
Trude Kutowski serviert mir ebenfalls ihre beste Bohne, obwohl ich abgelehnt hatte. Dazu stellt sie eine Etagere mit Nüssen
und Keksen in die Tischmitte. Ihr Gatte lehnt sich entspannt
zurück. Er hat das Gröbste überstanden.

Glaubt er.

»Man könnte also sagen, Ihr Steiger war ganz in Ordnung?«
Kutowski nickt.

»Und weil Sie so zufrieden mit ihm waren, haben Sie ihm zu Ehren auch schon mal das Steigerlied angestimmt?«

»Das kam vor.« Kutowski antwortet wie jemand, der sich an ein schönes Ereignis aus der Kindheit erinnert. Mit jeder Sekunde meines Schweigens verschwindet ein wenig von diesem vergnügten Lächeln, bis sich schließlich eine Falte auf seine Stirn legt.

»Dann hat es Ihnen bestimmt auch Freude bereitet, sich dabei auf einen Stuhl zu stellen, weil Sie der Kleinste waren?«, hake ich mit einem väterlichen Entgegenkommen in der Stimme nach. »Verstehe ich gut. Gab ja hinterher immer 'ne Runde Coca für die Kleinen. Wie alt waren Sie da eigentlich?«

»Was soll das?« Für Kutowski ist jetzt so langsam Schluss mit lustig, wenn ich seinen Blick richtig deute. »Ich denk, Sie sind von Mattes seiner Tochter beauftragt worden, was interessieren Sie dann die alten Geschichten?«

»Vielleicht hängt das eine mit dem anderen zusammen, wer weiß? Ihr Kumpel Mattes war sterbenskrank. Bevor er abtritt, wollte er unbedingt ein Geständnis ablegen.«

»Was für ein Geständnis?«

»Er wollte gestehen, dass er gemeinsam mit Ihnen, Schüppe und Pitter am Mord von Rolf Kaspers beteiligt war. Ich finde allein heraus, danke«, sage ich und latsche zehn Sekunden später aus dem Haus. Gibt Dinge, die muss man einfach mal sacken lassen.

Im Auto schicke ich Siggi eine Kurznachricht, in der ich ihm mitteile, in der Bodega Sevilla an der Oststraße auf ihn zu warten. Linda geht heute mit ihrer Station bowlen, ich bin also Selbstversorger. Ein kleiner Tapas-Teller dürfte genau die richtige Überbrückung bis zur SoKo-Sitzung bei Lissy sein.

Die letzte Dattel im Speckmantel kitzelt noch meinen Gaumen, da setzt Siggi sich zu mir und ordert eine Portion Serranoschinken und ein alkoholfreies Bier.

»War dein Kunde auch so nervös?«

Siggi lacht kurz auf. »Sagen wir mal so: Sein Mund konnte überhaupt nicht verstehen, wovon ich spreche, während der restliche Körper ein lupenreines Geständnis abgeliefert hat.«

»So ähnlich lief es bei mir auch«, entgegne ich. »Ich denke, wir sind auf der richtigen Spur. Wir sollten den Druck erhöhen.«

Siggi wirkt skeptisch. »Im Vernehmungszimmer brechen die sofort ein, wenn wir Beweise auf den Tisch legen. Klar ist aber auch: Die wissen genau, dass wir das nicht können. Ich wette, dass die beiden gerade im Branchenverzeichnis blättern auf der Suche nach einem passenden Anwalt. Und wenn die mit dem in Krefeld auftauchen …«

»Lacht der uns aus«, vollende ich und stocke die wenig erbaulichen Aussichten um die Tatsache auf, dass wir ja nicht nur nachweisen müssen, dass die beiden Kaspers umgelegt haben, sondern dass es sich um eine geplante Tat, sprich einen Mord handelte.

»Dazu bräuchte es ein Geständnis, oder wir müssten den ominösen Zeugen finden. An der Stelle waren wir doch schon.«

Siggi winkt ab. »Viel Zeit bleibt uns nicht. Wenn die Krefelder meinen Bericht von heute bekommen, kriegen die beiden 'ne Freifahrt zum Präsidium, und wir sind erst mal raus.«

»Die beiden aber auch bald …«

»Und das mit breiter Brust«, übernimmt Siggi.

Er hat recht. Wenn Julia und ihre Leute sie nicht festnageln können, und das dürfte ihnen nach dem derzeitigen Ermittlungsstand wohl kaum gelingen, werden Jupp und Pitter uns beide nicht mal mehr ins Haus lassen. Es sei denn, wir können ihnen etwas bieten, das sie richtig nervös macht.

38

Dienstag, 13. Juni, 13.50 Uhr

Ich stelle Emma vor dem Ziegengehege ab. Kaum um die Ecke gebogen, erkenne ich Manolo, der sich mal wieder unter die ziegenfütternden Kinder gemischt hat, um sie von den gesunden Vollkornbrötchen zu befreien, die sie von ihren fürsorglichen Muttis mit auf den Weg bekommen haben. Ich kassiere ihn ein. Zeit für einen Verdauungsspaziergang.

Lissy hat Mittagspause. Vor der Tür sitzen zwei Rentner inmitten einer Wolke aus Tabakqualm und diskutieren über die Chancen des MSV in der kommenden Spielzeit. Wir umrunden das Bistro. Lotti und Hendrik versuchen drüben an der Hundewaschanlage verzweifelt, ihren um sich tretenden Bobtail zu bändigen. Wir biegen links ab und kommen an Gerda und Joe vorbei, die sich in zerschlissenen Liegestühlen rekeln und abwechselnd an der Tüte ziehen. Auf ihrer Parzelle am Sperlingsweg bringt Claudia übergewichtigen Sommergästen Thai-Chi bei, und im Schlamm des halb ausgetrockneten Teichs findet eine Luftmatratzenregatta statt. Kurz: Auf Happy Eiland tobt mal wieder das pralle Leben. Als ich Richtung Heimathafen abbiegen will, kommen mir Katja und Rosi entgegen, und dies, wie sich herausstellt, mit voller Absicht.

»Wir kommen gerade von Kalli-Reisen«, beginnt Rosi leicht überhastet. »Korczak war tatsächlich der Mann, der sich am Samstag für dieselben Reiseziele wie Buschmann interessiert hat.«

»Das habe ich mir schon gedacht«, gebe ich lapidar zurück und wundere mich über die Hektik.

»Wir auch«, übernimmt Katja. »Wir wollten gerade rausgehen, waren praktisch schon in der Tür, da betritt so ein kleiner, pummeliger Typ um die sechzig den Laden. Der kam mir irgendwie bekannt vor ...«

»Nachdem ich gesagt habe: Ist das nicht der Typ, der auf dem Foto neben Korczak steht?«

»Ja doch, Rosi. Also jedenfalls ...«

»War Jupp Kutowski vorhin im Reisebüro«, unterbreche ich die beiden mal zur Abwechslung.

»Genau«, entgegnet Rosi, »wir sind dann noch mal rein und haben so getan, als wenn wir nach Reiseprospekten suchen.«

»In der Nähe der Theke, vermute ich.«

»Natürlich. Da haben wir zufällig mitbekommen, dass dieser Jupp sich für die Malediven, die Philippinen oder Kuba interessierte. Und zwar nur den Hinflug, dafür aber mit einer Unterkunft für zwei bis drei Monate.«

Ich berichte Katja und Rosi kurz und knackig von den Ermittlungen am Nachmittag und verweise auf die SoKo-Sitzung in wenigen Stunden.

»Ich schätze mal, die beiden wollen sich vom Acker machen«, fasst Rosi zusammen und trifft damit auch exakt meine Vermutung.

Kaum zu Hause, läuft mir Hermann-Josef mit einem Zettel in der Hand und einem verdächtig fröhlichen Gesichtsausdruck entgegen.

»Die Hecke wird ja mal größer«, mein Nachbar zeigt mit einer ausladenden Armbewegung auf die halb verdorrten Gewächse, die neuerdings die Grenze zwischen unseren Parzellen markieren sollen. »Und dann müssen die ja regelmäßig beigeschnitten werden, gerade Buchsbäume sehen ja schnell ungepflegt aus, nicht wahr?«

»Wenn du das sagst.«

Moment. Der glaubt doch jetzt nicht etwa ...

»Ja, und laut Platzordnung Punkt zwölf, Absatz zwei obliegt diese Aufgabe allen Anrainern einer Hecke. Ist halt alles geregelt.« Hermann-Josef winkt jovial ab. »Trotzdem, damit es keinen Stress zwischen uns gibt, habe ich mir erlaubt, eine Heckenordnung nur für uns auszuarbeiten.« Er drückt mir zwei Blätter in die Hand. »Damit sind wir auf der sicheren Seite, lies dir das in Ruhe durch, und dann gibst du mir einfach eine Seite unterschrieben zurück.«

Kommt nicht oft vor, dass mir die Worte fehlen. Mit einem erstaunten Nicken gehe ich ins Haus.

Während ich mich wenig später mit dem Verfassen der Zwischenrechnung für meine Klientin ablenke, fällt mir auf, dass ich sie seit Sonntag nicht mehr gesprochen habe. Ich rufe sie an und unterrichte sie über den Ermittlungsstand. Andrea Buschmann scheint es nicht zu überraschen, dass immer mehr auf einen Mord an ihrem Vater hindeutet. Vor allem dass seine besten Freunde in den Fokus der Ermittlungen rücken, wundert sie wenig.

»Irgendwie waren das schon lange keine Freunde mehr. Seit dem Tod von Onkel Schüppe habe ich das Gefühl, dass was nicht stimmt. Die haben sich ja auch immer seltener getroffen. Wenn ich meinen Vater darauf angesprochen habe, war er sehr einsilbig. Sie glauben wirklich, die beiden …«

»Es deutet inzwischen einiges darauf hin«, erwidere ich.

»Das bedeutet aber auch, dass mein Bruder nichts mehr zu befürchten hat, oder?«

»Ich bin nicht die Polizei, aber ich denke schon.«

Nachdem das erledigt ist, mache ich mich auf den Weg zu Eddy. Vielleicht hat unser Technikfreak inzwischen etwas herausbekommen oder zumindest die Idee, wie er das anstellen könnte. Auf dem Weg kommt mir Kuschel mit einer Werkzeugkiste in der Hand entgegen und grüßt freundlich.

»Sag mal, Kuschel, du kennst dich doch hier aus. Gibt es eine Möglichkeit, seinen Nachbarn umzutauschen?«

Unser Platzwart mit polnischen Wurzeln und westfälischem Migrationshintergrund schüttelt bedauernd den Kopf. »Den will keiner. Der will jetzt eine ›Interessengemeinschaft Happy Eiland‹ ins Leben rufen, so 'ne Art Betriebsrat für Camper.« Kuschel macht den Scheibenwischer. »Wenn du mich fragst, hat der gewaltig einen an der Murmel, woll?«

Fachliche Bestätigung tut so gut.

Kurz vor dem Tor zum Happy-Eiland-Hightechcenter vernehme ich ein … ja wirklich: Gluckergeräusch. Nachdem ich einige Schritte weiter den Grund für die seltsame Geräuschkulisse ausmache, tauchen mal wieder immense Bedenken hinsichtlich des geistigen Gesamtzustandes meines Freundes auf. Noch mehr würde mich interessieren, auf welcher Evolutionsstufe ihrer geistigen Entwicklung die Nutzer solcher Apps hängen geblieben sind. Staunend wandele ich über seinen Rasen. Eddy hat ein halbes Dutzend Dachlatten in den Boden gerammt und daran in unterschiedlichen Höhen und Winkeln etliche Smartphones befestigt. Allen gemein: Auf dem Display leert sich ein Bierglas mit den dazugehörigen Geräuschen.

»Ich habe meiner Bier-App inzwischen verschiedene Biersorten in unterschiedlichen Mengen und Durchlaufgeschwindigkeiten hinzugefügt. Das sorgt für mehr Individualität. Was hältst du davon?«

»Möchtest du eine höfliche oder eine ehrliche Antwort?«

»Ist schon gut. Was liegt an?«

Ich will gerade loslegen, da hebt Eddy die Hand zum Stoppzeichen, latscht ins Haus und kommt mit zwei Pullen mexikanischem Bier wieder heraus. Nachdem wir angestoßen haben, bringe ich Eddy auf den neuesten Stand. Der genehmigt sich erst mal einen Schluck, krault nachdenklich seinen Spitzbart und kommt schließlich zu der Erkenntnis, dass sein Einsatz dringend vonnöten ist. Ich folge dem Meister der Bits und Bytes ins Rechenzentrum. Fünfzehn bis siebzehn Tastendrücke später erfahre ich, dass Korczak um zwölf Uhr vier ein zweiminütiges Telefonat mit Kutowski geführt hat. Ich frage mich längst nicht mehr, woher er das weiß. Gibt man ihm ein Handy, bringt man ein Schneeballsystem ins Rollen. Über die Anrufliste dieses Handys kommt er an die nächste und so weiter. Dass Korczak zum Hörer greift, sobald Siggi aus dem Haus ist, war mir auch ohne viel Hightecheinsatz klar.

»Ich frage mich, warum das Gespräch nur zwei Minuten gedauert hat. An mangelndem Mitteilungsbedarf kann das kaum gelegen haben.«

»Die werden sich verabredet haben«, entgegnet Eddy und nuckelt entspannt an seinem Bier. Mir schmeckt die Plörre nicht. Sieht schon aus wie eine Urinprobe. Ärgert mich außerdem, dass wir nicht am Ball geblieben sind. Vielleicht hätten wir die Jungs einfach noch ein wenig beschatten sollen.

»Sollen wir mal gucken, wo die sich getroffen haben?«

Bitte? Eddy schafft es immer wieder, mich zu überraschen. Ohne eine Antwort abzuwarten, öffnet er eine Art Navigations-App. Auf der Landkarte blinkt ein rotes Fähnchen. Ich sehe genauer hin und erkenne die Ortschaft Hoerstgen.

»Korczak ist wieder zu Hause«, schließe ich daraus.

»So ist es«, bestätigt Eddy und bedient ein Pull-down-Menü. Fast in der gleichen Zeit wandert das Fähnchen mitten in die City von Kamp-Lintfort. Eddy vergrößert den Ausschnitt und wechselt auf die Satellitenansicht. Ich erkenne den Jeansladen, in dem Linda hin und wieder einkauft. Einen Mausklick später springt uns das Schaufenster von Kalli-Reisen ins Gesicht.

»Da war Korczaks Handy von zwölf Uhr dreiundzwanzig bis kurz vor Ladenschluss um zwölf Uhr achtundfünfzig.«

Ich schicke Rosi und Katja eine Kurznachricht.

39

Dienstag, 13. Juni, 19.10 Uhr

Ich wollte mich nur ganz kurz hinlegen, ich schwöre.

»Neunzehn Uhr zehn, Lukas Born ist anwesend.«

Würde vollkommen ausreichen, wenn Leni die Verspätung in ihr Protokoll kritzeln würde, ohne diesen Verwaltungsakt zu kommentieren. Uwe unterstreicht das Ganze noch, indem er Sunnys Blaulicht einschaltet und auf sein leeres Glas zeigt.

Ich atme einmal durch und berichte zunächst von meinem Besuch bei Tante Lu. Beim möglichen Mordmotiv stimmen Leni und Bernd mir zu.

»Dieser Kaspers muss die Jungs ganz schön getriezt haben, das haben wir auch gehört«, sagt Leni und sieht ihren Mann dabei auffordernd an, »erzähl doch mal, was der nette Herr aus dem Haus vorne an der Ecke gesagt hat.«

Bernd faltet ein Blatt auseinander. »Der nette Herr heißt Faruk Babacan, sechsundsiebzig Jahre alt. War zwei Jahre auf einer Schicht mit Kaspers. Hat mal miterlebt, wie sich einer der Jungen, der Name fiel ihm nicht mehr ein, in die Hose gemacht hatte, weil Kaspers ihm nicht erlaubt hatte, dafür den Arbeitsplatz zu verlassen. Dabei stünden alle fünfzig Meter Eimer dafür bereit.«

»Wer etwas Falsches gesagt hat oder nicht sofort spurte, der musste zum Schichtende zurück laufen, während alle anderen mit dem Band gefahren sind«, setzt Leni mit einiger Empörung noch einen drauf.

»Um das Motiv brauchen wir uns wohl keinen Kopp mehr machen«, bemerkt Uwe, während Sunny neben ihm einparkt und das Bier vor ihm abstellt. Nachdem Rosi und Katja ihre Bestellung aufgegeben haben, fährt Uwe fort. »Wir sollten rausfinden, was Kaspers und unsere Jungs zwischen Nikolaus 74 und dem darauffolgenden Dienstag so getrieben haben.« Uwe nimmt einen Schluck, wischt sich den Schaum ab und nimmt den Faden wieder auf. »Über die Jungs habe ich nix rausgefunden. Dafür über ihren Steiger. Der sollte bei der fünfzigsten Weihnachtsfeier der Nachbarschaft am Grietweg sein, und die fand am Samstag, dem 7. Dezember, statt. *Sollte* allein schon deshalb, weil er die Glühweinparty als Pumpenmeister organisiert hat. Das hat er übrigens prima gemacht, hat sogar die örtliche Presse zu dem Jubiläum eingeladen …« Uwe lässt den Satz bewusst auslaufen. Kann mir denken, welche Pointe jetzt kommt. Uwe hat sich den entsprechenden Zeitungsbericht aus dem Archiv gezogen und zitiert daraus: »Wir bedauern alle, dass unser Pumpenmeister heute krankheitsbedingt fehlt. Umso mehr freut es uns, dass seine reizende Gattin Hilde mit uns feiert, erklärt sein Stellvertreter Otto Aldenhoff.«

»Moment mal«, nutzt Rosi die kurze Pause, »Rolf Kaspers ist allem Anschein nach am Tag davor ermordet worden, und seine Frau feiert fröhlich bei diesem Pumpenfest?«

»Das konnte sie ja nicht wissen. Genau genommen hat sie es ja nie erfahren«, gibt Katja zu bedenken.

»Nee, Leute, da bin ich bei Rosi. Wenn Bernd nicht von der Arbeit nach Hause kommen würde und niemand weiß, wo er ist, dann gehe ich doch nicht auf eine Party und hoffe darauf, dass er wieder da ist, wenn ich zurück bin. Stattdessen erzählt sie ihren Nachbarn, dass der Herr Gemahl krank ist, unglaublich.« Leni schüttelt den Kopf.

Uwe stellt sein Glas ab und betätigt Sunnys Schalter. In der gleichen Sekunde huschen blaue Lichtstrahlen über die Wand des Bistros. Uwe beugt sich mit gekräuselter Stirn vor. »Vielleicht wusste Frau Kaspers ja auch mehr, als sie zugeben wollte.«

Während ein allgemeines Abwägen einsetzt, blättert Leni in ihrem Protokollheft und wird kurz darauf fündig. »Da habe ich es. Laut der Aussage eines Mitglieds vom Förderverein für Bergmannstradition hatte es Rolf Kaspers nicht so mit der Treue. Man vermutet dort, seine Frau wollte sich die Blamage ersparen, dass die Polizei ihren Mann im Bett einer anderen findet.«

»Und deshalb hat sie ihn umgelegt.« Wir haben Sunny nicht

bemerkt, der sich zwischen Uwe und Bernd an den Tisch schiebt. »Unterschätzt nicht die Eifersucht. Ich hatte mal den ganzen Arsch voller Stacheln, weil mich ein Typ aus dem ersten Stock in die Dornenbüsche befördert hat. Was wollt ihr trinken?«

Ohne dass ich es verhindern kann, schiebt sich die Überlegung in mein Bewusstsein, dass ein SoKo-Mitglied im Rollstuhl in gewissen Situationen von Vorteil sein könnte. Eddy bestellt ein Holzfällersteak. Ich habe lange nichts mehr gegessen und schließe mich an. Nachdem Sunny Richtung Nachbartisch abgebogen ist, meldet sich Siggi zu Wort.

»Dass Eifersucht als Motiv immer wieder in der Lostrommel liegt, ist klar. Allerdings kann ich mir nicht vorstellen, dass die Dame in die Grube fährt und ihren Mann umlegt. Ob sie mehr wusste oder nur ahnte, wissen wir nicht. Auf der anderen Seite dürfte so mancher gehörnte Ehemann nicht gut auf ihn zu sprechen gewesen sein. Das nach fünfzig Jahren herauszufinden, dürfte ebenfalls schwierig werden. Ich könnte mir allerdings vorstellen, dass diese Sache in Borth ein großes Thema war.«

Katja und Rosi erklären sich dazu bereit, gleich morgen früh die Borther Klinken zu putzen.

Eddy, der sich während unserer SoKo-Sitzungen zumeist in einem Paralleluniversum namens Internet befindet, rammt plötzlich die rechte Faust in den Himmel und stößt dabei einen Jubelschrei aus, der sämtliche Gespräche auf der Terrasse von Lissys Bistro schlagartig verstummen lässt.

»Geht's noch?«, erkundigt sich Katja.

»Er hat angebissen!«, ruft Eddy in ihre Richtung. »Korczak hat meinen Trojaner auf dem Handy. Was habe ich alles versucht! Bitte bestätige deine Mitgliedschaft im Förderverein für Bergbautradition, Ihre Mitgliedsnummer in der Knappschaft hat sich geändert, ungewöhnliche Kontobewegungen und so weiter. Der Kerl ist auf gar nichts hereingefallen. Bis ich heute Nachmittag eine, mit Verlaub gesagt, geniale Idee hatte.« Eddy muss erst mal seine Stimme ölen, Uwe lässt einen genervten Seufzer erklingen. »Ich habe ihm eine Nachricht mit dem Betreff

›Rolf Kaspers Nikolaus 1974‹ geschickt. In die Mail habe ich nur einen Satz geschrieben: ›Ich habe euch gesehen.‹ Im Anhang lag ein Schwarz-Weiß-Foto, auf dem mehr schemenhaft ein Bergmann aus den Siebzigern zu erkennen ist, auf den ich ein dickes Kreuz gemalt habe. In diese Fotodatei habe ich einen meiner Trojaner integriert, der sich automatisch und völlig unbemerkt auf dem Handy installiert, sobald der Anhang angeklickt wird. Tja, und genau das hat Korczak vor fünf Minuten getan.«

In Siggis Augen spiegelt sich der Glanz der Bewunderung. Ich sehe ihm an, wie gerne er solche Methoden beruflich zur Verfügung hätte. Der Bundesnachrichtendienst nutzt diese digitalen Spione mehr oder weniger legal. Staatsanwalt Koch danach zu fragen, wäre völlig sinnlos. Kaum hätte man die Frage ausgesprochen, würde der Doppeldoktor mit knallrotem Kopf zu seinem Lieblingsreferat über den Datenschutz ansetzen. Hab ihn mal gefragt, ob das auch für Mörder gilt. Als er die Tür hinter mir zuschlug, gab es einen Ausschlag auf der Richterskala.

»Was kann dieser Trojaner?«, will Katja wissen.

Eddys Mimik ist zu entnehmen, dass die Frage nach dem, was er nicht kann, wesentlich schneller zu beantworten wäre.

»Sagen wir mal so: Sein Smartphone ist praktisch in meinem Besitz. Ich kann seine Kontakte durchstöbern, was sich übrigens nicht gelohnt hat, ich kann die Taschenlampe einschalten, die Dateien durchforsten, die Kamera aktivieren oder, was für uns vielleicht am wertvollsten ist: das Mikrofon einschalten.«

»Du kannst ihn abhören.« Katja ist baff.

Eddy nickt mit stolzgeschwellter Brust.

»Okay.« Siggi klatscht tatendurstig in die Hände. »Wir haben eine Waffe, und ich finde, wir sollten sie einsetzen. Irgendwelche Einwände?«

Siggi hat recht. Wir müssen die beiden dazu bekommen, etwas auszuplaudern. Schwer bei zwei Freunden, die sich längst weniger zu sagen haben als ein Ehepaar vor der eisernen Hochzeit. Wir müssen sie also provozieren.

»Diese Lu, bei der ich heute war, hat was von einer Nichte namens Malena erzählt. Malena hat in der Stammkneipe unserer Jungs ausgeholfen.« Ich zerre meinen kleinen Block aus der Gesäßtasche, man kann sich schließlich nicht alles merken. »Jedenfalls kam es zwei Tage vor Nikolaus zu einer seltsamen Situation. Die Kneipe war rappelvoll, die Kumpel feierten ihr Barbarafest. Da hat diese Malena am Tisch der vier irgendetwas mitbekommen, was sie ziemlich fertiggemacht hat. Als die Kumpel vier Tage später am Tresen davon sprachen, dass Kaspers wohl der Tote auf dem Band war, hat sie ihre Tante gefragt, ob sie das wirklich getan haben.«

»Wow. Wenn wir das beweisen können …«

»Wird aus Totschlag Mord«, vollendet Siggi Uwes Gedanken. »Haben wir Name und Anschrift von dieser Malena?«

»Leider nein. Das Einzige, was Lu weiß, ist, dass ihre Nichte vor neun Jahren mit ihrer Familie in Berlin wohnte.«

»Na prima«, bemerkt Uwe und gönnt sich einen Schluck. Katja und Rosi erzählen von ihrem Besuch bei Kalli-Reisen. An der Stelle, an der Rosi von dem Interesse der beiden an einem längeren Aufenthalt in sicheren Gefilden, und das nur mit Hinflug, erzählt, reicht es unserem Journalisten.

»Das bedeutet, die machen sich vom Acker und zeigen uns eine lange Nase. Das ist doch scheiße. Wann geht der Flieger?«

Katja und Rosi heben die Schultern.

»Wir müssen also den Zeugen finden, der die vier vor fünfzig Jahren gesehen hat, und die Adresse dieser Kellnerin rauskriegen. Und das Ganze möglichst pronto. Lukas, mach die Rechnung fertig und sag deiner Klientin, dass nicht mehr drin war.«

»Ruhig, Brauner. Wir haben noch zwei Trümpfe.«

Uwe sieht mich neugierig an, die anderen spitzen die Ohren.

»Erstens haben wir Zugriff auf Korczaks Handy, und zweitens wissen die beiden nicht, dass wir uns heute Nachmittag in Sonsbeck mit Malena Dragovic unterhalten haben.«

Erstaunte Blicke treffen Eddy, der nach einem kurzen Augenblick ein breites Grinsen aufsetzt.

»Alter Halunke.«

40

Mittwoch, 14. Juni, 11.25 Uhr

Ich muss zugeben, dass die Erfahrung mich mehr als einmal gelehrt hat, beim Betreten des Büros meiner Noch-Gattin nicht die Tür aus den Angeln zu heben. Zumindest nicht dann, wenn man es auf ihr Entgegenkommen abgesehen hat. Aber seit mich vor einer knappen Stunde die Nachricht von Siggi erreicht hat, dass Julia Korczak und Jupp abholen ließ, bin ich nun mal leicht gereizt.

»Was soll das, Born? Bist du mal wieder gekommen, um mir zu sagen, wie ich meine Arbeit machen soll?«

»Eher, wie du sie nicht machen sollst. Verdammt, ich bin so nah dran«, ich halte Daumen und Zeigefinger fünf Millimeter auseinander.

»Und da kommt die böse Julia und schnappt dir die Mörder vor der Nase weg. Das ist ein Ding …«

»Mörder kannst du knicken, oder habt ihr irgendwas in der Hand?«

»Nein, Quatsch, wie kommst du darauf? Uns war langweilig, und da haben wir gedacht, holen wir uns zwei Jungs und spielen ein bisschen Vernehmung mit ihnen.«

Ich ziehe mir einen der Besucherstühle heran, setze mich drauf und warte schwer ausatmend auf einen Moment der Güte, in dem meine Julia mich teilhaben lässt. Dauert gar nicht so lange.

»Wir haben heute Morgen die Häuser der beiden durchsuchen lassen. In beiden Fällen haben wir einen Umschlag mit dreißigtausend Euro und zwei One-Way-Tickets Frankfurt–Malediven gefunden. Sieht so aus, als wollten die beiden sich absetzen.«

»Was sie auch tun werden, wenn das alles ist.«

»Ist es nicht, keine Sorge. Wir kriegen sie dran wegen Mordes an Rolf Kaspers. Ich nehme an, du weißt, wer das ist …«

»Ihr Steiger, ja«, unterbreche ich sie. »Meines Wissens konnte man die Identität der Leiche auf dem Band nie zuordnen.«

Das siegessichere Grinsen von Julia lässt mich ahnen, dass ihnen das gelungen ist.

»Damals gab es nicht die Möglichkeit eines DNA-Vergleichs. Weil die Kollegen von einem Mord ausgehen mussten, haben sie alles gesammelt, was auch nur entfernt im Zusammenhang mit einer möglichen Gewalttat stehen könnte. Unter anderem haben sie Reste der Kleidung sichergestellt und natürlich Kaspers Spind leer geräumt. Haare in einem Kamm und ein Fetzen seiner Unterhose haben schließlich gereicht. Kaspers ist definitiv am 6. Dezember 1974 in der Zeit zwischen vierzehn und zweiundzwanzig Uhr ermordet worden. Das belegen auch Blutspuren an einer«, Julia scrollt die offene Seite runter, »Keilhaue, das ist so eine Art Spitzhacke. Die haben die Täter damals hinter das Förderband geworfen. Wir gehen davon aus, dass sie überrascht worden sind. Aber das«, sie sieht auf die Uhr, »können sie uns ja jetzt selber sagen.«

Julia und Tom, der mich arrogant angrinst, stehen auf.

»Du weißt aber schon, dass die vier an diesem Tag Frühschicht hatten, oder?«

Julia begegnet mir mit diesem Lächeln, das mir bedeuten soll, dass es für mich nichts mehr zu ermitteln gibt.

»Und am Nachmittag zu einem Kurztrip nach Winterberg aufgebrochen sind, ja. Und dass eine einundachtzig Jahre alte Pensionsmutti alle ihre Buchungsunterlagen fein säuberlich in Pappkartons im Keller stapelt, ja. Und dass eine Buchung für vier Personen auf den Namen Josef Kutowski das Datum 7. Dezember 74 trägt, ebenfalls. Wenn ich jetzt bitten dürfte …«

Ich mache einen Schritt zur Seite und lasse zwei Ermittler mit stolzgeschwellter Brust an mir vorüberziehen.

Auf dem Weg nach draußen begegnet mir Dr. Leopold Ingenlath. Er gilt als einer der besten Strafverteidiger des Landes.

Viel Spaß, Julia.

41

Mittwoch, 14. Juni, 13.40 Uhr

»Fehlt jetzt nur noch, dass du mir die Schuld gibst!« Siggi ist mindestens so angefressen wie ich.

»Quatsch. Du musst deine Berichte weitergeben.« An der Autobahnabfahrt Kamp-Lintfort habe ich spontan den Blinker gesetzt. Allein schon deshalb, weil ich ein neues Lenkrad bräuchte, wenn ich noch weiter vor Wut darauf rumtrommeln würde.

»Ingenlath verteidigt die beiden.«

»Scheint so, als ob es knüppeldick für uns kommt. Vermutlich sind die schon auf dem Weg nach Hause. Schätz mal, die machen uns die Tür nicht mehr auf, bevor sie in den Flieger steigen.«

Ich stimme ihm zu. »Was ist eigentlich mit der Tatwaffe?«

Siggi öffnet eine Datei und klickt ein bisschen mit der Maus rum. »Da haben wir es: An der sogenannten Keilhaue konnten keine Fingerabdrücke gesichert werden.«

»Wäre auch zu schön gewesen. Wir müssen ihnen eine Falle stellen. Wann geht der Flieger?«

»Donnerstag, neunzehn Uhr zwanzig. Heißt, die könnten um drei im ICE nach Frankfurt sitzen. Uns bleiben also rund fünfundzwanzig Stunden.«

»Okay. Ich habe da so eine Idee.«

»Da müsste ich nachsehen, komm rein, Junge.« Lu deutet mir an, in die Küche durchzugehen. »Schütt dir ruhig schon mal einen Kaffee ein, ist frisch gekocht. Milch ist im Kühlschrank. Ach so, der Braune steht hinter der Kaffeemaschine«, fügt sie noch an, als wäre dies die wichtigste Zutat für einen guten Kaffee, und verschwindet ins Obergeschoss.

Ich schütte mir eine Tasse ein, gebe einen Schuss H-Milch

dazu und setze mich auf einen der Barhocker an der Theke. Nach einem Schluck ziehe ich mein Handy aus der Tasche und schreibe Eddy, dass er um drei Uhr Gastgeber einer Sondersitzung unserer SoKo ist. Danach setze ich den Termin in unsere Gruppe und hoffe, dass wenigstens ein Teil Zeit hat. Nach einem weiteren Schluck kommt Lu mit drei Fotoalben in den Armen in die Küche.

»Dann wollen wir mal. An Dragos Beerdigung habe ich keine Fotos gemacht. Danach haben wir uns aus den Augen verloren … hm.« Lu greift nach dem untersten Album und blättert darin. Zwischendurch zeigt sie mir alle möglichen Leute, die mich nicht interessieren.

Behutsam bringe ich sie wieder zum Kern meines Anliegens.

»Schon gut. Am besten kommste mal, wenn du 'n bissken mehr Zeit hast. Dann trinken wir beide 'n lecker Schnäpsken und … ach, guck mal hier, dat sind die vier an ihrem Lieblingstisch bei Drago.«

Ich zücke das Handy und schieße zur Sicherheit zwei Aufnahmen davon. Dasselbe mache ich mit dem Foto der brünetten Kellnerin neben der Theke. Auf den nächsten Seiten sind Bilder von ihrem Büdchen einsortiert. Ich bleibe an einem Foto hängen, auf dem sieben junge Männer in die Kamera grinsen.

»Dat sind Schüppe, Pitter, Jupp und Mattes.« Lu tippt nacheinander mit dem Zeigefinger auf die Gesichter. Die Aufnahme muss im Sommer gemacht worden sein, alle tragen eine kurze Hose und bis auf eine Ausnahme T-Shirts und kurzärmelige Hemden. Ich deute auf den jungen Korczak in der Mitte.

»Wieso trägt der ein langärmeliges Hemd?«

Lu hatte gerade ihre Tasse am Mund. Prustend stellt sie sie ab. »Muss das sein?«

»Warum fragst du?«

»Na gut, aber sag bitte nicht, dass du das von mir hast. Er hat es mir mal mit besoffenem Kopp gezeigt. Ich musste bei der heiligen Barbara schwören, dass ich es niemandem erzähle.« Ich kann ihr anmerken, wie schwer es ihr fällt, ernst zu bleiben.

»Am Ende vom ersten Lehrjahr sind die vier nach Duisburg

und haben da gezecht bis in die Puppen. Und als die so richtig hackedicht waren, sind die irgendwann in Ruhrort bei so 'n Tätowierfuzzi gelandet. Da haben die sich Totenköpfe und nackte Weiber stechen lassen. Außer Pitter. Die Knalltüte hat sich einen Pillemann auf den Unterarm machen lassen. Und zwar einen … wie soll ich et sagen … einsatzbereiten Pillemann. Egal, auf alle Fälle war dem dat schon am andern Tach so richtig peinlich. Ja, und seitdem trug der nur noch lang, und schwimmen ging der auch gar nich mehr.«

Gibt Dinge, auf die kommt man nie. Ich bedanke mich artig und verspreche Lu, demnächst auf ein Schnäpsken vorbeizukommen.

Kaum habe ich Emma, wie so oft, auf den langen Streifen für ankommende Wohnmobile gestellt und abgeschlossen, ertönt hinter mir eine bekannte Stimme.

»Hier ist Parkverbot für Pkw. Mir ist es ja egal, aber das kann richtig teuer werden.«

Ich drehe mich herum. Als Kuschel mein blödes Gesicht sieht, lacht er sich schlapp. »Du hast es auch nicht leicht.«

Recht hat unser Platzwart. In Höhe von Lissys Bistro erreicht mich Siggi. Ich habe ihn gar nicht ankommen sehen.

»Schon gehört? Unsere Freunde sitzen schon wieder zu Hause. Dürften gerade ihre Koffer packen.«

»War doch klar. Dann lass uns mal dafür sorgen, dass sie das umsonst tun.«

42

Mittwoch, 14. Juni, 15.06 Uhr

Leni und Bernd machen eine Tour durch Möbelhäuser, der Rest der Happy-Eiland-SoKo ist gekommen. Wir sitzen in Eddys Garten um einen kleinen Tisch. Rosi zeigt auf das ausgedruckte Foto von Malena, Dragos Kellnerin.

»Das fällt doch auf. Wenn wir denen so ein altes Bild schicken, schnallen die sofort, dass wir sie nicht finden konnten.«

Eddy macht ein betretenes Gesicht. »Es gibt in Berlin ganze vier Frauen mit dem Vornamen Malena. Drei davon habe ich angerufen, sie waren noch nie am Niederrhein. Der Name Dragovic taucht zigmal im Einwohnermeldeverzeichnis auf. Bis wir die alle durchhaben, sind die beiden ausgeflogen.«

»Macht nichts«, winke ich ab, »mit dem entsprechenden Begleittext könnte es auch so klappen.« Ich lege die Kopie der Mail auf den Tisch, die ich vor wenigen Minuten verfasst habe.

Hallo Jupp, hallo Pitter,
kennt ihr mich noch? Sicher nicht mehr, wenn ihr mich heute sehen würdet. Deshalb habe ich euch ein Bild von damals mitgeschickt. Na? Erinnert ihr euch?
Heute hat mich ein Detektiv angerufen. Der glaubt, dass ihr was mit dem Tod von Rolf zu tun habt. Dass ihr das damals echt durchgezogen habt. Ich dachte, ihr labert nur Mist. Aber als ich hörte, dass Rolf vermisst wird, war mir klar, dass ihr an dem Abend einen echten Mord geplant habt. Dieser Detektiv sagte übrigens, dass man den Fall wieder aufgerollt hat und sogar eine Belohnung aussetzen will. Fünftausend Euro, meint er, sind bei so was üblich. Immerhin geht es ja um Mord, und der verjährt nicht.
Da habe ich mich gefragt, was euch die Freiheit so wert sein könnte. Vielleicht jedem zehntausend … oder doch mehr?

Meldet euch doch einfach. Aber heute noch, ich fahre morgen nach Berlin. Also, ich meine, falls die Polizei mich hier nicht braucht.
Küsschen, eure Malena

Eddy hat sogar daran gedacht, eine E-Mail-Adresse einzurichten.

»malena57@web.de« dürfte kaum auffallen.

»Nehmen wir mal an, die wollen sich tatsächlich mit ihr treffen. Was machen wir dann?« Uwe schwenkt dabei eine Flasche von Eddys mexikanischem Bier.

»Treffpunkt und Uhrzeit vereinbaren«, übernimmt Siggi, »ich habe vorsorglich unsere Leute in Bereitschaft versetzt. Einen Lockvogel haben wir auch schon. Die Kollegin wird in einem halben Jahr pensioniert. Das dürfte ungefähr hinkommen.«

Uwe legt die Stirn in Falten. »Und danach? Ich meine, was soll das bringen? Deine Kollegin war nicht dabei, als die vier ihre Mordpläne geschmiedet haben.«

»Richtig. Das Erscheinen der beiden kann aber erst mal als Schuldeingeständnis gewertet werden. Reicht nicht für eine Verurteilung. Dafür ist auf jeden Fall U-Haft drin, bis ihr Flieger zu den Malediven abgehoben hat.«

Uwe hat schnell herausgefunden, dass täglich eine Maschine in die Richtung startet. Viel Aufschub bringt uns die Trickserei also nicht.

»Seid ihr bereit?«, will Eddy wissen.

Wir nicken in stummem Einklang, und Eddy drückt den Sende-Button. In wenigen Augenblicken bekommen Kutowski und Korczak Post. Eddy geht in sein Mobilheim und verteilt kurz darauf eine Handvoll Tütchen, in denen sich Handy-Ohrstöpsel befinden. »Muss ja nicht jeder mitbekommen.«

Bis auf ein dezentes Grundrauschen ist nichts zu vernehmen.

»Mal sehen, was Korczak gerade treibt.« Eddy stellt einen Laptop zwischen uns und klickt ein wenig herum. Der Bildschirm ist dunkelgrau. »Sorry, das war die Frontkamera.« Nach einem weiteren Mausklick ist der Bildschirm horizontal geteilt. Während die untere Hälfte aus einem verwaschenen Blauton besteht, präsentiert uns die obere einen Ausblick in den Garten der Korczaks. »Scheint, als ob er sein Handy in der Hemdtasche trägt«, mutmaßt Eddy, während Siggis Blicke ungläubig zwischen ihm und dem Monitor wechseln.

»Geht nix über eine anständige Kriminaltechnik, oder?«, flüstere ich ihm zu. Er scheint langsam Gefallen an unseren Möglichkeiten zu finden. Inzwischen haben sich Uwe, Katja und Rosi hinter Eddy positioniert. Nach drei Minuten in gebückter Haltung streckt Uwe sein Kreuz durch. »Wie lange dauert das denn noch?«

»Werde mal ein wenig nachhelfen«, meint Eddy. Sekunden später erscheint auf dem Bildschirm die Einstellungsebene von Korczaks Handy. Eddy ist wieselflink, ich erkenne gerade noch, wie er die Lautstärke ein wenig hochregelt und irgendwas an den Systemtönen macht, als ein »Pling« in unsere Ohren fährt. Eddy schaltet wieder auf Kamerabetrieb. Wir sehen den Gartentisch, zwei Kaffeetassen und eine Rosenschere.

»Das gibt's doch nicht«, vernehmen wir wenig später Korczaks Stimme. Er klingt schockiert. »Anni, sieh dir das mal an …«

Die Kamera wandert seinen Besitzer hoch und zeigt sein leichenblasses Gesicht.

»Was hat das zu bedeuten?«, will Anni wissen.

Fast im selben Augenblick ertönt der voreingestellte Klingelton. Eddy schnellt vor und stellt irgendwas um.

»Jupp hier. Hast du das auch gekriegt? Scheiße, ich denk, die lebt nicht mehr. Du wolltest dich doch darum kümmern. Verdammt, Pitter, sag, dass das nicht wahr ist.«

Pause.

»Pitter?«

»Ich habe ihr fünftausend Mark gegeben …«

»Bist du bescheuert?«

»Ich konnte nicht … Wir beide waren …«

»Das glaube ich jetzt nicht. Wir gehen in den Bau, weil du mit deinem Schwanz gedacht hast? Scheiße. Verdammte Scheiße.«

»Jetzt komm mal runter. Das hat doch bis jetzt sehr gut geklappt. Sie hat all die Jahre das Maul gehalten ...«

»Ja, hat sie. Aber jetzt ist sie anscheinend auf Besuch in Lintfort, der Schnüffler kriegt das mit, erzählt der was vonner Belohnung, und wir haben die Kacke am Dampfen, und zwar so richtig!«

»Ich kümmer mich drum.«

Aufgelegt.

»Ui.« Uwe wedelt mit der rechten Hand. »War das gerade eine Morddrohung?«

Siggi nickt.

Wir sehen uns an. Die Anspannung ist greifbar.

Ein kurzer Signalton. Eddy öffnet die Mail.

Hallo Malena,
wir sind einverstanden. Du bekommst, was du möchtest.
Lass uns um 19.00 Uhr dort treffen, wo wir uns zum letzten Mal gesehen haben.
Pitter

»Verdammte Hacke«, Siggi schlägt die flache Hand auf den Tisch, »der Kerl ist cleverer, als wir alle dachten.«

»Heißt, dass er der Sache nicht traut«, folgere ich und greife mein Handy. Lus Nummer befindet sich noch im Verlauf. Keine zwei Minuten später diktiere ich Eddy den Antworttext.

Hallo Pitter,
nett, dass wir uns einig sind. Das letzte Mal gesehen? Puh,
lass mich nachdenken. War das nicht bei Papas Beerdigung
an der Johanniskirche in Rayen?
Malena

Eddy drückt auf »Senden«. Wir tauschen bange Blicke. Sekunden werden zu Minuten. Endlich das erlösende Handzeichen von Eddy.

Hallo Malena,
entschuldige, ich wollte sichergehen, dass du es wirklich
bist. Also dann bis heute Abend.
Pitter

Puh. Die SoKo applaudiert sich gegenseitig.

»Wir werden sie gebührend empfangen«, verspricht Siggi.

»Ihn«, korrigiere ich, »ich werde dafür sorgen, dass nur Buschmanns Mörder in Rayen aufkreuzt und der andere gegen ihn aussagt. Dann benötigt ihr kein Geständnis mehr.«

Siggi starrt mich verwundert an.

»Du weißt, wer Buschmann getötet hat?«

»Ja, es war –«

Eddy unterbricht uns mit erhobenen Händen. Fast im selben Augenblick ist Korczaks Stimme zu hören.

»Wir treffen uns heute Abend um sieben an der Kirche in Rayen. Ich hole dich um halb sieben ab.«

»Nee, mein Freund, das regelst du schön allein. Du hast uns das eingebrockt ...«

»Mitgefangen, mitgehangen ...«

»Blödsinn. Mattes hast du auch allein erledigt. Obwohl ich gesagt habe, lass uns sein Angebot annehmen und verschwinden ...«

»Und wenn er uns vorher verpfiffen hätte? Er wollte reinen Tisch machen, bevor er abtritt, schon vergessen?«

»Dann hätte er wohl kaum sechzig Mille für uns aufgenommen. Verdammt, Pitter, wir waren doch Freunde.«

»Jetzt hör auf mit dem Scheiß! Dein Gequatsche von der ach so tollen Freundschaft hätte uns bei Schüppe schon fast in den Knast gebracht. Sei froh, dass Mattes damals mit angepackt hat, du Schisser. Überhaupt, wer hat uns denn den ganzen Mist eingebrockt? Wir hätten das eine Jahr mit Kaspers noch durchgezogen, aber du warst es doch, der ständig am Heulen war. Ich kann nicht mehr, ich kann nicht mehr, ich bring mich um ...«

»Euch hat er ja meistens in Ruhe gelassen ...«

»Blablabla, ich kann dein Gejammer nicht mehr hören. Schon

vergessen, dass er Malena mein Tattoo gezeigt und ihr und allen erzählt hat, ich sei schwul?«

»Nein! Das war am Barbarafest. Danach waren wir uns doch einig, dass es reicht. Wir haben das dann ja auch durchgezogen. Aber …«

»Was aber? Kommst du jetzt mit oder nicht?«

»Pitter, verstehe mich nicht falsch …«

»Ach, leck mich doch.«

Aufgelegt.

Uwes Augen werden so groß wie der Boden seiner Bierflasche. Siggi lässt sich in die Lehne fallen, und die anderen sind auf der Suche nach ihrer Sprache.

Siggi reagiert schließlich als Erster. »Woher hast du gewusst, dass Pitter seinen Kumpel in den Keller befördert hat?«

»An seinen Hemden.«

Fünf Augenpaare sind auf mich gerichtet.

»Auf dem Foto meiner Klientin, das Eddy so schön ausgearbeitet hat, ist der Übergang von einem Ärmel zu einem Handgelenk erkennbar. Ich war heute Mittag bei Lu, habe mir alte Fotos der vier angesehen. Dabei ist mir aufgefallen, dass Pitter selbst im Hochsommer langärmelige Hemden trägt.«

»Stimmt. Hat mich gewundert, als ich bei ihm war«, bemerkt Siggi. »Warum macht der das?«

Als ich die Erklärung für die seltsame Marotte nachliefere, fällt Uwe vor Lachen fast aus dem Stuhl.

»Das glaube ich jetzt nicht. Wir überführen einen Mörder, weil der sich im satten Kopp einen Löres auf den Arm stechen ließ!« Wieder prustet er los.

Siggi fühlt sich berufen, die ausgelassene Stimmung leicht zu dämpfen. »Leute, noch haben wir nichts gegen ihn in der Hand. Zumindest nichts, was einen Staatsanwalt überzeugen würde.«

»Verstanden. Ich kümmere mich drum.«

Siggi will den Einsatz am Abend vorbereiten, Eddy überwacht Korczak, Uwe muss sich die gesamte erste Seite der morgigen

Lokalausgabe und zusätzlichen Raum auf Seite drei sichern, und Rosi und Katja wollen im Falle einer Flucht mit dem Motorrad die Verfolgung aufnehmen.

Letzteres lässt bei Siggi eine leichte Unruhe aufkommen. Erst recht, nachdem Rosi die Parole raushaut: »Okay, Leute, lasst uns einen Mörder schnappen!«

43

Mittwoch, 14. Juni, 16.05 Uhr

Wie vermutet, reagiert niemand im Hause Kutowski auf die Türklingel. Ich hämmere an die Haustür. Immer fester, trete dagegen. Putz rieselt aus dem Rahmen, gegenüber öffnen Nachbarn ihre Haustür. Ich will gerade Anlauf nehmen, als ich in das puterrote Gesicht der Hausherrin blicke.

»Was fällt Ihnen ein?«, grollt sie.

»Frau Kutowski, wenn Sie Ihren Mann nicht in den nächsten zwanzig Jahren im Gefängnis besuchen möchten, lassen Sie mich sofort zu ihm.«

Sie schluckt. Scheinbar schwankend zwischen einem Anruf bei der Polizei und dem Ruf nach ihrem Mann.

»Soll ich das noch mal wiederholen?«, schreie ich so laut, dass es alle Nachbarn verstehen.

Die Wohnzimmertür wird aufgerissen. Jupp Kutowski stellt sich auf den Flur, breitbeinig wie Cristiano Ronaldo vor dem Freistoß, und funkelt mich wütend an. Ich schiebe seine protestierende Frau kackfrech zur Seite und gehe auf ihn zu. Eddy hat mir den Mitschnitt des Telefonates zwischen ihm und Korczak aufs Handy gespielt. Ich starte die voreingestellte Passage.

»Mitgefangen, mitgehangen.« Korczaks Stimme trifft ihn wie ein Vorschlaghammer. Von einer Sekunde zur nächsten weicht die Farbe aus seinem Gesicht. Seine Frau schließt hastig die Tür.

»Kaspers, Schüppe, Mattes«, zähle ich auf und hebe dabei nacheinander drei Finger. »Das bringt lebenslänglich mit anschließender Sicherheitsverwahrung. Ihr Kumpel wird in zwei Stunden festgenommen. Sie haben jetzt folgende Möglichkeiten, Kutowski: Entweder Sie teilen sich mit Ihrem Freund für den Rest Ihres Lebens eine Zelle, oder wir beide machen einen Deal. Und zwar genau jetzt!«

Frau Kutowski sitzt neben uns auf der Couch und massiert nervös ihre Finger.

»Ich habe niemanden umgebracht. Pitter hat Kaspers mit der Hacke erschlagen und Mattes die Treppe heruntergeworfen. Den Schüppe haben die beiden über das Geländer ...« Kutowski bricht in Tränen aus. Seine Frau legt eine Hand auf seine.

»Das habe ich mir gedacht. Sie müssen das genauso aussagen.«

Kutowski schüttelt heftig den Kopf. »Sie wollen mich reinlegen ...«

»Nein, das will ich nicht. Wie kommen Sie darauf?«

»Mattes hat sich erkundigt. Beihilfe zum Mord wird genauso bestraft wie der Mord selber und verjährt auch nie. Es hat also keinen Zweck.«

»Das kommt darauf an, wie Ihr Anwalt die Sache auslegt. Sie haben an dem Abend bei Drago zugehört, wie Ihre Freunde den Mord an Kaspers planten ...«

»Zugehört? Nein, ich habe nicht nur ...«

»Sie haben zugehört! Mehr nicht, und mehr kann Ihnen auch niemand nachweisen. Damit machen Sie sich nicht der Beihilfe, sondern der Nichtanzeige einer geplanten Straftat schuldig, Paragraf 138 StGB. Die Höchststrafe dafür beträgt fünf Jahre, die Tat ist also lange verjährt.« Ich rücke dicht an ihn heran und erhebe die Stimme. »Verstehen Sie, was das für Sie bedeutet, Kutowski? Wenn Sie jetzt mit mir zur Polizei fahren und gegen Korczak aussagen, sind Sie ein freier Mann.«

»Ähm ... also ... wissen Sie, das geht doch nicht. Ich weiß jetzt auch gar nicht, ob das alles stimmt, was Sie sagen. Da müsste ich erst mit meinem Anwalt reden ...«

»Gut, machen Sie das. Lassen Sie sich ruhig Zeit. War nur ein Angebot. Ich finde allein raus.«

Ich bin im Begriff, Emma zu starten, da stürzt Kutowski aus dem Haus, schlüpft unterwegs ungelenk in eine Sommerjacke.

»Bekomme ich denn diesen ... Zeugenschutz?« Er springt auf den Beifahrersitz und kramt nach dem Gurt.

Ich fasse es nicht.

Unterwegs zur Wilhelmstraße fingert Kutowski nervös am Gurt. Seine Gesichtsmuskeln betreiben eine Art Aerobic.

Mir brennt da noch eine Frage unter den Nägeln. »Wie sind Sie eigentlich wirklich an den Zinnkrug gekommen? Haben Sie sich den selber aus dem Keller Ihres Kumpels geholt?«

Kutowski zuckt kurz, sieht mich mehr lethargisch an. »Das ist mein Krug. Ich habe ihn nicht bei Drago gelassen …«

»Es sollte so aussehen, dass Mattes immer noch in den Keller geht«, führe ich seinen Satz fort.

Kutowski nickt.

44

Mittwoch, 14. Juni, 17.50 Uhr

»Korczak verlässt die Siedlung.«

»WAS? Jetzt schon? Das Treffen findet doch erst um neunzehn Uhr statt.«

»Wir nehmen die Verfolgung auf.«

»Das ist zu riskant. Wir wissen doch, wohin er ...« Rosi hat längst aufgelegt. Verdammt, hoffentlich geht das gut. Ihr Plan, ihn gemeinsam mit Katja auf dem Sozius als unauffälliges Pärchen zu beschatten, bereitet mir Magenschmerzen. Ich muss Siggi informieren.

»Ja spinnt der? Unsere Leute dürften gerade den Empfang vorbereiten, Moment ...« Sekunden später bekomme ich mit, wie er seine Kollegen anweist, sofort in Deckung zu gehen. »Dass Mörder nicht mal pünktlich zu ihrer Festnahme erscheinen können. Wie sollen wir denn da vernünftig unsere Arbeit erledigen?« Plötzlich wird Siggi wieder ernst. »Woher weißt du das überhaupt?«

Die Antwort sorgt dafür, dass mir sein Atem wie ein Herbststurm durchs Ohr rauscht. Wird wohl noch was dauern, bis er sich an uns gewöhnt hat.

Zwanzig Minuten später erreiche ich den Rayener Berg, der genau in der Mitte zwischen den Ortschaften Kamp-Lintfort, Rheurdt, Neukirchen-Vluyn und Moers liegt. Siggi hatte mir als Treffpunkt die Rückseite vom Sportplatz des SuS Rayen genannt. Über einen schmalen Weg durch ein kleines Wäldchen nähern wir uns der Rückseite der Johanniskirche.

»Wir müssen vorsichtig sein, Korczak checkt seit einer halben Stunde die gesamte Umgebung vom Friedhof bis zur Kirche. Der will auf Nummer sicher gehen.« Siggi spricht sehr leise, obwohl wir noch über hundert Meter entfernt sein dürften und er in ständiger Funkverbindung zu seinen Leuten steht.

»Was ist mit Kutowski? Habt ihr euch nett unterhalten?«

Siggi winkt lässig ab. »Der hat gesungen wie die Domspatzen. Damit haben wir Korczak definitiv am Arsch.« Er wirkt seltsam bedrückt.

»Was ist, freust du dich nicht?«

»Doch, doch.«

»Und warum weiß dein Gesicht nichts davon?«

»Findest du es richtig, dass jemand, der an drei Morden mehr oder weniger beteiligt, ja eigentlich sogar der Auslöser war, ungeschoren davonkommt?« Siggis Lachen verschwindet. Nachdenklich sieht er zum Friedhof, den wir gerade passieren. »Dafür bin ich eigentlich nicht Polizist geworden«, sagt er leise.

Es stellt sich heraus, dass Korczak den Treffpunkt mit Bedacht gewählt hat. Die ehemalige Kirche, die vor sechs Jahren von einem Investor gekauft worden ist, um sie zu einem Hotel umzubauen, ist komplett von dem kleinen Wäldchen eingeschlossen. Baumkronen reichen bis über ihr Dach.

»Wir haben der Kollegin gesagt, dass sie rechts neben der Kirche warten soll, das ist der einzige Bereich mit einer größeren Freifläche«, nuschelt Siggi und zieht mich am Ärmel hinter einen kleineren Strauch. Wir müssen in die Hocke gehen, um nicht erkannt zu werden. Dafür haben wir durch das Laub freie Sicht. Der angedachte Treffpunkt zwischen dem Eingangsportal der Kirche und dem ehemaligen Kindergarten Arche wurde vom SEK-Leiter direkt verworfen. Zu viele Fluchtwege, zu wenig Deckungsmöglichkeiten für seine Leute, so das Argument.

»Verstanden«, nuschelt Siggi in sein Funkgerät und sieht mich an. »Korczak hat ein Jagdmesser aus dem Auto geholt und läuft die Treppe zum Haupteingang hoch.«

Kurz darauf raschelt es in einem Gebüsch neben uns. Wenige Sekunden später gerät eine Frau in unser Blickfeld. Sie trägt ein himmelblaues Sommerkleid, dazu ein weißes Handtäschchen. Korczak biegt in diesem Augenblick um das alte Gemäuer, sieht sich dabei immer wieder nervös um. Als er die Frau erkennt, geht er mit argwöhnischem Blick auf sie zu.

»Malena?«

Siggis Kollegin nickt freundlich.

»Du hast dich verändert ...« Korczak kommt ihr immer näher. Siggis Hand sucht nach dem Knopf am Funkgerät. Korczak bleibt zunächst drei Meter vor ihr stehen.

»Du warst früher kleiner.« Er klingt argwöhnisch. Siggi wirkt nervös.

»Bei Drago in der Kneipe habe ich ja auch Schuhe mit flachen Sohlen getragen«, sie hebt das rechte Bein leicht an und zeigt auf Schuhe mit hohen Absätzen, »damit kann man schlecht kellnern.«

Gut vorbereitet, denke ich.

»Ihr habt das damals also tatsächlich durchgezogen.« Sie nickt anerkennend. »Hätte ich euch nicht zugetraut. Was war mit Mattes, der Detektiv erzählte mir, den habt ihr auch umgelegt?«

»Der Idiot wollte uns verpfeifen.«

»Und da ist er die Kellertreppe heruntergefallen. Der Arme. Na ja. Eigentlich mochte ich ihn nie. Wie habt ihr das angestellt?«

Korczak schweigt. Nur er weiß, wie sie damals über seinen Freund gedacht hat. Siggis Kollegin wird mir zu leichtsinnig. Korczaks Blick haftet auf ihrem.

»Warum hast du dann ständig mit ihm geflirtet?«

»Verdammte Scheiße, was macht die denn da?«, zischt Siggi.

Seine Kollegin setzt ein breites Grinsen auf. »Das weißt du immer noch nicht? Ich wollte dich eifersüchtig machen, und das scheint ja prima geklappt zu haben.«

Puh.

»Du hast ihn heruntergestoßen, oder? Du hast es hinbekommen, dass er sich an den Rand der Treppe stellt! Du warst immer schon der Cleverste von euch, das mochte ich übrigens an dir. Aber wie zum Teufel hast du das angestellt?«

Die Anspannung in Korczaks Gesicht weicht dem Ausdruck

von Stolz. »Ich habe ihm erzählt, dass ich von meinem Nachbarn einen Treppenlift geschenkt bekommen könnte und dass man den sicher an seiner Kellertreppe anbringen könnte. Er meinte, ich spinne. Ich sagte, lass uns das doch mal ausmessen. Tja … und schon stand er an der Treppe. Ein kleiner Schubs für unsere Freiheit, mehr war nicht mehr nötig.« Korczak geht plötzlich einen Schritt auf sie zu. Durch einen Strauch uns gegenüber schiebt sich der Lauf eines Gewehres. »Dummerweise ist diese Freiheit jetzt wieder in Gefahr.« Korczak schiebt sein Hemd zur Seite. Der Griff eines Messers wird erkennbar.

»ZUGRIFF«, schreit Siggi. Im selben Moment stürmen Einsatzbeamte des SEK von allen Seiten heran. Korczak ist unfähig, eine Entscheidung zu treffen. Zwei Polizisten reißen ihn zu Boden, ziehen seine Arme auf den Rücken und fesseln ihn.

45

Mittwoch, 14. Juni, 21.15 Uhr

»Heute erbitte ich mehr Trinkgeld als sonst. Ich spare nämlich für eine Hängerkupplung«, lacht Sunny und stellt drei Gläser Wein, fünf große Bier, siebenmal Nüsschen sowie einen Teller voll Frikadellen und Mettwurstenden vor uns ab. Wie immer geht die letzte SoKo-Sitzung auf meinen Deckel.

»Feiert ihr eure Abschlüsse immer so ausgiebig?«

»Klar, Siggi, deshalb machen wir das ja. Apropos, hast du eigentlich schon deinen Einstand gegeben?« Katja hebt das Glas.

»Kein Problem, ich schlafe heute sowieso im Hotel Born.«

Leni bittet darum, ihr die fehlenden Fakten fürs Protokoll nachzuliefern. Wir vertrösten sie auf morgen.

»Wie ist es eigentlich gelaufen?«, will Eddy von Siggi wissen.

»Klasse. Erst war er total geschockt, als er realisierte, dass das Ganze eine Falle ist. Aber als der im Auto saß, hat er uns lustig angegrinst und gesagt, dass er Malena gegenüber nur angeben wollte und nichts davon wahr wäre. Die ganze Fahrt über hat er dann Liedchen gepfiffen und von den Malediven geträumt. Das änderte sich allerdings schlagartig, als ich ihm im Vernehmungsraum Kutowskis Aussage vorgelesen habe. Kommt jetzt eigentlich noch 'ne Morddrohung obendrauf, aber die habe ich ihm netterweise erlassen. Wir haben ihn dann nach Krefeld gebracht. Die Kollegen mussten den zu zweit ins Auto verfrachten, so hat der getobt. Die dürften ihn gerade in der Mangel haben. Wüsste zu gerne, was er denen erzählt.«

»Sollen wir mal kurz reinhören?« Eddy zieht den Laptop aus der Tasche.

Siggi wird blass.

Dann brechen alle in Gelächter aus.

Dank

An diesem Roman wirkten zahlreiche Personen mit, ohne deren Hilfe das Werk nicht zustande gekommen wäre. Ich möchte hier die Gelegenheit nutzen, allen Beteiligten meinen ausdrücklichen Dank dafür auszusprechen. Insbesondere sind das:

Richard Lubjuhn
An einem verregneten Samstag, es war der 30. Oktober 2021, stand ein fünfundachtzigjähriger Mann vor unserer Haustür und erzählte mir die wahre Geschichte von einem unglaublichen Mordfall, der sich vor rund fünfzig Jahren im Bergwerk Friedrich Heinrich in Kamp-Lintfort ereignet hat und der bis heute nicht aufgeklärt werden konnte. Im Rahmen erster Recherchen stellten sich schnell zwei Dinge heraus. Erstens war die Geschichte nicht »ganz so wahr«, und zweitens hatte Richard Lubjuhn mir damit die Idee zu diesem Roman geliefert.

Sabine Göting, Bettina Kohl, Kurt Müller
Als Testleser der ersten Manuskriptfassung haben sie keinen leichten Job. Sie müssen auf unzählige Details von der Figurenentwicklung bis zum Spannungsbogen achten, ohne dabei die Geschichte aus dem Auge zu verlieren.

Peter Molden
Zieht als mein Agent im Hintergrund die Fäden und unterstützt mich mit unermüdlichem Einsatz sowie seinem reichen Erfahrungsschatz.

Christiane Geldmacher
Meine Textredakteurin hat mit vielen wertvollen Anregungen und Vorschlägen maßgeblich zur Verbesserung des Romans beigetragen und selbst kleinste Fehler erkannt und beseitigt.

Manfred Reis von der Fördergemeinschaft für Bergmannstradition – linker Niederrhein – e. V. und Susanne Kowalsky
*Der Bergbauexperte und die Sachbuchautorin gaben mir wert-
volle Hinweise über das »Leben und Sterben unter Tage«.*

Sarah Krams
*Die freundliche Mitarbeiterin der Stadt Kamp-Lintfort ver-
sorgte mich mit Daten und Fakten zu den »weißen Riesen«.*

Martina Opgenorth
*Die Psychotherapeutin hat mich einmal mehr bei der realis-
tischen Darstellung der Figuren, insbesondere der mit einem
Trauma, unterstützt.*

Andreas Mötter
*Unser »Dorfsheriff« hat mit seinem polizeilichen Hintergrund-
wissen großen Anteil an der Entwicklung der Figur »Siggi Lehmann«.*

Birgit und Leo Ingenlath
*Als Betreiber des Campingparks Kerstgenshof, der übrigens eine
ebenso zufällige wie verblüffende Ähnlichkeit zu Happy Eiland
aufweist, haben sie immer ein offenes Ohr für alle Fragen zum
modernen Camping.*

Weitere Informanten: Bergbau-Museum Bochum, Verein für
Gartenkultur und Heimatpflege Schaephuysen, Landesverband
der Berg- und Knappenvereine NRW e. V.

Ein ganz besonderer Dank gilt dir, liebe Tina. Für alles!

Erwin Kohl
DUMM GELAUFEN, MARTHA
Broschur, 240 Seiten
ISBN 978-3-7408-0648-4

Lukas Born, suspendierter Hauptkommissar, lebt als Dauercamper auf einem Campingplatz in Sonsbeck und verdient seine Brötchen mit Privatermittlungen. Als eine Notarsgattin ihn mit der Suche nach ihrem verschwundenen Ehemann beauftragt, deutet zunächst alles auf einen Routinefall hin. Doch dann entdeckt Born den Vermissten im Wald – tief unterm Laub und mausetot. Die Spur führt zu einem der profiliertesten Mordermittler der Region und zu einer ominösen Motorradgang ...

»*Treffend, ironisch und witzig führt der Autor den Leser durch einen rasanten, hochspannenden Krimi.*« Rheinische Post

Erwin Kohl
DER WAR SCHON TOT
Broschur, 256 Seiten
ISBN 978-3-7408-1241-6

Warum lief Lenni mitten in der Nacht kilometerweit durch den strömenden Regen? Und warum hat er sich anschließend bei Sonsbeck splitterfasernackt auf die Straße gelegt und überfahren lassen? Lukas Born, passionierter Dauercamper und Privatermittler, schlittert unverhofft in den mysteriösesten Mordfall seiner Karriere. Nebenbei muss er die schwarzbunte Heike finden, seine Freundin davon abhalten, eine spießige Doppelhaushälfte anzumieten, und Sohn Bastian aus den Klauen einer Erpresserbande befreien ...

www.emons-verlag.de